KB163118

어새신즈 프라이드
암살교사와 심연향연 5

용서하십시오, 아가씨.

이것은 임무도, 사명도 아니고

——단순한 제 이기심입니다.

로제티 프리켓
엘리제의 가정교사. 뜬금없이 쿠퍼에게 결혼을 요구해 모두를 놀라게 했다. 야계에 가까운 지저도시 샹가르타 출신.

「⋯⋯제가 분명히 말할 수 있는 것은 무고함을 증명할 수단은 없다는 것입니다.」

「뻥 뚫린 기억의 구멍 건너편에서 내 마음이 소리치고 있어.」

쿠퍼 방피르
《백야 기병단》의 암살자이자 메리다의 가정교사. 이번 연수지인 샹가르타에 과거의 깊은 인연이 있는 듯한데⋯⋯.

「제 가정교사로 있어 주실 거면
당신의 가르침을 거짓으로론 만들지 말아 주세요.」

「있잖아, 리타.
좀 들어 줬으면 하는 게 있어.」

메리다 엔젤

〈무능 영애〉라는 낙인을 노력과
쿠퍼의 지도로 떨쳐 내고 무사히
2학년으로 진급. 로제티와 쿠퍼의
관계가 마음에 걸려 견딜 수가 없다.

엘리제 엔젤

메리다와 함께 2학년으로 진급한
사촌 자매. 자신의 가정교사가 쿠퍼
에게 한 어택에 관해서는 메리다에게
가세하는 모습을 보이지만……

저기, 선생님.

……더 꼬옥

안아줄래요?

사람들이 선생님을 알아 줬으면 하는데.

솔직히 말하면 저 혼자만 선생님을 알고 싶어요.

선생님이 다양한 곳에서 활약하셔서 기뻐기는 하지만.

그보다는 저를 제일 먼저 생각해 줬으면

좋겠다……는 생각이 자꾸 들어요.

있지, 진짜로 결혼 할까?

왜 쿠는 내가 난처할 때면 매번
힘이 되어 주는 거야?
처음 봤을 때부터 쿠가 은근히
나를 배려해주는 거, 알아.

「어느 쪽이 쿠퍼 선생님의 옆에 어울리는지——」

두 사람이 허리를 살짝 낮춘 순간 주위의 공기가 삐걱거리는 것을 누구나가 알 수 있었다.

「쿠를 보다 간절히 생각하는 게 어느 쪽인지——」

극 승부다!!는

천천히 메리다와의 거리를 재고서 로제티는 서서히 웨딩드레스 스커트를 쭉 찢었다. 허벅지까지 보일 만큼 충분히 찢어서 전투태세를 취한다.

「그런 건 싫어……!
너와 같이 살고 싶어……!」

로제티는 힘이 들어가지 않는 팔을 필사적으로 들어 올려 그의 손을 쥐었다.

어새신즈 프라이드
ASSASSINSPRIDE
❖ 암살교사와 심연향연 ❖

5

아마기 케이

ASSASSINSPRIDE5
CONTENTS

HOMEROOM EARLIER
007

LESSON: I
~성 프리데스위데의 밝은 징조~
017

LESSON: II
~땅끝의 우렛소리~
073

LESSON: III
~위든 아래든 길잡이는 없네~
115

LESSON: IV
~천사와 악마의 놀랄 만한 모험~
148

LESSON: V
~어느 해골의 유언~
181

LESSON: VI
~유구한 결혼식~
224

HOMEROOM LATER
303

후기
320

쿠퍼 방피르

《백야 기병단》에 소속된
마나 능력자. 클래스는 《사무라이》.
메리다의 가정교사 겸 암살자로서
파견됐으나 임무를 어기고 메리다를
육성하고 있다.

메리다 엔젤

3대 공작 가문인 《팔라딘》 가문 출생
이지만 마나를 가지지 않은 소녀.
무능영애라고 멸시당해도
마음이 꺾이지 않은,
다부지고도 심지가 강한 노력가.

엘리제 엔젤

메리다의 사촌 자매로 《팔라딘》
클래스를 가진 마나 능력자.
학년 제일의 실력을 자랑한다.
말이 없고 무표정.

로제티 프리켓

정예부대 《성도 친위대》에
소속된 엘리트.
클래스는 《메이든》.
현재는 엘리제의 가정교사.

뮬 라 모르

3대 공작 가문의 일각
《디아볼로스》의 영애.
메리다 등과 동갑이지만
어른스러운 신비한 분위기가 특징.

살라샤 쉬크잘

3대 공작 가문 《드라군》의
영애로 뮬과는
같은 학교에 다니는 친구.
얌전하고 심약하다.

세르주 쉬크잘

젊은 나이로 작위를 이은 《드라군》
공작이자 살라샤의 오빠.
《혁신파》의 수괴라는 얼굴도 가진다.

블랙 마디아

《백야 기병단》에 소속된
변장의 엑스퍼트.
클래스는 자유자재의
모방능력을 가진 《클라운》.

윌리엄 진

란칸스로프 테러 집단
《여명 희병단》에 소속된
구울 청년.
은밀하게 쿠퍼와 내통하고 있다.

네르바 마르티요

메리다의 동급생으로
그녀를 괴롭혔었지만,
최근엔 관계성이 변화.
클래스는 《글래디에이터》.

란칸스로프	밤의 어둠에 저주받은 생물이 괴물로 변한 모습. 다양한 종족으로 나뉘어 있고, 아니마라고 하는 이능을 지닌다.
마나	란칸스로프에 대항하기 위한 힘. 이것을 지닌 자는 란칸스로프의 위협으로부터 인류를 지키는 대신에 귀족의 지위를 가진다. 능력의 방향성에 따라 다양한 클래스로 구분된다.

기본 클래스

펜서	높은 방어성능과 지원능력을 자랑하는 방어특화의 방패 클래스.	글래디에이터	공격과 방어가 두루 빼어난 성능을 가지는 돌격형 클래스.
사무라이	민첩성이 뛰어나고, (은밀) 어빌리티를 보유한 암살자 클래스.	거너	다양한 총기에 마나를 담아 싸우는 원거리전에 특화된 클래스.
메이든	마나를 구현화해서 싸우는 일에 뛰어난 클래스.	위저드	공격지원에 특화되었으며, (주술)이라는 디버프 계열 스킬을 가지는 후위 클래스.
클레릭	방어지원능력과 아군에게 자신의 마나를 나누어 주는 (자애)를 가지는 후위 클래스.	클라운	다른 7개 클래스의 이능을 모방할 수 있는 특수한 클래스.

상위 클래스
3대 기사 공작 가문인 엔젤 가문, 쉬크잘 가문,
라 모르 가문만이 계승하는 특별한 클래스.

팔라딘	전투력, 아군 지원, 그 밖의 모든 부문에서 높은 수준을 자랑하는 만능 클래스. 전 클래스 중 유일하게 회복 어빌리티(축복)을 지닌다. 엔젤 공작 가문이 대대로 계승.
드라군	(비상) 어빌리티를 가지는 클래스. 가공할 만한 도약력과 체공능력을 살려 관성을 남김없이 공 격으로 바꾼다. 쉬크잘 가문이 지니는 클래스.
디아볼로스	상대의 마나를 흡수할 수 있는 고유 어빌리티를 가져, 정면전투에서는 비할 데 없는 강력함을 발휘하는 최강의 섬멸 클래스. 라 모르 가문이 계승.

HOMEROOM EARLIER

그 꿈의 시작은 매번 똑같다. 내가 새카만 복도에서 가늘고 긴 빛줄기를 바라보며 시작한다.

아무리 우리의 세계가 《어둠》에 갇혀 있다고 해도 프란돌의 가로등이 꺼지지 않는 한 완전한 어둠 따위는 없다. 어둠을 두려워하기 때문에 인간은 과하다 싶을 만큼 불을 피워, 빛과 함께 역사를 만들어온 것이라고 아빠가 말했었다.

그런데도 내가 우두커니 서 있는 복도가 이렇게 어두운 것은, 살고 있는 집이 어둡기 때문이다. 벽 건너편에 흙과 바위가 몇 겹이나 깔렸기 때문이다. 설령 현관 밖으로 나가도, 길가 어디에 있어도 보이는 두꺼운 암반이 저 머리 위쪽을 뚜껑처럼 덮고 있기 때문이다.

지상으로 뻗은 굴뚝 환기구가 없으면 다들 숨이 막혀 금방 죽고 말 거야── 그렇게 가르쳐 준 것도 아빠다. 아빠는 무척 머리가 좋아서 신기하게 생각한 것을 물어보면 뭐든 가르쳐 준다. 피는 이어져 있지 않아도 당당하게 자랑할 수 있는 가족이다.

다만 이 꿈속의 아빠는 늘 내게 등을 돌리고 있다. 아홉 살인 나의 눈에 비치는 저 길쭉한 빛줄기는, 문틈을 통해 나오는 빛이다. "들어오면 안 돼."라고 아빠가 신신당부한 서재로부터 새어 나오는 램프의 입김.

탱글탱글한 눈동자를 슬쩍 틈 사이로 들이밀자, 책상에 푹 엎드린 커다란 등이 보였다. 아몬드 색 머리카락을 쥐어뜯은 모습이 마치 수척해진 도둑고양이 같다.

아빠는 혼잣말을 많이 했다. 나나 다른 형제가 주위에 없을 때, 특히 지금처럼 다들 잠들어 조용해진 늦은 시간에 말이다. 아빠는 자주 서재에 틀어박혀 중얼중얼, 무언가 혼잣말을 하곤 했다.

"그런 끔찍한 일이 어딨담⋯⋯. 이유야 타당해 보이지만, 아무리 그래도 그렇지⋯⋯. 다, 다른 방법이 없잖아! 아무리 공적을 세워도, 나는 귀족이 될 수 없으니까⋯⋯!!"

물론 서재에는 아빠 말고 아무도 없다. 바닥에는 어려워 보이는 책이 산더미처럼 쌓여 있고, 책상에는 이상한 냄새가 나는 약병이 쭉 늘어서 있다. 바로 지금 아빠가 이성을 잃은 것처럼 팔을 흔드는 바람에 병 몇 개가 힘차게 바닥으로 날아갔다. 으적. 유리가 튀고, 내 어깨가 반사적으로 떨렸다.

거미집이 쳐 있을 것 같은 방. 이 서재를 엿볼 때마다 늘 드는 생각이다. 일 때문에 숨이 막히면 금세 이렇게 어지르면서 정리하는 건 또 싫어하니까. 도우미라도 부르면 좋지 않겠냐며 오빠나 언니가 말하지만, 애당초 우리 형제들조차 이 서재에 들어가지 못한다. 마을 사람을 고용해 봐야 마찬가지일 것이다.

하다못해 우리에게 《엄마》가 있다면──⋯⋯⋯.

그 생각이 들자마자 아홉 살 나는 재빨리 그 사고를 그만두었다. 특히 아빠 앞에서 《그것》을 입에 담으면 안 된다는 것은, 이 집에 오는 아이가 제일 먼저 배우는 일이다.

"로제."

배후의 복도에서 나타난 섬세한 손가락이 어깨를 쥐었다. 아직 변성기가 오기 전의 알토 보이스가 듣기 좋다. 뒤돌아보자 최근에야 겨우 가족이라는 실감이 나기 시작한 한 남자애가 어둠 속에 녹아들어 있었다.

남자애의 잠옷은 다른 형제들이 입기 싫어한 검은색이었다. 이 근방에서는 보기 드문 머리카락 색도 맞물려서, 잠자는 나라에서 온 사자(使者)같이 보인다.

"이런 시간에 침대에서 빠져나오고 무슨 일이야?"

그는 아주 차분한 음성으로 이야기하고, 내 뒤에서 문틈을 엿보았다.

"……방해하면 안 돼. 가자."

"잠이 안 와."

"걱정 마."

그는 내 손을 쥐었다. 아홉 살 나는 눈꺼풀을 비비며 그가 끌고 가는 대로 따라간다. 실 같은 빛에 등을 돌리고, 잠의 사자에게 이끌리듯이 심연 아래 깊은 곳으로.

어둠 속에 녹은, 얼굴이 보이지 않는 누군가가 말했다.

"내가 옆에서 보고 있을게."

직후, 잡은 손의 온기도, 아늑한 어둠도 전부 녹아 사라졌다.

마치 왕자님처럼 기품 있는 표현을 하는 그는 형제들 중에서도 이채로웠다고 생각한다. 애초에 그가 마음을 열고 적극적으로 이야기하려고 하는 상대는 나 하나 정도였다. ──아홉 살의 어린 마음으로도 그 정도는 알 수 있었다.

　다른 모두가 그를 종기처럼 취급하고, 그 역시 타인과의 관계를 거부하고 있었던 것을.

　내게도 처음엔 그랬다.

　"거기서 뭐 하는 거야!" 내가 그에게 들은 첫 말은 이런 호통 소리였다. 잘 알지도 못하는 남자애한테 그런 큰소리를 들으면 아홉 살 여자아이의 몸이 움츠러드는 것도 당연할 것이다.

　그래서 나는 아무도 없는 광장 안쪽에 웅크리고 앉아 있었다. 그곳에는 간소한 돌무덤이 있고, 그 위에 놓인 꽃은 무참히 짓밟혀 있었다. 광장에는 많은 시체가 매장되어 있었지만 가장 초라한 십자가가 어느 것인지는 아홉 살의 눈에도 명백했다.

　어깨를 으쓱한 소년은 마치 홀로 싸움을 계속하는 묘지기 같았다.

　"너도 그 사람을 모욕하러 온 거냐?! 살아 있을 때도 그러더니, 죽어서까지 그래!?"

　"……아…… 저기."

　"우리가 싫으면 그냥 내버려 둬! 더는 다가오지 마!!"

　남자애는 나를 힘으로 쫓아내려 하다 비로소 알아챈 모양이다.

　쭉 잡아 올린 내 손에서 흘러나온 맑은 꽃잎을.

　"……꽃?"

죽음이란 잿더미 속에는 있을 리 없는 종자를 건져낸 것처럼 묘지기는 중얼거렸다.

그럴 만도 하다. 이 칙칙한 십자가를 더럽히는 자는 허다하지만, 참배하는 자가 이 마을에 있으리라고는 생각 한번 안 해봤을 테니까. 나는 결코 이곳에 잠든 사람을 비웃으러 온 게 아니다. 이웃 아이들이 무덤을 훼손하는 것을 보고—— 정확히는 훼손하는 것을 막을 수 없었기 때문에, 하다못해 그 영령이라도 달랠 수 없을까 해서 온 것이다.

백억 분의 일의 기적을 간신히 이해한 남자애는, 그렇지만 살피듯이 물었다.

"이 사람을 위해서…… 새 꽃을 뜯어와 준 거야?"

표현이 서투른 나는 대신 고개를 끄덕였다. 아직 잘 모르는 남자애를 앞에 두고 긴장한 탓도 있겠다. 꽃다발을 내미는, 흙에 더러워진 작은 손가락은 미세하게 떨리고 있었다.

그에게 선물을 건넨 나는 잽싸게 사라지려고 했다. 그런데 그가 불러 세운다.

"잠깐만! ……오해하고 소리 질러서 미안해."

"…………."

"아무 말이라도 좀 해 주지 않을래? ……이제 나밖에 이야기 상대가 없어서."

솔직히 말하면 나는 그곳에 어떤 사람이 잠들어 있는지 흥미가 있었던지라, 발걸음을 돌리고 종종걸음으로 무덤 앞에 가 웅크리고 앉았다. 남자애가 내 입가를 빤히 본다.

그리고 간소한 십자가에 바친 말이, 아마도 나와 그의 운명을 결정지었다.

"안녕하세요, 저는 이 사람 여동생이에요."

"……!"

"이제부터 오빠랑 함께 살아갈게요. 안심하고 잠드세요."

광장의 제일 안쪽으로, 랜턴 빛조차 만족스럽게 닿지 않는 이곳.

그럼에도 불구하고 십자가 모서리에서 섬뜩할 정도로 희미한 빛이 미끄러졌던 것은 내 눈의 착각일까. 어쩌면 남자애의 뺨을 타고 흐른 빛이 반사된 것이었을지도 모른다.

조금 부끄러웠지만 나는 그때 본심을 전할 수 있어서 다행이었다고 생각한다.

왜냐하면 나는 두 번 다시 그 무덤을 찾아뵐 수 없을 테니까.

내가 몇 번이고 몇 번이고 이 꿈만 거듭 꾸는 까닭——.

원인은 명백하다. 이날이 내가 사랑하는 형제들과 보낸 마지막 날이었기 때문이다. 적어도 기억하기로는 그렇다.

내 기억은 여기서 끊어져 있다. 과거의 앨범은 온통 벌레가 파먹어 빈자리에 무엇이 그려져 있었는지, 아무리 애써도 떠오르지 않는다. 앞으로 영원히 기억해내지 못할지도 모른다. 그 믿음직한 목소리도, 따뜻한 손바닥도——.

새카만 구멍이 난 사진에 간신히 남은 풍경은 하늘. 정확히 말하면 마을을 덮는 천상의 뚜껑이지만. 앨범 마지막 페이지의 그것을 고개를 들어 바라본다.

손가락 하나조차 움직일 수 없고, 소중한 혈액이 몸속에서 빠져나감을 느낀다. 열이 점점 지면으로 빨려 들어가고, 차갑게 굳은 영혼은 한숨이 되어 입술 밖으로 승천하려고 한다.

"미안해, 로제……. 용서 안 해도 돼……!"

내 영혼을 붙잡는 것처럼 누군가가 덮쳐왔다. 나는 그것을 멍하니 쳐다볼 수밖에 없었다.

"너는 여기서 죽어……. 내가 죽일 거야……!!"

어둠에 녹은 남자는 그렇게 말하며 입술을 가져오더니――내 목덜미에 키스를 했다. 얼음 같았던 몸에 열이 팟 켜지고, 달콤한 저림이 전신의 신경을 휘젓는다.

잠에 빠지려던 영혼은 아주 살짝 졸음을 쫓았고, 나는 마지막으로 보았다.

그의 윤기 있는 검은 머리카락이 환상적인 하얀 빛으로 물드는 광경을.

"……오, 빠……아…………."

가느다란 실을 잡아당기려는 것처럼, 아홉 살의 손가락이 천장을 향해 뻗으며――.

언제나 여기서 꿈은 끝난다.

† † †

"음, 으……으응……?"

무의식중에 이불을 밀어제치고 있었음을 깨달은 로제티 프리켓은 기상과 동시에 눈을 깜박거렸다. 오른팔은 언제 그랬는지 무언가를 붙잡으려는 것처럼 침대 캐노피를 향해 내밀어져 있다.

그로부터 무시할 수 없는 의사를 느낀 로제티는 여러 차례 다섯 손가락을 쥔다. 하지만 손에 닿는 공기는 아무것도 전해 주지 않았고, 답답한 감정 또한 손가락 사이로 슥 빠져나가 버렸다.

그 대신 차가운 뺨을 통해 깨닫게 된 것이 있었다.

"내가 왜 울고 있는 거지……?"

뻗었던 오른손 손등으로 눈가를 닦고 상체를 일으킨다.

영혼이 먼저 잠에서 깨기라도 했는지, 머리가 따라가지 못하고 있다.

"무슨 꿈을 꿨더라…………?"

멍하니 이불의 바다에 몸을 가라앉히고 있자 꿈의 여운도 썰물처럼 빠져나간다. 먼바다 저편으로 가 버린 그것이, 다시 머리맡에 나타나 줄 날은 언제일까?

누군가 요란하게 문을 노크했다.

『로제티 선생님, 슬슬 일어나세요! 아침 식사 준비 다 됐어요! 엘리제 아가씨는 벌써 깨어 있으세요! 로제티 선생님!!』

"우와앗, 야단났다!"

뻐엉, 터지는 풍선처럼 로제티는 황급히 침대에서 뛰어 내렸다. 잠옷 단추를 푼 다음 홱홱 벗어 던지고 속옷 차림으로 거울 앞에 미끄러진다. 빗을 쥐고 헝클어진 머리를 가라앉힌 다음 눈물 자국을 감추기 위해 청결한 타월을 집어 들었다.

그러다 문득 거울에 비치는 자신과 마주 보았다.

천천히 상체를 구부리고 가볍게 입술을 맞춘다. 고운 키스 마크가 남겨졌다.

"……내 입술, 그 사람 것이 되었어."

키스 자국을 어루만지고 이어서 손가락을 입술에.

"쿠……."

다시 주먹으로 쾅쾅 하는 노크 소리.

『로제티 선생님!! 메이드들을 돌격시킬 겁니다! 옷 갈아입는 거 돕게 할 거예요! 일어나셨냐고요, 로제티 선생님?!』

"우와와앗, 일어났어요! 일어났으니까! 그것만은 참아 주세요~~~!!"

바로 얼빠진 비명을 지르며 옷장에서 갈아입을 옷을 끄집어내는 로제티.

아무도 비추지 않는 거울에는 희미한 키스 마크만이 남았다.

LESSON: I ~성 프리데스위데의 밝은 징조~

 이날 아침도 쿠퍼는 발소리 하나 내지 않고 노곤한 새벽녘 속에 녹아들어 있었다.

 그가 근무하는 이 저택은 격은 있지만 오랜 수행을 쌓은 마녀처럼 낡고 비틀어져서, 발을 내디디면 마룻바닥이 등뼈처럼 구부러지며 삐걱삐걱 항의한다. 그럴 때는 바닥을 달래듯이 구두 바닥을 미끄러뜨려 소리를 죽여서, 레이디의 꿈결을 방해하지 않는 것이 신사의 소양이다.

 현재 향하는 곳은 이제 완전히 익숙해진 1층 침실. 정숙함 속에 우두커니 서 있는 문 두 짝을 노크도 하지 않고 밀어 열었다. 끼이익. 잠을 깨우는 소리가 공기를 가른다.

 "아가씨…… 아직 주무시고 계십니까……?"

 부르는 게 아니라, 확인하기 위해서 그렇게 말하고 쿠퍼는 문을 닫았다. 테라스 쪽 커튼은 빈틈없이 쳐져 있어 무거운 어둠이 소녀의 잠을 뒤덮고 있다. 캐노피가 달린 호화로운 침대 위로 부화를 기다리는 달걀 같은 동그란 쿠션이 보인다.

 방에 자욱한 공기 속에서 흐읍, 주인의 향기를 탐지하고 다가가는 쿠퍼.

거기서 쑥. 손에 들고 있었던 것을 눈앞에 꺼냈다.

완만하게 휜 도신이, 커튼 틈새로 쏟아져 들어오는 빛을 희미하게 반사했다.

침대 위 동그란 쿠션은 여전히 일어날 기미도 없다.

"슬슬 일어나셔야 합니다⋯⋯."

침대 옆에 선 쿠퍼는 거꾸로 쥔 칼을 높이 들어 올렸다.

번개 같은 칼끝이 느릿하게 오르내리는 달걀의 정수리를 정확히 조준하고──

"⋯⋯이러다 죽는 수가 있습니다."

푸욱!! 힘차게 찌른다!

──직전에 이불 끝이 힘차게 펄럭였다.

거기에서 용수철처럼 뛰쳐나온 무언가가, 융단에서 데굴데굴 낙법을 치고 벌떡 일어난다.

네글리제와 자랑하는 금발을 조신하지 못하게 흐트러뜨린 메리다가 어깨로 숨을 바삐 쉬며 말했다.

"헤에엑⋯⋯ 헤에엑, 하아⋯⋯! 아, 아, 안녕하세요, 선생님!!"

"안녕하십니까, 아가씨. 좋은 반응이었습니다."

쿠퍼는 만족스럽게 대답하고, 이불을 뭉갠 목검을 거두었다.

아무 일도 없었다는 듯이 침대를 정돈하고 능숙하게 커튼을 치는 가정교사의 모습에 메리다도 결국 부아가 치밀었다. 꽃보다 아름다운 열네 살 소녀한테 대체 무슨 짓이람.

"진짜, 선생님도! 살기로 깨우지 말아 달라고 했잖아요!"

"훈련의 일환입니다. 진검을 쓰지 않은 것만도 고맙게 생각하세요.”

“그런 문제가 아니잖아요. 심장이 튀어나오는 줄 알았다고
요!”

“심장이 건강해서 다행이군요?”

무슨 말을 해도 뺀들뺀들 피하기만 하는 가정교사의 태도에
메리다는 애꿎은 볼만 바람으로 탱탱하게 부풀릴 뿐이었다. 그
사이 쿠퍼는 커튼 끝을 끈으로 정리하고, 창문을 살짝 열어 봄
공기를 불러들인다. 파티션을 당겨 시야를 가리고 다시 주인에
게 다가가서, 헝클어진 금발을 손으로 빗고 어깨에서 흘러내린
네글리제에 손가락을 올린다.

“옷 갈아입는 걸 도와드릴까요?”

뿌우. 메리다는 입술을 내밀며 외면했다.

“내가 무슨 어린애예요?”

“도대체, 도대체가 말이죠! 선생님은 섬세함이라고 해야 하
나, 레이디에 대한 배려가 부족한 것 같아요! 오실 거면 그렇다
고 미리 말하셔야죠! 이쪽도 맞이하는 데 준비가 필요하고, 몸
단장이라든가 여러 가지로——.”

“무슨 태평한 소리를. 암살자가 『언제 어디서 목숨을 접수하
러 가겠습니다.』라며 괴도 같은 짓을 할 것 같습니까?”

“하지만 선생님은 암살자가 아니잖아요!”

자기도 모르게 발을 멈추고 눈을 껌뻑거리는 쿠퍼.

“그야 물론.”

가정교사가 슬쩍 내비친 위화감을 눈치채지 못하고 메리다는 복도를 쭉 달려 주방으로 뛰어들었다. 거기서 구수한 냄새를 있는 대로 풍기는 에이프런 드레스 소녀에게 정면으로 달려든다.

"좋은 아침, 에이미! 내 말 좀 들어봐. 선생님 진짜 너무한 거 있지? 자는 동안에 몰래 숨어들어 와서 또 목검으로 날 때려서 깨우려고 했다니까! 부, 부드럽게 입맞춤을 해 주시는 거면 또 몰라도…… 그런 하나도 로맨틱하지 않은 짓을!"

"어머나, 아가씨랑 쿠퍼 씨는 아침부터 참 화기애애하네요."

동정해 주길 바랐건만, 어째선지 에이미는 흐뭇하게 웃기만 한다. 빵을 굽고 있는 마일라와 니체도 유쾌한 신문기사를 본 것 같은 표정.

"오~오~ 분위기 좋은데."

"두 분은 한결같네요."

"안녕하세요, 여러분. 아침 식사 준비를 맡기기만 해서 죄송합니다."

아침 인사를 하면서 쿠퍼는 가볍게 손등을 뒤집었다. 손가락 끝에서 푸른 불길이 흩날린다.

"저희는 아침 트레이닝이 있어서."

메리다의 반응을 기다리길 2초. "헉!!" 하고 돌아본 메리다는 뒤늦게 온몸에 힘을 넣었다. 두 주먹을 세게 쥐고, 좀 있다가 온몸으로부터 마나를 해방한다.

메리다의 고상함을 표현한 것 같은 눈부신 불길이 메이드들의 에이프런을 가볍게 펄럭였다.

"깨달으시는 게 조금 늦었어요. 우선 휘두르기 오십 번!"

"뿌우우~~~……!"

"그래도 소용없습니다. 자자, 시간은 유한해요. 아침 식사는 레슨 끝나고!"

트레이닝복을 입은 가냘픈 등에 손을 대고, 쿠퍼는 메리다를 데리고 주방을 뒤로한다.

"그럼 여러분, 저희는 가볍게 땀을 흘리고 올 테니."

매혹적인 여운을 남기고 청년의 미모가 복도로 사라진다. 매일 아침, 그리고 방과 후 학생이 땀투성이가 될 때까지 레슨에 몰두하는 것을 아는 메이드들은 즉각 뜨거운 목욕 준비를 시작하기로 했다. 그레이스가 소매를 걷어 올리며 입꼬리를 올린다.

"올해도 시끌벅적한 1년이 될 것 같지?"

잡초의 감촉마저 몸에 익은 저택 뒤뜰. 몸에 딱 붙는 타이츠와 운동복을 입은 메리다가 건강한 신체를 구부린다. 연이어 휘두르는 목검이 휘익, 휘익 하고 경쾌하게 공기를 가르는 소리를 낸다. 교본에 실려 있는 것이 아닌, 쿠퍼가 철저히 가르친 실전적인 검술이다.

목검을 휘두르는 시간도 아깝다는 듯, 자신의 검을 잔디에 박고 교사는 연설을 시작했다.

"이상함을 눈으로 확인하고 나선 늦습니다. 피부로 마나를 느꼈다는 생각이 들면, 바로 그 순간에 얼라인먼트를 뉴트럴 상태로! 일상생활에서 마나를 느낀다는 것 자체가 긴급사태의 신호

입니다. 임전태세에 들어간 상대를 앞에 두고 우뚝 서 있는 것
만큼 어리석은 행위는 없어요. 마나를 해방하기만 하면 0.3초
안에 때려죽일 수도 있으니까요!"

"후우, 후……! 야앗……!"

가벼운 호흡과 함께 쉬지 않고 공기를 가르는 메리다. 쿠퍼는
살짝 미소를 지었다.

"욕심 같아서는 불필요한 힘을 넣지 않고 마나를 해방할 수 있
게 되면 좋겠습니다. 담소하는 도중에도 자연히, 찻잔을 기울
이면서도 우아하게……."

"마흔여덟…… 마흔아홉…… 쉰 번!"

"좋아요. 그럼 마무리로 온 힘을 다해 다시 열 번!"

메리다는 일단 몸을 도사리고 칼을 허리로 잡아당겼다. 일격
필살을 노리는 짐승 같은 자세가, 전장에서 군복을 나부끼는 그
녀의 스승과 똑 빼닮았다.

내디딤과 동시에 공기가 으르렁.

"얏, 얏, 얏, 얏, 얏! ──야앗!!"

열 번째 베기가 궤적을 남기고, 뒤늦은 검압이 잡초를 촤악 날
린다.

기분 좋은 미풍을 볼로 느끼며 쿠퍼는 목검을 힘껏 뽑은 다음
손바닥으로 돌리고 자세를 잡았다.

"그럼 오늘의 레슨을 시작하겠습니다. 준비는 됐습니까, 아
가씨?"

메리다도 자세를 고쳐 잡고, 머리를 깊숙이 숙여 선생에게 인

사한다.

"잘 부탁드립니다, 선생님!"

† † †

그 뒤로는 일과처럼 같은 동작을 반복하며 기초 스테이터스를 향상시키고, 카오스 카데나의 수련 등 정해진 메뉴를 소화했다. 꼬박 1시간이 지나니 땀투성이가 된 제자는 잔디에 쓰러져 있었다. 평소엔 레이디다운 몸가짐을 강조하며 가정교사의 시선을 의식해 마지않는 메리다지만, 이 정도로 녹초가 되면 그런 건 엄두도 못 낸다.

딸칵. 회중시계를 닫고, 여전히 상쾌한 표정의 쿠퍼가 말했다.

"아침 훈련은 여기까지 하도록 하죠. 열심히 했군요, 아가씨."

"네에~…… 감사합니다아……."

상체를 벌떡 일으키고, 지쳤지만 감사 인사만큼은 똑바로 하는 것이 메리다의 예쁜 점이다. 쿠퍼는 다정하게 그녀를 내려다보며 일어나기 쉽도록 손을 빌려준다.

"맛있는 냄새가 나기 시작했네요. 샤워하고 식사를 하시지요. ——약속 시각에 늦으면 로제티 씨가 심통을 부릴 겁니다."

이 말에 움찔하고 소녀의 어깨가 민감하게 반응했다.

에스코트해 주고 있었던 신사의 손바닥을 손가락으로 꼬옥 쥔다.

"저, 저기, 선생님…… 묻고 싶은 게 있는데……."

"아가씨."

쿠퍼가 딱딱한 목소리로 메리다의 말끝을 막았다. 얼굴을 든 그는 제자를 보고 있지 않다. 그저 무언가로부터 감싸듯이 반대편 손바닥을 소녀의 어깨에 대고 있다.

메리다가 의아한 눈길로 그와 같은 방향을 보니, 얼마 안 있어 저택의 뒷문이 열렸다. 롱스커트를 가볍게 걷어붙이고서 에이미가 허둥지둥 달려온다.

그녀가 무언가를 말하기 전에 쿠퍼가 예리하게 물었다.

"누가 오셨습니까?"

"정말, 쿠퍼 씨는 천리안이라니까요. 네, 현관 앞에 손님이 보이네요. 쿠퍼 씨와 같은 색 군복을 입은, 지팡이를 든 아저씨인데——."

"제가 대응하겠습니다."

말하자마자 쿠퍼는 메리다에게서 훌쩍 떨어졌다. 저택을 경유하지 않고 현관으로 향하려 하는 그에게 에이미가 황급히 말을 던진다.

"저어, 방을 준비하겠다고 했는데…….."

"거절당했죠? 걱정할 필요 없어요, 그 사람은 그냥 우체부니까."

바로 돌려보내겠습니다, 라고 덧붙이고 쿠퍼는 등을 돌린다. 남겨진 소녀들은 귀족다운 구석 하나 없는 대화에 멍하니 얼굴을 마주 볼 뿐이다.

메리다는 얼굴을 돌리고 순식간에 보이지 않게 된 짝사랑에게 물었다.

　——선생님, 묻고 싶은 게 있어요.

　제게, 당신에 대해 더 가르쳐 주지 않을래요?

　저택과 충분한 거리를 두고, 귀를 기울이는 꽃들조차 조심하
며 쿠퍼는 중얼거렸다.

　"그럼 이 약을 쓰면……."

　손바닥 안에 수상한 작은 병이 보인다. 유리로 된 용기 속에서
묽은 물색 액체가 희미하게 발광하고 있다. 그것을 가져온 우체
부는, 다시 말해 그가 소속된 백야 기병단(길드 잭 레이븐)의 상
사는 "그래……." 하고 엄숙하게 고개를 끄덕이고는 같은 문언
을 다시 한번 반복했다.

　"실험 중 시행착오로 기적적인 우연에 의해 조합된 것 같다.
그 병 하나가 정확히 한 명분. 똑같은 결과가 재현될 가능성은
낮다고 한다. ——잘 생각해서 써."

　"…………."

　쿠퍼는 말없이 물색의 작은 병을 품에 집어넣는다.

　상사는 담배에 불을 붙이려 했으나 꽃들의 시선을 느껴서인지
라이터를 도로 넣었다. 남아도는 손으로 긁적긁적 뒤통수를 긁
고서 지긋지긋하다는 소리를 낸다.

　"……결국 가는 거냐. 더는 떠올리기도 싫을 텐데."

　"지금까지 묵인했었던 내 책임이야. 이번에야말로 한 마리도
남김없이 처치하겠어."

"다 좋은데, 지금 네가 암살할 대상은 따로 있다는 사실을 잊지 마라."

그렇게만 충고하고 상사는 군복을 휘날린다. 지팡이 소리를 내며 대문 쪽으로 떠나는 남자를 쿠퍼는 씨익 웃으며 불러 세웠다.

"어허, 홍차라도 한잔하고 가시지요, 나리?"

정말로 싫은 듯한 얼굴을 하고서 어깨너머로 뒤돌아본 상사는 입가를 일그러뜨리며 대꾸했다.

"하필이면 내가 커피파라서 말이야."

재미없다는 듯이 앞을 향하고, 담배 냄새를 뿌리면서 걸어간다. 그 군복이 식물에 가려질 때까지 지켜보고서야 쿠퍼는 겨우 몸을 돌렸다. 아까부터 저택 쪽에서 느껴진, 한결같은 시선을 향해.

돌바닥을 더듬어가니 살짝 열린 현관 뒤에서 금발의 천사가 얼굴을 내밀고 있었다.

"저어, 선생님…… 조금 전 분은?"

"부대 관계자입니다. 아가씨가 신경 쓰실 일은 아닙니다."

"…………."

보니까 메리다는 아직도 흙투성이 트레이닝복 차림이었다. 쿠퍼는 장갑을 낀 손가락을 뻗어 마시멜로 같은 볼을 살짝 위로 쓰다듬었다. 이렇게 해 주면 평소엔 넋을 잃고 기분이 좋아지는 제자가 지금은 표정에 그늘이 남는다.

마치 자신을 타이르는 것처럼 쿠퍼는 거듭 말했다.

"아가씨가 걱정하실 일은 아무것도 없습니다."

메리다가 가끔 이런 근심 어린 표정을 보여 주게 된 것은 지난 춘계 휴가부터다.

† † †

"있잖아, 쿠. 나랑 좀 결혼해 주지 않을래?"

"…………………………네?"

시간이 퍽 지나서야 얼빠진 대답을 한 쿠퍼는 왠지 무의식적으로 메리다 쪽을 살폈다. 프란돌 왕성의 환상적인 분수 옆에서, 천계로부터 훨훨 내려온 천사 의상을 입은 메리다와 엘리제도 입을 반쯤 쩍 벌리고 있었다.

가정교사들의 갑작스러운 입맞춤 때문일까, 아직 상황을 머리가 따라잡지 못한 걸지도 모른다. 이는 쿠퍼도 마찬가지. 엉뚱한 서프라이즈를 보여 준 로제티를 벤치에서 의아하게 올려다본다.

"으음, 요컨대…… 사랑의 고백?"

"그건 아니고! 아니, 뭐 그렇게 생각해도 상관없긴 해. 당신은 항상 심술궂은 짓만 하지만 난 그런 점도 포함해 쿠가 마음에 드니까……. 그렇다고 착각은 하지 마. 난 딱히 취향이 유별나지는 않으니까! 그래도 역시 리얼리티는 필요하잖아? 하나도 관심 없는 사람이랑 '결혼해요~.'라고 해 봐야 아는 사람은 금세 알아 버릴 거고, 하물며 가족이라면 말할 것도 없지. 끝까지 완벽하게 속이려면, 역시, 사랑이 필요해! 여기까지 생각하니 아무래도 내 입장에선 쿠밖에 생각할 수 없게 돼서—— 그러니 부탁할게, 나랑 결혼해 줘!!"

"요약하면, 풀이하면 이런 것입니까."

명탐정은 어질러진 증언을 정리하고, '어디.' 하며 무겁게 허리를 들었다.

"당신이 고향에 갔던 건—— 맞선 때문이었다?"

양손을 파닥파닥 흔들고 있던 로제티는 직후 어깨를 축 떨궜다.

"……말하자면 그래."

"상대는 어디 사는 매미 새끼입니까?"

"같은 마을에서 비교적 오래 알고 지낸—— 잠깐, 뭔가 순순히 물어보는데?"

"기분 탓입니다."

진지한 얼굴로 거듭 끄덕이고서 쿠퍼는 눈도 깜빡이지 않고 다음 내용을 재촉한다. "그래서?"

로제티는 속이 시원해졌는지, 자신이 품고 있는 불만을 토해 내기 시작했다.

"지금 당장 결혼을 생각할 수도 없지만, 내가 짜증 나는 건 그 뒤의 문제야! 아빠가 성도 친위대(크레스트 레기온)를 관두고 마을로 돌아오래. 다시 말해 기사를 은퇴하고 쭉 집에 있으라는 말이지. 난 절대 그러고 싶지 않은데! 아직 더 놀고 싶다고!!"

"그런 허튼 생각을 하는 부친은 때려눕혀 주면 되지 않습니까."

"그게 가능하면 이 고생을 하겠어……."

뼛속에서부터 힘이 빠져 버린 것처럼 붉은 머리 소녀는 상체를 추욱 구부린다.

 "난 아빠한테는 갚을 수 없을 정도로 큰 은혜를 입어서 말이야, 풍파를 일으키는 짓은 별로 하고 싶지 않아……. 게다가 들어가자마자 사고 쳐서 성도 친위대를 쉬고 있으니 '일이 있습니다.' 라고 말해도 설득력이 없어……. 그렇지만 좋아하지도 않는 사람이랑 결혼하기는 싫어! 기병단도 절대로 관두고 싶지 않고, 그래서——."

 "말해 버린 겁니까……."

 "말해 버렸어……. '장래를 맹세한 연인이 있다.' 고."

 데헷. 귀엽게 혀를 내미는 동작으로 쿠퍼의 신경을 절묘하게 건드리는 로제티.

 "아빠 마음속에선 우리, 벌써 동거하고 입술이 녹을 만큼 하루에 100번은 키스하는 설정이야. 낮이든 남들 앞에서든 상관없이. 근데 이거, 좀 그렇네. 막상 해보니 부끄러워! 타하하하, 왠지 또 얼굴이 뜨거워지기 시작했어."

 "정도라는 게 없군요."

 "아니, 그, 하나둘 더하다 보니 멈출 수 없게 되어서……."

 애처로운 소녀처럼 볼을 화악 붉히는 3류 사기꾼.

 하아. 여봐란듯이 한숨을 쉬고 쿠퍼는 다시 제자들을 훔쳐보았다.

 "선생님과 로제티 씨가 결혼……? 동거……? 하루에 100번 키키, 키스……?"

눈앞에서 흘러나오는 피고인의 변명을 듣고 겨우 상황이 이해되기 시작했나 보다. 메리다는 마치 심판의 날을 기다리는 새끼 양같이 몸을 떨고 있었다.

무구한 소녀들에게 판결을 선고하기란 몹시 가슴이 미어지는 일이었으나——.

사정을 들은 지금, 고백에 대한 쿠퍼의 대답은 하나밖에 없었다.

"어쩔 수 없군요. 좋습니다."

——전혀, 하나도 안 좋거든요!!

제자가 마음속에서 결사적으로 그렇게 외치고 있었다는 사실을 청년은 알 도리가 없었다.

† † †

신년도가 막을 올리고 5월도 절반이 지난 카디널스 학교구. 오늘도 어제처럼 성 프리데스위데 여학원 성문을 빠져나간 천사 자매는——즉 붉은 장미 교복을 입은 메리다와 엘리제는 녹음이 무성한 산책길을 걷고 있었다.

가냘픈 양팔에 든 것은 평소의 학생 가방이 아니라 묵직한 여행용 트렁크다. 주위를 보니 똑같은 짐을 든 학생들이 귀여운 케이프와 망토를 걸치고 있다. 아직 교복이 익숙지 않은 1학년에게는 동반한 모친이 눈에 띈다.

"설마, 정말로 결혼하는 건 아니겠지?"

트렁크를 든 손에 악력을 넣으면서 메리다는 벌써 수십 번째가 되는 대사를 반복한다. 마치 그렇게 해서 이성을 도배하지 않으면 당장에라도 충동이 터질 것처럼, 엘리제는 평소처럼 무뚝뚝한 얼굴로 수긍한다.

"그냥 연기야. 그것도 기간 한정인. 로제 선생님이 가족을 속이면 다시 원래대로."

"그래! 그러니 우리는 조금도, 하나도 이성을 잃을 필요는 없어. 왜냐면 그건 사람 하나 살리자고 하는 거니까. 선생님의 마음이 어떠냐 하는 건 또 다른 차원의 문제라고!"

"동의. 그 《키스》도 그래. 단순한 약속의 증거지. 악수 같은 것."

"잘 아네! 이제 와서 생각하면 정말로 키스했는지 어떤지조차 의심스러울 정도야. 어쨌든 그때의 《접촉》에 대단한 의미는 없어!!──그런데 말야, 으음, 하나 더 말해도 될까?"

홰액! 화살처럼 전방을 가리키는 메리다.

"아무리 그래도 너무 달라붙은 것 같아!!"

"에헤헤, 쿠 팔 되게 탄탄하다~!"

메리다의 결사적인 대항심은 달콤한 분위기에 띠용 하고 날아갔다.

진득하게 팔짱을 끼고 걷는 미남미녀 커플. 청년이 팔을 쭉 내밀고 거기에 소녀가 양손을 감으며 머리를 기댄 모습은, 옆에서 보면 이상적인 연인을 그린 그림으로밖에 비치지 않을 것이다. 여학생들은 저절로 산책길을 피해 걷고, 어떤 사람은 넋을 놓고 보고, 또 어떤 사람은 뺨을 확 붉히며 급격하게 거리를 좁힌 두 사람을 바라본다.

소녀의 마음을 박살 내려는 듯한 분위기를 눈앞에서 견디고 있는 것은 메리다와 엘리제 정도였다. 무엇을 숨기랴, 귀한 공작 가문 영애들이 그 가는 팔로 무거운 트렁크를 나르는 것도 의지가 되는 각자의 종자가 연인의 팔을 껴안느라 아주 바쁘기 때문이다.

메리다는 성큼성큼 돌바닥을 밟으면서 걸었다. 원래대로라면 쿠퍼의 옆은 자신의 전용석인데! 이러한 욕구불만이 마구 쌓인다. 자신은 괜찮다. 손을 잡든 껴안든 주인과 종자니까 자연스럽다. 그렇다, 누가 뭐라든 자연스럽다.

하지만 로제티만은 안 된다! 다른 누구를 제쳐놓더라도 그녀에게만은 쿠퍼의 옆자리를 양보할 수 없다. 《무능영애》라고 멸시당하는 자신으론 여성으로서의 매력에서도, 기사로서의 고상함에서도 《1대 후작(캐리어 마키스)》에게는 한참 미치지 못함을 알고 있기 때문에——.

"아무리 가족을 속이기 위해서라고 해도 도가 좀 지나친 거 아냐!?"

"동감. 로제 선생님, 너무 분위기에 취했어. 그래서 오늘 아침 연습 때는 평소의 두 배 힘으로 밀어붙였지."

"잘했어, 엘리!"

"그런데 또 못 이겼어······. 크으으."

"으으, 내가 무력한 게 이토록 한심스레 느껴진 날은 없었어!"

여기서 로제티가 뒤돌아보고 트로피를 손에 든 여왕같이 우쭐 댄다.

"오호호호! 미안해요, 메리다 님, 엘리제 님. 어쩔 수가 없어, 이건 연기니까. 연기니까 깨소금이 쏟아지지 않으면 안 된다고요. '가짜니까 오히려 진짜 이상의 퀄리티가 요구된다.' 라고 대히트를 친 극단의 단장님도 말했었잖아!"

"으으음······! 아무리 그래도 너무한 거 아니에요? 이름도 막 부르고, 엄청 친해 보인다고요?!"

메리다도 평소엔 '선생님', 혀를 놀리고 싶을 때는 '쿠퍼'를 앞에 붙이기만 할 뿐, 애칭으로 부르기는커녕 이름만 불러본 적도 한 번 없다.

그런데 로제티는 그 경계선을 춤추듯이 가뿐하게 넘어 버렸다. '쿠퍼 님.' 이라고 큰맘 먹고 불렀었던 소녀의 마음이 비웃음당한 것 같은 기분이다.

"연인이니까 그렇죠. 전부터 어떻게 부르면 좋을까~ 고민했었는데 마침 아주 잘됐지 뭐야. 왠지 거리감이 좌악 좁혀진 실감이 들어~."

"뿌우우우우우~~~!"

"그렇게 뿡뿡대고 토라지면 못써~. 지금은 내가 주인공이잖아. 그치, 달링?"

"······푸웁."

더는 참을 수 없었는지 쿠퍼가 얼굴을 돌리고 웃음을 터뜨리자 로제티는 얼굴이 빨개졌다. 그만 연인을 연기하는 것도 잊고 평소처럼 덤벼든다.

"잠깐, 진지하게 해! 지금은 '졸려 보이는 아기들은 내버려 두고 엔조이 하자, 허니?'라고 달콤하게 속삭여야 하는 장면이라고!"

"미, 미안해요. 로제티 씨랑 연인이라는 설정이 워낙 간지러워서."

"대체 왜?! 난 이렇게 열심히 하는데!"

그 말에 차가운 눈길이 된 메리다가 평탄한 어조로 쏙 말했다.

"전 쿠퍼 선생님이랑 로제티 선생님은 무척 상성이 좋은 파트너라고 생각해요."

"어, 그래? 역시? 데헤헤……."

"하지만 연인다운 분위기는 안 나요. 두 분이 사랑을 속삭이는 장면을 상상할 수가 없네요."

꽈르릉————!! 로제티 뒤로 커다란 우렛소리가 가로질렀다. 새파래진 금붕어같이 입을 뻐끔거리고, 어린 학생복 소녀에게 손가락을 척 들이댄다.

"메메, 메리다 님은 몇 살?!"

다소곳이 스커트를 쥐고 고상한 척하며 인사를 해 주는 메리다.

"성 프리데스위데 2학년, 올해로 열네 살이 됩니다. 앞으로도 잘 부탁드려요, 로제티 프리켓 님."

"난 열일곱 살~. 내 쪽이 세 살이나 연상이에요~! 자, 리스펙트 해 주세요~!"

"사사, 사랑에── 신사분과의 관계에 나이 따윈 상관없어요!"

그렇게 말하자마자 메리다는 거침없이 가정교사의 왼팔에 매달렸다. 더 이상 연인 놀이를 봐주는 것도 한계였기 때문이다. 로제티가 "앗!" 하고 눈썹 끝을 추켜올렸다.

"어허! 메리다 님은 집에서 쿠가 많이 귀여워해 주고 있잖아!"

"자, 잠시도 넘기고 싶지 않아요! 저랑 선생님이 얼마나 친한지 아세요? 오늘 아침도 제가 자는 곳에 숨어들어 와서──."

"잠깐, 쿠, 당신! 공작 가문 아가씨한테 매번 무슨 짓거리를 하는 거야?!"

"오, 오해입니다. 저는 어디까지나 훈련의 일환으로……."

"──저기 보세요, 여러분. 뭔가 격렬해지기 시작했어요!"

뒤늦게 주위에서 울리는 환호성을 깨닫는다.

산책길 한복판에서 옥신각신하는 메리다 일행을 어느샌가 여학생들이 둘러싸 있었다. 메리다와 로제티의 공방이 가라앉았다고 보자마자 "와아!" 하고 일제히 밀어닥친다. 타깃은 당연히 천사의 말다툼에 쩔쩔매고 있었던 쿠퍼다.

"뭐라는지 잘 모르겠지만, 요컨대 순서대로 쿠퍼 님이 에스코트 해 주신다는 거지요?!"

"저도 입후보할래요! 1학년 때부터 쭉 단둘이 이야기할 찬스를 엿보고 있었어요!"

"스케줄은 어떻게 되어 있나요? 누가 쿠퍼 님 매니저 좀 불러

줘요!"

"아아, 진짜~! 왜 이렇게 되는 건데~!"

"——어험!"

장밋빛 울타리 속에서 로제티가 견디지 못하고 머리를 싸맸을 때였다.

노골적인 헛기침 소리에 전원이 조용해진다. 기침 소리 방향에 얼굴들이 돌아가고, 길을 열 듯이 인파가 갈라진다. 쿠퍼와 메리다의 직선상에 새로운 집단이 나타났다.

"어머나, 세상에. 신입생들 앞에서 성 프리데스위데답지 못하게 무슨 짓들이죠?"

"미, 미토나 학생회장……."

누군가가 떨리는 목소리로 중얼거리고, 급기야 두세 발자국 물러난다.

나타난 집단의 선두에 선 것은 항상 미소를 붙이고 다니는, 비스크 돌처럼 생긴 미소녀였다. 컬러풀한 슈슈가 귀여움을 어필하지만, 성 프리데스위데 최상급생을 나타내는 휘장과 미소 뒤에서 배어 나오는 위엄에 2학년들은 침묵한다.

미토나 휘트니, 3학년. 성 프리데스위데 여학원 현 학생회장. 금년 봄에 학원을 떠난 크리스타 샹송 전 학생회장의 후임으로 들어간 인물이다.

가면 같은 미소를 띤 그녀는 하급생들 집단 속에 거침없이 파고들었다. 곧바로 중심을 향하는 발걸음으로 보아 목적은 메리다. 메리다가 저도 모르게 쿠퍼의 소매를 붙잡는 손가락에 힘을 꼬옥 넣자, 동시에 회장의 가면이 약간 흔들렸다.

눈에 슥 힘을 주고, 자세히 봐도 모를 만큼 살짝 눈썹을 찌푸린 것이다.

"……안 어울려요."

"네?"

"메리다 양, 경망스러워요."

미토나 회장은 우아하게 팔을 들더니 메리다의 옷깃을 더듬었다. 가슴 쪽에 고정된 2학년을 나타내는 배지를 미세하게 조정한다. 위쪽에서 쏟아지는 랜턴 빛에 배지가 반짝였다.

"야단법석을 떠니까 휘장이 안 보이잖아요. 새 건데 아깝게."

"죄, 죄송해요, 언니……."

"팔을 잡을 상대가, 그 사람이 정말로 맞는 건가요?"

힐끔, 쿠퍼의 얼굴을 올려다본다. 그녀는 몹시 자연스럽게, 하지만 확실히 힘을 넣어 메리다의 손가락을 군복에서 떼어냈다. 손을 둘 곳을 잃은 메리다는 사촌 자매와 손을 맞잡는다.

그제야 회장은 만면의 미소를 보였다.

"아시겠나요?"

발길을 돌리고, 그녀는 2학년들의 시선을 질질 끌면서 온 길을 돌아간다.

"오늘은 많은 손님이 학원에 오셨어요. 보호자 여러분은 신입생이 이 학원에 익숙해질 수 있을지 어떨지 염려하고 있으실 터. 상급생으로서 부끄러운 행동이 없도록—— 이사님도 오셨습니다."

2학년들의 시선이 잽싸게 돌아간다. 미토나 학생회장이 데리고 온 건 올해 막 입학한 1학년을 딸로 둔 모친들의 무리였다. 한 명의 예외도 없이 모두가 산책길 한복판에서 소란을 피우고 있었던 소녀들을 보고 험상궂은 주름을 미간에 새기고 있다.

그 선두 쪽에서 한 사람이 걸어 나왔다. 눈이 아파지는 요란한 배색의 슈트 드레스를 입은 짙은 화장의 마담이다.

"성 프리데스위데 이사회의 한 명, 스타치예요. 여러분, 평안한가요?"

""“펴, 평안하신가요, 마담 스타치……."""

"고마워요. 우리 딸이 입학해서, 나도 오랜만에 이 학원 성문을 통과했습니다. 그리고 충격을 두 번 받았답니다. 하나는 성 프리데스위데의 여전히 아름다운 모습에. 그리고 또 하나는── 현재 학원에 다니는 학생들의 풍기문란한 모습에!!"

철썩! 벼락같은 소리가 울린다. 마담 스타치는 교편 비슷한 것을 손에 들었는데, 그것으로 한쪽 손바닥을 친 것이다. 소녀들이 무서워 부들부들 떤다.

마담은 천천히 산책길을 왕복하고서 등줄기가 굳은 2학년들에게 일장 연설을 한다.

"성 프리데스위데 여학원은 전통적으로 현모양처를 양성하는 일을 신조로 삼습니다. 전장에서 거칠게 검을 휘두르는 것만이 귀족 영애의 역할은 아니에요. 때로는 용기를 가지고 바깥에서 물러나 남편을 지탱하고, 아이를 돌보며, 보이지 않는 곳에서 프란돌의 발전에 힘써야 하는 법이라고요!"

남편이라는 단어에 반응한 메리다는 살그머니 쿠퍼의 소매를
당겼다.

"아세요, 선생님? 성 프리데스위데 졸업생은 신부로 무척 인
기 있는 거."

"그런데 학생들은!!"

짝사랑하는 사람에게서 무슨 반응이든 듣고 싶었지만, 그보
다 먼저 벼락이 재차 울렸다.

마담 스타치는 귀신같은 얼굴을 하고, 덕지덕지 바른 화장이
흘러내리는 것도 모르고 열변을 토했다.

"이사회가 아주 잠깐 눈을 뗐을 뿐인데 이 사달이 날 줄이야!
뭡니까, 교제 중도 아닌 남자분에게 그런 태도를 보이다니! 추
파가 웬 말입니까! 현모양처가 거품을 물겠어요!! 제가 학원에
근무했을 무렵에는 결코 이 같은 일은 없었습니다!"

꿀에 모여드는 나비처럼 들떠 있었던 2학년들은 결국 볼을 붉
혔다. 흥, 폭풍 같은 콧김을 토하는 스타치 뒤에서 다른 마담들
도 추가타를 날렸다.

"남자는 엄금인 여학원이라고 들었는데, 왜 남자분이 있는 거
죠?"

"연배 있는 신사라면 또 모를까…… 당장에라도 엄니를 드러
내게 생긴 젊은 남자잖아요!"

"듣자 하니 블랑망제 학원장이 열심히 움직여서 허가를 따냈
다던데."

"정말 골치 아프게 됐어……."

완전히 위축된 여학생들을 둘러보고 스타치는 만족스럽게 고개를 끄덕인다.

"스스로의 행동을 한 번 되돌아보세요. 신입생에게 악영향을 끼치는 일이 없도록."

이때, 서로 미리 짠 것처럼 집단의 후방에서 뛰어오는 구두 소리가 났다.

"찾았다, 메리다 언니!"

"우왓!"

그것은 뛰어오는 속도도 줄이지 않고 곧장 메리다의 등에 매달렸다. 어깨 너머로 내려다보니, 몸집이 작은 메리다보다 더욱 작은, 새로 맞춘 교복을 입은 1학년의 모습이 보였다.

"티치카구나! 그래, 스타치를 어디서 들은 것 같다 싶었더니……!"

"맞습니다요~! 티치카의 이름은 티치카 스타치니까, 엄마는 티치카의 엄마예요~."

소녀는 메리다의 등에서 떨어진 다음 기지개를 켜듯 팔을 번쩍 들었다.

처음 만났을 때부터 변치 않는 천진난만함에 메리다도 그만 입술이 벌어졌다.

"안녕, 티치카?"

"안녕하십니까요!"

입학하고 한 달이 되었건만 이미 같은 반 애들보다 메리다 옆이 익숙한 이 1학년은 소위 메리다의 《팬》이었다. 작년 여름 공개시합에서 처음으로 메리다의 늠름한 모습을 직접 보고, 비블리아 고트를 둘러싼 사건에서는 공작 가문 네 아가씨의 신문기사에 감탄, 결정타로 신학기 직전에 거행된 왕작 대관식에서 여왕의 종자를 훌륭히 연기해낸 금발 천사의 모습에 마음을 홀딱 빼앗겨 버렸다던가.

물론 시업식이 시작하자마자 2학년 줄로 돌격, "티치카를 동생으로 삼아 주세요!"라는 선언에는 아무래도 좀 당황하긴 했지만, 그래도 귀여운 후배다. 팬이라는 말을 들으면 등이 근질거리긴 하지만 메리다도 아주 싫지는 않았다.

그런데 여기서 "음, 으음!" 하고 고상함과 짜증을 섞은 듯한 헛기침이 끼어들었다. 모친인 마담 스타치가 어색한 미소를 짓고 있었다.

"티치카? 치카야? 인사할 상대를 착각—— 음음, 다른 한 명의 언니에게 아침 인사는 했나요?"

"그럼요~!"

힘차게 손을 들고서 티치카는 발을 모으고 몸의 방향을 획 틀었다.

"엘리제 언니도 좋은 아침입니다!"

"……응, 안녕."

"하아…… 변함없이 쿨하고 멋져요~."

행복한 듯 볼을 붉히는 딸의 뒤에서 지금이라는 듯이 모친이 걸어 나왔다. 엘리제의 손을 집어 들어 양손으로 덮고는 위아래로 흔든다.

"처음 뵙겠습니다, 엘리제 엔젤 님. 제 스타치란 이름을 앞으로도 부디 기억해 주세요. 성 프리데스위데에는 전통을 중시하는 이 같은 이사가 있었다고 식사 자리에서 아버님 어머님에게 보고해 주시면, 오호호호호……!"

"…………."

"팔라딘으로서의 활약은 익히 듣고 있답니다. 입학 전부터 유례없는 재능을 보여 순식간에 1학년 대표 자리에 뛰어올랐다고 말이죠! 참으로 엔젤 기사 공작 가문의 상징에 걸맞은 신성이세요! ──어디의 《무능영애》하곤 너무 다르다니까."

단숨에 목소리 톤을 낮추고 옆에 있는 엔젤 본가의 영애를 내려다본다. 엘리제의 손을 떼고 마담 스타치는 뱀처럼 천천히 메리다 앞으로 돌아 들어갔다. 교편이 올라가고, 천국의 금실 같은 긴 머리카락을 한 뭉치 털어버린다.

"팔라딘에게 있을 수 없는 금색 머리카락…… 평균치를 낮추는 초라한 스테이터스…… 1년 만에 성 프리데스위데의 질서가 이렇게까지 어지러워진 원인은 대체 누구일까요?"

"……으."

"한창나이인 남자를 종자로 데리고 다니다니."

찌릿. 끈적거리는 시선을 다시 그 옆으로. 신분과 입장으로 보아 자신에게 발언권이 없음을 잘 아는 쿠퍼는, 적의에 찬 마담의 시선을 무표정으로 바라봄으로써 대답을 대신했다.

흥. 같잖다는 듯이 시선을 돌리고 마담 스타치는 입술을 일그러뜨렸다.

"당신의 입학도, 남자의 침입도 이사장이라면 결코 용납하지 않겠죠."

"엄마…… 쿠퍼 선생님과 메리다 언니한테 실례잖아요……."

어머니 뒤에서 티치카가 미안하다는 듯이 풀이 죽어 있다. 마담 스타치는 홱 돌아본 다음 흐느끼는 것처럼 호들갑스럽게 딸을 껴안는다.

"티치카도 참, 어쩜 이렇게 자비로울까!!"

이 단계에서 일방적으로 설교를 듣고 있었던 2학년들도 인내심에 한계가 왔다. 작년 같았으면 이런 때 크리스타 회장이 자리를 수습해 줬지만, 아무래도 미토나 휘트니 신 학생회장은 쿠퍼를 옹호할 생각이 없는 모양이다.

대화를 지켜보고 있었던 여학생들 중 제일 먼저 도화선에 불을 댕긴 건 메리다와 같은 반 학생이었다. 컬이 들어간 밤색 머리가 차밍 포인트인 그녀는 네르바라고 한다.

"실례지만 스타치 이사님. 요 1년 동안 쿠퍼 님이 여성 문제로 트러블을 일으킨 적은 한 번도 없습니다."

메리다는 뜻밖이라는 표정으로 네르바를 쳐다보고, 다른 동급생들도 즉시 "맞아요, 맞아!" 하고 동의한다. 딸을 안은 채 스타치는 이를 드러냈다.

"만약 그런 사건이 있었으면 즉각 선생님을 추방했을 거예요!!"

"그것만이 아니에요. 저 사람 덕분에 학교에서 낙제생이 한 명 줄었습니다."

메리다를 힐끔 쳐다보고서 호전적인 급우는 시선을 되돌렸
다.

"저희도 저 사람에게 무척 영향을 받았고요. 경망스러운 모습
을 보이는 일이 없도록 몸가짐이나 행동거지에 한층 더 신경 쓰
게 되었지요. 매혹적인 남성이 근처에 있기에 오히려 여성의 아
름다움도 한층 연마할 수 있지 않을까요?"

메리다는 그녀에게 박수갈채를 보내고 싶은 심정이었다. 같
은 반 학생들의 반격은 더욱 힘을 늘려 어느샌가 야단치는 측과
야단맞는 측이 아니라, 여학생 집단과 마담 집단이 정면으로 서
로를 노려보게 되었다.

실로 한탄스럽다는 듯이 마담 스타치는 자기 진영으로 물러났
다.

"……보세요, 양식 있는 분들. 학생들이 완전히 물들었어요."

"골치 아프게 됐네……. 아주 그냥 들떠들 가지고. 그렇게 애
태우다 나중에 후회하게 된다고. 이쪽은 선의로 충고해 주는 거
야!"

"저 메리다 님 쪽 사람도 그렇고, 요전에 대관한 왕작도 그렇
고…… 왜 요즘은 여성 같은 남자분이 인기인 걸까요? 어린 소
녀들의 취향은 도무지 이해가 안 되네요."

"내 말이요, 어디가 좋은 건지."

메리다를 필두로 소녀들의 머리에 화아악! 피가 거꾸로 솟았
다. 전면전쟁도 불사하게 생겼군, 하고 쿠퍼가 식은땀을 닦는
데 이때 돌바닥을 진동시키는 경쾌한 음색이 들려왔다.

따그닥, 따그닥. 긴박한 순간에 어울리지 않는 리듬과 함께 온 것은 한 대의 마차였다. 교사 탑 앞 로터리에 정차하자마자 문이 확 열린다.

"아리따운 소녀의 정원아!!"

입을 열자마자 연극조의 대사를 치며 계단에 발을 올린 것은 호화로운 망토를 걸친 슈트 차림의 남성이었다. 젊은이라 부를 수 있는 외관은 아니나 장년이라고 존중할 만한 관록 또한 갖추지 않았다. 30대 중반 정도 같은데 좌우간 인상이 무척이나 어중간하다.

품을 들여 세팅한 걸로 보이는 아몬드 색 머리카락을 휘날리면서 남성은 덧없어 보이는 미소를 얼굴에 새겼다. 번쩍. 완벽한 각도로 하얀 치아가 빛났다. 대단한 테크닉이다.

"이런, 어찌 된 일이지. 내가 설마 또 미지의 영웅담의 입구에 놓여 있는 건가? 이런 체험은 프론 화산의 분화구에 결사의 조사를 도전했을 때 이후 처음이군. 그때도 불의 정령들이 내 머리카락을 서로 잡아당기는 바람에 아주 난리도 아니었지! 그런데 지금 또 화상을 입게 생겼구만. 레이디들의 뜨거~운 시선 때문에 말이지! 앗핫핫핫하!"

꺄아아아악! 조금 굵은 환호성을 지른 것은 당연히 여학생은 아니다.

바로 보호자인 마담들이었다. 앞다투어 마차로 쇄도하며 계단 출구를 둘러쌌다. 심지어 마담 스타치조차 예외 없이 딸을 내버려 두고 남성 쪽으로 있는 힘을 다해 뛰어간다. 남겨진 여학생들은 소란스러운 마담들을 멍하니 지켜볼 뿐이었다.

마차에서 나타난 나이스 중년은 씨익, 주름이 눈에 띄게 웃었다.

"워~워, 레이디—— 마담들! 그렇게 흥분하지 마시게. 기껏 남의 눈을 피해 멀리서 찾아왔는데 내가 엄청난 간과를 하고 있었어. 조금이라도 얼굴을 보여 주면 이런 소동이 일어날 것을 뻔히 알고 있었건만!!"

"블로섬 프리켓 후작님!"

"진짜야! 세피아 색 사진이 아닌, 움직이고 말하는 후작님이라고!"

"언제 오셨던 거지?! 알고 있었으면 파티 초대장을 보냈을 텐데!"

"……프리켓 후작?"

나잇값도 못하는 대소동을 멀리서 보고 처음으로 말을 되찾은 건 엘리제였다. 메리다나 다른 여학생들도 포함해 주위 소녀들의 시선이 사복 차림의 붉은 머리에게 집중된다.

"로제 선생님, 혹시 저 사람은……?"

"……우리 아빠."

로제티는 창피함에 어깨를 떨궜다. 지긋지긋하다는 목소리로 투덜댄다.

"완전히 잊고 있었어. 그러고 보니 오늘은 아빠도 학원에 올 예정이었지."

"아버님도 작위를 가지고 계신 거예요? 어라, 그런데……."

"그게 아니라 로제티 씨는 자신의 작위를 아버님에게 양도 중인 겁니다."

대답한 사람은 주저 없이 입을 연 쿠퍼였다. 거북해하는 연상의 소녀 대신에 그 옆의 청년에게 여학생들의 시선이 이동한다.

"딱딱한 거를 싫어해서 《1대 후작》 칭호를 얻은 직후에 말이죠. 원래라면 결코 바람직하지 않은 일이지만 당사자 본인이 현재 성도 친위대를 휴직 중인 점, 《1대》 작위 자체가 특례인 점 그리고 양도처가 다름 아닌 현인 블로섬인 점 등으로 인해 반쯤 묵인되고 있는 겁니다."

"아, 아니 대체 당신은 어째서 그렇게 우리 집 사정에 밝은 거야?!"

"직업병입니다."

메리다는 마담 스타치의 감시가 풀린 틈을 타서 쿠퍼의 소매에 손바닥을 도로 가져갔다. 만족스럽게 꾸욱 잡고, 믿음직한 가정교사에게 질문을 거듭한다.

"로제티 님의 아버님은 유명한 분인가요?"

"현인 블로섬—— 블로섬 프리켓 후작이라 하면, 그 분야에서는 모르는 자가 없는 유전자 공학의 권위자로 불리고 있습니다. 후작의 고향은 풀 한 포기 나지 않는 불모의 황야에 존재하는데요, 생물이 살아가기엔 가혹하기 짝이 없는 환경임에도 불구하고 마을에서 인간다운 생활을 영위하고 있는 것은 전부 후작 한 명의 지혜와 수완에 의한 바입니다."

덧붙여, 하고 쿠퍼는 어딘가 복잡해 보이는 눈길을 마차에 쏟았다.

"후작은 보시는 대로 아주 명랑하고, 사교적인 인물로……미디어 노출도 잦습니다. 절묘하게 촌스러운 복고적인 미남 스타일이 중장년층 마담들에게 큰 인기라더군요."

여학생들은 어떻게든 후작의 멋있는 점을 찾아내고자 마차로 시선을 되돌렸다. 낮은 목소리로 꺅꺅거리는 부인들에게 둘러싸여 후작은 연달아 윙크를 반복하고 있다.

"핫핫하, 고맙군. 성원 고마워요! 내 저작물을 가지고 계신 분에게는 기꺼이 사인을 해드리겠습니다. ──뭐? 몰라? 앗핫하, 무리도 아니지! 서점에서는 내 사진집 쪽이 눈에 띄니까 말이야! 아────핫핫하!"

눈과 귀에 독이라도 흘러들어온 것처럼 여학생들은 괴로운 얼굴로 시선을 돌렸다. 학생들을 대표해서 네르바가 과감히 물었다.

"로제티 님, 실례지만 한마디 드려도 될까요?"

"좋아, 나도 같이 말할 거니까."

젊디젊은 소녀들은 발을 맞추고, 한마음 한뜻이 되어서

"""어디가 좋은 건데!!"""

맑은 목소리로 합창했다. 그 멜로디를 들은 후작의 소년 같은 눈동자가 이쪽을 향한다.

"──가만! 거기 있는 건 로제! 로제티! 우리 자랑스러운 딸 아니냐!"

"아빠! 정말, 그 나이 먹고 뭐 하는 짓이야, 창피하게!"

혼자 후작 쪽으로 뛰어나간 로제티는 마담들의 두꺼운 벽을 밀어 헤치고 계단에 발을 올렸다. 부친을 구경거리 무대에서 끌어 내릴 셈이었겠지만 반대로 손목을 콱 붙잡혀 마차에 끌려 올라가고 말았다.

후작은 딸의 어깨를 안고 별로 닮지 않은 미모를 싱긋 일그러지게 만들었다.

"여기 모이신 여러분 앞에 선언하겠습니다. 이번 성 프리데스위데 연수(研修) 중에 그 무대가 되는 우리 마을에서, 내 딸 로제티가 성대한 결혼식을 거행할 것입니다!"

"뭐——뭐어어어어어어어어어엇?!"

"돌아가는 버스에는 좌석이 하나 빌 테지요. 하지만 슬퍼하지 않았으면 해요, 이건 딸에게 있어 찬란한 새 출발 그리고 새로운 가능성의 탄생이니까요. 가까운 장래, 재능 넘치는 붉은 머리의 아기가 성 프리데스위데의 성문을 두드릴 겁니다!"

"잠깐만, 어느 틈에 이야기가 그렇게?! 난 하나도 못 들었다고!!"

당사자인 신부가 뭐라고 난리 치고 있지만, 기어이 환호성을 대폭발시키는 마담들은 아무도 그녀의 주장을 듣지 않았다. 사정을 전혀 이해하지 못하는 여학생들은 얼굴을 마주 보고서 일단 축하할 일인가 싶어 모호한 표정으로 손뼉을 친다.

터질 듯한 환호성 속에서 메리다는 저도 모르게 엘리제와 시선이 엉켰다.

"……결혼식 이야기, 들었어?"

"전혀."

"난 로제티 님한테는 절대 지고 싶지 않은데…… 사라지시면 곤란해."

"나도."

결의의 증거처럼 손바닥을 서로 잡고 시선을 돌린다.

문득 이 갑작스러운 전개를 쿠퍼는 어떻게 생각하고 있을까, 하여 메리다는 얼굴을 들려고 했다. 그런데 그 직전, 기묘한 쉰 목소리가 난데없이 울리기 시작했다.

『……느껴져……, 느껴진다…….』

"어어?"

『놈의 냄새다……. 지금 나는 눈이 안 보여……. 하지만 느껴진다, 놈의 마나가……!』

『내 성에…… 다시 위협이 닥쳐왔다……!!』

어느샌가 메리다의 주위에서 떠들썩한 소리가 멀어져가고 이 이상한 목소리만이 음침하게 울리고 있었다. 양손을 들고 흥분하는 마담들도, 어안이 벙벙한 채 손뼉을 치는 여학생들도 누구 하나 메리다가 느끼는 위화감을 모르고 있다.

남성의 목소리같이 들리지만 나이를 먹은 건지 젊은 건지, 어디에서 목소리가 울리고 있는 건지도 분명치 않다. 그럴듯한 인물은 어디에도 보이지 않는다── 대체 누구지?

『지켜야 해…… 내 아이들을…… 한 명도 남김없이 지켜야

해……!』

『이번에야말로 누구 하나…… 귀족의 제물로 만들지 않겠
다…………………….』

썰물처럼 쉰 목소리가 멀어져가고, 그와 교대하듯 마담들의
떠들썩한 소리가 귓가에 되살아나기 시작했다. 퍼뜩 정신을 차
린 메리다는 제일 먼저 뜨거운 손끝에 힘을 넣었다.

"엘리, 방금 목소리 들었어?"

어깨가 달라붙을 만큼 가까이에 있는 엘리제는 정말로 영문을
모르겠다는 듯이 눈썹을 찌푸려 보인다.

"……무슨 목소리?"

"뭔가 쉬고, 귀신같다고 해야 하나…… 무서운 느낌의."

정처 없이 주위를 둘러보지만 역시 그럴듯한 인물은 보이지
않는다. 애당초 성 프리데스위데 부지 안에 있는 사람은 대부분
여성으로, 현재 있는 외부인 남성이라곤 블로섬 후작 정도다.
메리다에게 있어 가장 가까운 남성이라고 하면 쿠퍼지만, 자
신이 아주 좋아하는 그의 목소리를 잘못 들을 리도 없고, '무섭
다'고 느낀다니 당치도 않다.

그렇다는 말은 즉.

"기분 탓이었나……?"

도통 납득이 가지 않는 듯한 표정으로 메리다는 중얼거렸다.
그냥 환청이라고 단정 짓기에는 너무나 이질적이다. 칠판을 긁
은 것 같은 불쾌감이 지금도 여전히 주위에 숨어 있는 기분이 든
다. 메리다가 악몽을 꾼 아이처럼 사촌 자매의 팔에 달라붙은

순간.

"이건 또 무슨 축제 중이죠?!"

소동을 들은 것인지 교사 탑 안에서 학원 강사들이 달려왔다. 선두에서 위엄 있는 롱 완드를 들고 있는 것은 바로 친애하는 샬롯 블랑망제 학원장이다.

"마담 스타치, 당신이 있었으면서 대체…… 아니, 프리켓 경."

"잘 지내시죠? 마에스트로 블랑망제!"

마차의 나이스 중년에게 인사를 받고 학원장은 바로 상황을 헤아린 것 같다. 쿠퍼가 이야기했었던 대로 블로섬 후작의 마담 인기는 주지의 사실인 모양이다.

학원장은 바이올린 같은 목소리로, 한층 들떠 있었던 집단을 향해 척척 지시를 내린다.

"자자, 학생들은 바로 대식당으로. 연수 가기 전에 중요한 집회가 있습니다. 미스 휘트니, 보호자 분들을 안내해 주세요. ── 기다리세요, 프리켓 경."

"이런, 무슨 용무라도?"

로제티의 어깨를 안은 채 교사 탑에 들어가려고 하는 등을 향해 학원장이 말을 건다.

"당신과 꼭 대화하고 싶다는 분이 오셨습니다. 응접실 쪽으로 가시죠."

"뭐라고요! 어디 사는 부인이려나? 아니면 사인회를 타진하러 온 걸까요?"

"너무 기다리시게 하지 않는 편이 좋을까 싶네요."

학원장은 쌀쌀맞게 말하고 발길을 돌렸다. 후작의 프리티 스마일도 노련한 마녀에게는 효과가 약한 모양이다. 블로섬은 얼버무리듯이 웃고 로제티에게서 손을 뗐다.

"그럼 팬 여러분! ──샤이한 아기 새들도. 나중에 또 봅시다!"

"아아, 가 버리셨어……."

나부끼는 호화로운 망토를 아쉬운 듯이 바라보는 이들은 당연히 보호자로 온 마담들뿐이었다. 신입생의 곁을 지킨다는 명목도 잊고 귀여운 딸들을 내팽개친.

그 안에서 앳된 1학년 소녀가 메리다 일행 곁으로 뛰어왔다. 동경하는 언니와 엄격한 모친 사이에서 꼼짝도 못했던 티치카 스타치다.

"저기, 언니, 쿠퍼 선생님. 아까는 우리 엄마가──."

"자자, 티치카! 서두르지 않으면 친구들이 놓고 간다?"

재빨리 달려온 스타치 이사가 말하는 중인 딸을 강제로 잡아당겼다. 메리다 일행 쪽에는 눈길도 주지 않고 뒷머리를 당겨 티치카를 교사 탑으로 연행해 간다.

"그래도 엄마. 쿠퍼 선생님한테 미안하다고 한마디만……."

"그 마음만으로 충분해요! 너무 다가가면 이빨을 세울 수도 있습니다!"

연신 뒤돌아보는 1학년의 얼굴은 금세 인파에 섞여 사라졌다. 《무능영애》인 자신에 대한 모욕은 익숙한 일이기는 하나, 짝사랑하는 사람에 대한 모욕은 또 다른 각도에서 메리다의 마음을 도려냈다. 소동 내내 단정한 무표정으로 옆에 있었던 쿠퍼에게 메리다는 조심스럽게 손가락을 뻗었다.

"……선생님? 저희도 가죠?"

"죄송합니다, 아가씨."

그런데 여기서 쿠퍼가 메리다의 기억에 거의 없는 반응을 보여주었다. 자기 손에 감긴 메리다의 손가락을 살며시 푼 것이다.

마치 메리다를 피하려고 하는 것처럼.

"컨디션이 좋지 않아서요, 저는 집회를 결석하겠습니다."

"네에……?!"

"출발 전에는 돌아올 테니 용서해 주십시오. 그럼."

말을 마치고 서둘러 발길을 돌리려 한다. 메리다는 반사적으로 그 손을 꽉 잡았다.

전방위로 빈틈이 없는 완벽함이 강점인 쿠퍼. 그와 만나고 나서 1년, 감기 한 번 걸린 적이 없고 컨디션 불량을 호소한 적조차 이게 처음이다. 더구나 경위가 경위다. 메리다로서는 아무래도 다른 가능성을 생각하지 않을 수 없었다.

"선생님, 혹시 이사분들이 한 말을 마음에 두고 계세요……?"

"……아니요, 아가씨."

쿠퍼는 무릎을 꿇은 다음 희미한 미소를 지으며 낮은 시선으로 귀한 주인을 올려다보았다.

"저는 아가씨가 인정해 주시는 것만으로도 자신의 가치를 믿을 수 있습니다."

"선생님……."

"잠시 공기가 좋은 장소에서 산책하고 싶은 것뿐입니다. 이따

뵙죠."

메리다의 손을 한 차례 양손으로 꼬옥 감싼 다음 쿠퍼는 일어 났다.

인파에 거슬러 떠나가는 군복의 뒷모습을 메리다는 안타까운 눈길로 바라본다. 작은 가슴이 죄어오는 듯한 감각을 참고 있는데, 왼쪽에 사촌 자매인 엘리제가 그리고 오른쪽에는 인연 있는 동급생 네르바가 나란히 섰다.

밤색 트윈 테일을 흔들며 네르바가 아주 개운해 보이는 얼굴로 묻는다.

"올해는 평온한 1년이 될 것 같아?"

메리다는 엘리제와 시선을 주고받고 은발이 살짝 좌우로 흔들리는 것을 보았다.

사촌 자매가 함께 얼굴을 돌리고서 거울을 보는 것처럼 똑같이 입술을 움직인다.

""설마.""

† † †

성 프리데스위데 대식당(그레이트 홀)에 신입생을 포함한 여학생 300명이 모였다. 홀 끝에서 끝까지를 횡단하는 세 개의 기다란 테이블에 적당히 학년별로 나뉘어 앉아 있다. 2학년인 메리다와 친구들은 테이블 한복판 부근, 열의 후방에 최상급생, 입구 근처에 특별히 마련된 공간에는 보호자들의 모습이 보인다.

낯선 1학년들의 얼굴을 쳐다보고 있자 메리다는 문득 작년 초가을의 사건이 떠올랐다. 바로 자매 학교인 성 도트리슈 여학원과 합동으로 실시된 루나 뤼미에르 선발전이. 누군가의 음모에 의해 학원에서 고립되고 만 메리다를 쿠퍼는 언제나 옆에 바싹 붙어 흔들림 없는 신뢰로 끝까지 지탱해 주었다.

『설령 전 세계가 의심해도 저만은 당신의 편입니다.』

『그러니 아가씨도 저를 믿으세요. 제가, 당신을 믿고 있다는 것을──.』

　그의 앞에서 꼴사납게 울다 눈이 부어버린 사실을 생각하니 볼이 뜨거워지기 시작했지만 동시에 온몸을 부드럽게 뒤덮는 그 사람의 존재감이 이를 데 없는 행복감을 가져와 준다. 그런데 자신은 어떤가? 그의 신뢰에 보답하고 있는 것일까?

　메리다가 아주 살짝 그의 마음의 부드러운 부분에 접촉한 것은 극히 최근의 일이다. 팔방미인 가정교사지만 나이가 조금 더 많은 남자에 불과하기도 한 그는, 무수한 음모가 소용돌이치는 격동의 순례를 거친 후 메리다에게 평온함과 따스함을 바라고 있었다.

　어쩌면 지금도 그는 남에게 말할 수 없는 무거운 짐을 안고 있을지도 모른다.

　"왜 나한테는 아무 이야기도 해 주시지 않는 걸까……."

　자그마한 아이인 자신의 처지를 외면하며 메리다는 그렇게 중얼거릴 수밖에 없었다. 곧 집회가 시작되는데 그녀는 계속 멍하니 있었다.

여행용 커다란 짐을 들고, 오늘부터 시작되는 것은 성 프리데스위데 연수여행이다. 학자들이 모인다는 어떤 연구도시로 가서 3일 일정으로 조사의 협력을 한다고 한다. 그 길을 안내하러 멀리서 온 사람이 블로섬 프리켓 후작이고── 결국 그 연수지는 로제티의 고향이라는 얘기다.

즉 블랑망제 학원장에게서 설명을 듣지 않더라도 메리다와 엘리제는 연수지가 어떤 마을인지 이미 지식을 탑재한 상태였다. 통째로 외운 교본을 다시 읽는 것보다는, 막연한 짝사랑의 동향 쪽이 메리다의 관심을 끄는 것도 당연했다.

결국 참을 수 없게 되어 집회가 시작되기 전 메리다는 의자에서 일어났다.

"엘리, 나 역시 선생님이 신경 쓰여서 못 참겠어. 이 상태로 집회에 참여해 봤자고, 난 선생님을 쫓아가 볼래. 내 몫까지 이야기를 들어줄래?"

엘리제는 사촌 자매가 그렇게 말을 꺼내리라고 예상한 것처럼 손바닥을 만진다.

"나도 이따가 쫓아갈게."

"기다릴게."

이심전심의 대화를 마치고 메리다는 바로 몸을 돌렸다.

하지만 그걸로 간단히 자리를 뜰 수 없는 것이 학교라는 공간이다. 대식당 문에 뛰어갔을 때 마침 엇갈려 들어온 강사 한 명이 메리다를 불러 세웠다.

"응? 야, 엔젤. 어디 가냐, 곧 집회 시작하는데."

"아…… 라크라 선생님."

메리다보다도 몸집이 작은, 연하로 보이는 그 소녀는 그러나 틀림없는 강사용 로브를 걸치고 있었다. 금년도부터 무련교관의 한 명으로 근무하는 라크라 마디아 선생이다. 쿠퍼가 개인적으로 아는 지인 같기도 한데, 그 높은 전투기술은 벌써 학생들 사이에 널리 알려져 있다.

여하튼 어떻게 얼버무리면 좋을지 하며 메리다가 대답을 못하고 있는데 마침 운이 좋았다고 해야 할까, 보호자 한 명이 대화에 끼어들어 왔다. 그녀의 진한 화장은 메리다의 기억에도 아직 새롭다.

"저기? 복장을 보니 학원 쪽 분 같은데. 혹시 견습 시스터 되시나요?"

"아니. 나는……."

"우리 티치카의 모습이 안 보여요! 모처럼 영광스러운 무대인데! 왜 클래스순, 이름순으로 딱딱 자리가 정해져 있지 않은 거죠?!"

"그건 학원장님의 방침이다. 1학년 자리는 테이블 앞쪽에……."

떨떠름한 표정으로 라크라 선생은 마담 스타치에게 돌아서서 홀 안쪽을 가리킨다. 그 틈에 메리다는 몰래 그들을 제치고 달려나가는 데 성공했다.

전혀 인기척이 없는 복도까지 달려오고서 메리다는 "자, 그러면." 하고 궁리한다. 재빨리 빠져나오긴 했지만, 쿠퍼는 대체 어디로 간 걸까?

별로 근거는 없었으나 아무튼 멈춰서 있을 수도 없는지라 메리다는 발을 내디뎠다. 성처럼 거대한 교사를 가로질러 엔트런스 홀에 다다른 그때.

『오지 마!!』

갑작스러운 외침이 공기를 갈라 메리다의 발을 우뚝 멈추게 했다.

아까 들은 그 기묘한 소리다. 역시 환청이 아니었다. 그러나 이번에도 아까와 같이 모습은 보이지 않는다. 그뿐만 아니라 집회 중인 지금은 사람 기척 하나 없는데.

긴장이 내려앉은 공간에 난데없이 남성의 쉰 목소리가 전해진다.

『네놈의 목적은 알고 있다……. 다시 내 정원을 짓밟을 셈이 겠지……!』

『그렇게는 안 돼……. 그렇게는 안 된다…… 지긋지긋한 푸른 불길의 빙왕(氷王)놈아……!!』

"……이쪽에서 들려."

메리다는 비틀거리며 발을 내디뎠다. 목소리의 대소나 방향이 아니라 마나 기관이 감지하는 어떤 자력(磁力)이 존재한다고 스승인 쿠퍼에게 배운 적이 있다. 자신의 그것이 완전한지 어떤지는 알 수 없지만, 아무튼 메리다는 직감이 이끄는 대로 걸어갔다. 교사 탑을 나가지 않고, 엔트런스를 경유해 복도 반대쪽으로.

예측대로라고 해야 할까. 쉰 목소리가 주는 불쾌한 낌새가 점점 진해진다.

『에잇, 안 보인다, 안 보여······! 네놈 때문에 먼 두 눈이 쑤셔······!!』

『이 이상 뭘 빼앗을 셈이냐······! 오지 마, 오지 마······. 오지 마아······!!』

쉰 목소리의 절박한 외침은 메리다의 감정마저 자극했다. 저도 모르게 고동이 빨라지고, 신발 바닥은 소리높이 스타카토를 새긴다. 이제는 실제로 소리가 들리는 것인지, 아니면 메아리치는 것뿐인지도 모르겠다. 아무튼 서둘러야 한다는 충동에 마음이 움직여서, 목적지도 분명치 않은데 발만 바삐 움직인다. 오지 마, 오지 마, 오지 마, 오지 마, 오지 마······————.

"약속이 다르잖소, 세르주 쉬크잘 공!!"

우뚝. 메리다는 발길을 멈췄다.

어느샌가 쉰 목소리는 완전히 들리지 않게 되었고 대신 살아 있는 인간의 기척이 두 개 느껴졌다. 모퉁이에서 살짝 얼굴을 내밀자, 스테인드글라스가 장식된 복도에서 면식이 있는 인물들이 언쟁을 벌이는 모습이 보였다.

한쪽은 아까 가슴이 델 듯한 스마일을 마구 뿌렸던 프리켓 후작.

그리고 또 한 사람은 맙소사, 저번 달 프란돌 왕작에 막 대관한 세르주 쉬크잘이었다. 늘 온화한 표정을 띄우는 인상이었던 그가, 지금은 왠지 모르게 심각한 표정으로 후작과 마주 보고 있다.

"이쪽도 취미로 하는 게 아니라서 말이지, 원했던 성과를 제출해 주지 않는다면 원조를 중단할 수밖에 없어. 당신의 개인적인 연구를 도와줄 생각은 없으니까."

"중간과정은 착실히 보고하고 있소만! 대체 무엇이 불만이오?!"

"……후작, 내가 아무것도 눈치채지 못하고 있을 거라 생각해? 당신이 최근, 내게 약속한 명제를 소홀히 하고 엉뚱한 분야에 힘을 기울이고 있다는 것을 말이야. 당신의 보고서는 물론 대강 보고 있지. 하지만 근래 들어 진전이 전혀 보이지 않더군. 표면만 그럴 듯하게 꾸미고 있을 뿐이야."

아픈 곳을 찔린 것처럼 후작은 얼굴을 돌린다. 세르주는 진지하게 호소하기 시작했다.

"블로섬 씨, 나는 당신에게 기대하고 있다고. 당신이라면 어쩌면 《만약의 가능성》을 현실의 것으로 만들어 줄 수 있을지도 모르니까. ……하지만 이제 시간이 없어. 앞으로 1년, 이제 그 이상은 기다릴 수 없어."

그 말에 돌변하여 블로섬 후작은 세르주를 마주 본다.

"그럼 이렇게 된 거, 다른 학자들에게도 협력을 부탁할까요?"

눈에 슬쩍 힘을 주며 젊은 드라군은 시퍼렇게 날이 선 살의를 걸쳤다.

"……나를 협박하는가? 후작."

"오, 옷호호! 당치도 않습니다."

도대체 무슨 이야기를 하는 걸까. 메리다의 사고는 몹시 혼미했다. 자신이 아직 아이이고, 학생 신분이라서 그들의 진의를 파악하지 못하는 것뿐일까? 유일하게 이해한 것은 블로섬 후작을 찾아온 손님이 누구인가 하는 것 정도다.

하다못해 목소리라도 좀 더 잘 들을 수 있도록 메리다는 몸을 좀 더 가까이 가져가기로 했다. 그런데 그 직전에 누군가가 뒤에서 갑자기 어깨를 잡아 메리다의 심장이 뛰어 올랐다.

"메리다 님? 지금 뭐 하는 거야?"

펄쩍 뛸 듯이 뒤돌아보니, 자신을 붙잡은 사람은 경애하는 로제티 프리켓이었다. 메리다는 단숨에 안도함과 동시에 그 후방에 있는 사랑하는 사람들의 존재도 깨달았다.

"엘리…… 쿠퍼 선생님."

"아가씨, 집회를 빠져나오셨다 들어서 걱정했습니다."

조금 전 느꼈던 메리다의 비장감은 한순간에 아무것도 아니게되었다. 평소와 하나 다를 거 없이, 짝사랑하는 사람이 어깨에손을 올려준다. 메리다는 무심코 "푸흡." 하고 쓴웃음을 터뜨리면서 사촌 자매에게 시선을 옮겼다.

"내 쪽이 늦은 것 같네?"

"선생님은 집회가 끝나고 바로 돌아왔어."

쿠퍼의 얼굴을 힐끗 쳐다본 다음 엘리제는 말을 잇는다.

"리타만 돌아오지 않아서 분담해서 찾은 거야. 그랬더니……."

"이쪽에도 먼저 온 손님이 계셨던 모양이군요."

쿠퍼는 당당히 모퉁이 너머로 몸을 드러냈다. 이미 이쪽의 대화를 듣고 있었던 듯 세르주와 블로섬 후작도 대화를 끝맺고 돌아섰다.

"이야, 쿠퍼 군. 메리다 양에 엘리제 양, 거기에 로제티 씨까지."

""오랜만입니다, 왕작님.""

메리다는 엘리제와 나란히 서서 다소곳이 인사를 올렸다. 젊은 왕작은 이미 평소의 쾌활한 표정을 띠고 있었다. 사람에게는 다양한 얼굴이 있음을 메리다는 새삼 실감했다.

왕작과 무언가 깊은 인연이 있는 듯한 쿠퍼가 억양이 있는 어조로 물었다.

"세르주 쉬크잘 공, 어인 일로 이곳에?"

"블로섬 후작과 개인적으로 할 이야기가 있어서 말이야. 후작은 거의 마을 밖으로 나오지 못하니까 연수가 행해지는 이 기회에 만나야겠다 싶어서."

세르주가 극히 자연스럽게 옆에다 눈짓하자 블로섬 후작이 조금 어색한 미소로 화답한다. 일곱 색의 얼굴을 구분해 쓰는 배우는 이어서 매력적인 미소를 쿠퍼에게로 향했다.

"그거랑 겸사겸사 동생 친구들의 배웅과 내 친구의 배웅을 하러 왔지."

"이런, 설마 왕작님에게 친구가 있으셨을 줄이야."

"이야, 여전히 가차 없구만!"

쾌활하게 웃음을 터뜨리는 왕작을 보고서 메리다와 엘리제는 서로를 마주 보았다. 변함없이 쿠퍼와 그는 사이가 좋은 건지 나쁜 건지 알 수 없는 관계다.

대화가 끊어진 타이밍에서 과감하게 몸을 내민 건 로제티였다. 관계자밖에 없는 지금이 절호의 기회라고 판단한 걸지도 모른다.

"있잖아, 아빠! 요전에 했던 이야기 말인데, 나 결혼 같은 거안 할 거야!"

"로제티…… 이 사랑스러운 말괄량이 딸아!"

"나는 여기에 있는 쿠랑 사귀고 있어! 그 감정을 무시하지 말아줘!"

후작은 여봐란듯이 한숨을 쉬었다. 지극히 상식적인 태도로 어깨를 으쓱하고, 딸과 그녀에게 한쪽 팔을 잡힌 장신의 청년에게 돌아섰다. 자신의 의견을 말하는 교수같이 입을 열었다.

"자네군? 우리 딸을 홀리고 있는 악동이. 덕분에 곤란해, 로제티에겐 이미 하느님이 정해 주신 약혼자가 있거든. 자네가 어디의 누군지…… 모른다만…………."

후작의 대사가 부자연스럽게 끊어졌다.

쿠퍼의 단정한 얼굴을 쳐다보자마자 입술이 굳고, 갈색 눈동자가 서서히 휘둥그레진다. 이윽고 와들와들 전신을 떨고 튕겨나가듯이 뒷걸음질 치는 것이 아닌가.

"히이이이익?! 사, 살아 있었던 거냐?!"

"아, 아빠……?"

"아, 아니, 아니야! 그럴 리 없어……!!"

후작은 붕붕 고개를 저었다. 공들여 정돈한 아몬드 색 머리카락이 도둑고양이처럼 헝클어진다. 이마가 비지땀으로 흥건하고, 구역질을 참는 것처럼 입을 가린다.

"놈은 죽었어…… 분명 그랬을 텐데. 두 번 다시 내 눈앞에 나타나선 안 되는데……!!"

안면이 새파래진 30대 남자의 모습에, 주위의 소녀들은 어떻게 반응해야 할지 알 수 없었다. 메리다는 엘리제와 저절로 바싹 붙어 남자로부터 거리를 뒀고, 딸인 로제티조차 아버지의 변모된 모습에 눈을 동그랗게 뜨고 있다. 쿠퍼는 여전히 무슨 생각을 하는 건지 알 수 없었다.

세르주 쉬크잘 공작이 비취색 눈동자를 살짝 번뜩였다.

"무슨 일인가, 후작. 그 유령이라도 본 것 같은 얼굴은?"

"유령…… 아니, 실례. 네, 많이 닮은 《죽은 사람》의 얼굴이 기억에 있어서……."

죽은 사람? 메리다와 엘리제는 재차 얼굴을 마주 본다.

왜 쿠퍼는 오늘따라 유난히 말수가 적은 것일까. 소용없는 의문이 머리를 가로지르는 메리다를 아랑곳하지 않고, 간신히 약간의 평정을 되찾은 후작이 이쪽으로 돌아섰다. 조각상처럼 우두커니 서 있는 쿠퍼의 얼굴을 함부로 뚫어져라 감상한다.

"벌써 7, 8년 전의 일이지요……. 선대 시절이었으니 세르주 님은 모르실지도 모릅니다. 일찍이 저희 마을에서 끔찍한 집단 살육 사건이 갑자기 일어난 사실을……."

후작의 목소리가 차가워진 공기를 진동시킨다. 서로 안고 있는 메리다와 엘리제의 손가락에 힘이 꽈악 들어갔다. 동향인 로제티는 눈썹을 찌푸리고 신중히 아버지에게 다가간다.

"……그런 일이 있었어?"

"딱 네가 잘 기억하지 못할 무렵에 있었던 사건이야. 생각나지 않는 편이 좋을 거라 생각해서 가르쳐 준 적은 없었지만, 그때 까딱했으면 너도 휘말렸을 거다. 다치지 않고 끝나서 정말로 다행이었지만…… 아무튼."

딸과의 대화로 평정심을 되찾고 후작은 다시 청년의 미모를 쳐다본다.

"그 후 기병단의 조사로 주모자로서 지목된 건 당시 겨우 열 살의 소년이었다고 발표되었습니다. 꺼림칙하게도 그는 제 교회에도 체류했던 적이 있어요. 로제티의 연인이라고 하는 이 군인에게 바로 그 소년의 모습이 보입니다……. 정말 **빼닮았어**."

쿠퍼와 후작의 시선이 복잡하게 뒤엉켰다. 30대 남자의 눈썹이 떨리고, 입술이 벌어진다.

"설마 정말로?"

비단을 찢는 듯한 비명이 복도에 울려 퍼진 것은 바로 그때였다.

† † †

움찔. 메리다와 엘리제의 어깨가 튀어 오르고, 블로섬 후작의 허리가 쑥 빠진다. 그리고 역시라고 해야 할까, 쿠퍼에 로제티,

쉬크잘 공과 같은 일선급의 전사들은 즉각 의식을 전환한 상태였다. 왕작이 고개를 훅 든다.

"뭔가 좋지 않은 일이 일어난 것 같군."

"이쪽입니다."

지각능력이 우수한 쿠퍼는 벌써 소리의 발생지를 파악한 모양이다. 로제티가 앞장서서 뛰쳐나가고, 황급히 뒤쫓는 메리다와 엘리제의 등에 쿠퍼가 티 안 나게 손바닥을 댄다. 보호받고 있음을 이해하고 뒤를 돌아보자, 최후미에는 당황한 후작과 후위를 지키는 세르주의 모습이 보였다.

"대체 무슨 일입니까!"

경종은 교사 탑 구석구석까지 울렸던 듯 사람들이 속속 모이기 시작했다. 강사들을 데리고 블랑망제 학원장도 나타났다. 모두가 도착한 곳은 큰 홀이었다.

예쁜 난로 앞에, 두 여자가 서로 뒤엉켜 있었다.

"티치카! 티치카아아아아아아!!"

진한 화장이 엉망이 되어 흐느끼는 사람은 슈트 드레스를 입은 스타치 이사였다. 그리고 그녀가 꼭 껴안고 있는 교복 차림의 여학생을 본 순간, 메리다의 머리에서 핏기가 휙 가셨다. 신입생의 애처로운 뺨은 조금도 꿈틀거리지 않고, 눈꺼풀은 자는 것처럼 감겨 있다.

"티치카……?"

메리다를 '언니'라며 흠모하던 귀여운 후배. 모두 말을 잃고 주위에서 아무도 꼼짝하지 않는 가운데 블랑망제 학원장이 부리나케 달려왔다. 티치카의 용태를 확인하려고 했으나 모친이 그 손바닥을 완강히 물리쳤다.

겉보기로는 의식을 잃었을 뿐 외상은 없다. 학원장은 빠른 말로 물었다.

"마담 스타치, 도대체 무슨 일이 있었던 겁니까."

"제가 알 리가 없잖아요!! 집회에서 티치카의 모습이 안 보인다 싶어 찾고 있었더니 여기에 이렇게, 쓰러져서…… 으으, 으어어!!"

스타치 이사의 울먹이는 소리는 그 이후 말로 나오지 않았다. 모인 여학생들, 보호자와 강사들 사이에 의혹의 시선이 난무한다.

"구세주는 늦게 오는 법! 자, 여러분, 이 나에게 길을 양보해 줘!"

후방에서 마담들을 밀어젖히며 블로섬 프리켓 후작이 나타났다. 몇 명은 후작 뒤에 있던 쉬크잘 공의 존재에 눈을 빼앗기긴 했으나, 아무래도 지금은 요란하게 떠들 그런 분위기는 아니다.

무엇보다 주목해야 할 사람은 후작이다. 연극배우 같은 동작으로 스타치 모녀의 옆에 무릎을 꿇는 그를, 블랑망제 학원장은 어딘지 모르게 불안해 보이는 눈길로 쳐다봤다.

"맡겨도 괜찮을까요, 프리켓 경?"

"물론입니다! 자자, 갤러리 분들은 더 물러나세요. 현장보존은 중요하니까. 지금부터 비장의 매직을 보여드리죠!"

분위기에 맞지 않는 쾌활한 목소리를 내며 후작은 망토 안쪽에서 투명한 약품을 꺼냈다.

"이 휘발제를 흘리면 주위에 떠도는 마나의 흔적을 거슬러 올라갈 수 있어요. 즉! 사건이 일어난 순간 이 자리에 누가 있었는지를 재현해준다는 뜻입니다!"

"그게 마나 능력자라면 말이지."

쉬크잘 공이 찬물을 끼얹는 것처럼 보충해 전원의 얼굴이 후방으로 돌아간다.

명탐정은 "어험." 헛기침하고 다시 시선을 모으면서 하던 일로 돌아갔다.

"나의 획기적인 발명의 하나! 조합방법은 저술을 참고해 주길 바라고……. 자자, 능력자 여러분, 현장을 흐트러뜨리지 마시길! 눈을 크~게 뜨고 봐주셨으면 합니다……!"

설명을 들은 강사와 학생들이 범인 취급을 당할 순 없다며 몇 미터 거리를 비운다. 블로섬 후작은 뜸을 들이며 약병을 든 다음 난로를 향해 기울였다.

투명한 액체를 장작에 따른 순간 불씨도 없는데 산발적인 불똥이 튀었다. 동시에 잇따라 불길이 솟아오르기 시작한다. 열이 아닌 신비한 압력이 느껴진다.

"이것은 지금 여기에 모인 여러분의 마나! 어지럽게 변하는…… 일곱 가지 빛깔. 희한한 일이군……. 그리고 자아, 그게 가라앉으면……?"

마치 대본으로 연습해온 것 같다. 난로를 물들이는 형형색색의 불길이 무대장치처럼 가라앉은 직후 후작은 호들갑스럽게 팔을 벌리며 말했다.

"여기서 비명이 들렸어! 모친이 피해자인 딸을 발견한 겁니다. 자, 계속 시간을 거슬러 올라가겠습니다……! 다음에 떠오른 마나가 범인의 것입니다!!"

꿀꺽, 누군가의 목구멍이 울리는 것을 메리다는 느꼈다. 왼쪽 옆의 엘리제와 서로 단단히 손을 잡고 침묵을 계속 지키는 난로를 잡아먹을 듯이 쳐다본다.

옆에 있을 쿠퍼는 어떻게 하고 있을까. 메리다는 공연히 마음에 걸렸다. 하지만 그의 모습을 살필 틈도 없이 장작을 빠직 튀게 한 작은 불꽃이 의식을 붙잡았다. 불길은 난로의 중심에서 눈 깜짝할 사이에 끄트머리로 퍼지고, 이윽고 크게 솟구쳤다.

메리다는 순간적으로 몸을 던져 난로를 감싸고 싶어졌다. 하지만 그 불길은 학원의 무련교관보다, 혹은 학원장조차도 웃도는 어마어마한 기세로 드높은 포효를 질렀다. 홀 전체를 비추는 환한 빛이 사람들의 눈에 비쳤고, 반대로 메리다의 마음은 급속히 열을 잃어갔다.

"아니야."

무의식적으로 나온 혼잣말은 누구의 귀에도 들어가지 않았으리라. 흡사 엔터테이너 같은 블로섬 후작의 실루엣이 역광 속에서 소리높이 선언했다.

"이거다!! 이 마나가 범인의 것입니다!!"

그 불길은 메리다라면 절대로 착각할 수 없는 푸른 빛을 발하고 있었다.

티 치 카 스 타 치

클래스:클레릭

HP	105	MP	17		
공격력	10	방어력	9	민첩력	10
공격지원	–	방어지원	0~33%		
사념압력	10%				

주 요 스 킬 / 어 빌 리 티

자애Lv1

【 신 관 / 클 레 릭 】

우수한 방어지원으로 아군을 서포트하는 후위 클래스. 자신의 공격이나 방어에 마나를 할애하는 일은 전문영역 밖이라고 봐야 한다. 그러나 자신의 풍부한 마나를 아군에게 나누어 주는 스킬 《자애》는 특필한 만한데, 운용하기에 따라서는 전국을 일변시킬 수도 있기 때문이다.

적성[공격:D 방어:D 민첩:D 특수:– 공격지원:– 방어지원:A]

LESSON: II ~땅끝의 우렛소리~

　난로 앞을 몇 번이나 왕복하면서 블로섬 프리켓은 거듭 자신의 추론을 늘어놓았다.

　"이 마나는…… 그래, 남성의 것이야! 성인쯤……. 아니, 10대……!"

　"그럴 리 없어요!"

　즉각적으로 소리친 메리다에게 홀 안의 시선이 향한다.

　블로섬 후작 또한 메리다를 돌아보고 시치미 떼는 코미디언처럼 눈썹을 올렸다.

　"그럴 리 없다……라니 무슨 뜻이지, 아기 새야?"

　"아니, 지금 마치 저희 선생님이 범인인 것처럼……."

　"나는 아무 말도 안 했어. 그냥 현장에서 파악한 정보를 있는 그대로 전하고 있을 뿐. 거기에서 떠오른 범인상이 누구와 일치할지는 오히려 나보다 이 학원의 여성들 쪽이 자세히 알고 있지 않을까?"

　"……으!"

　메리다는 입술을 깨물고 아무 말도 하지 않았다. 나타난 푸른 불길을 보고 제일 먼저 쿠퍼를 연상해버린 건 다름 아닌 자신이다. 같은 반 친구들도 마찬가지겠지만. 여학생들 사이에 거북한 긴박감이 깔린다.

"그 남자예요!!"

망설이지도 않고 단언한 것은 피해자 딸을 둔 마담 스타치였다. 눈물로 진한 화장이 지워져 봐주기 힘든 꼴이 됐지만 끓어오르는 적의가 심상치 않다.

그녀의 배후에서는 죄상을 과시하듯 푸른 불길이 여전히 타는 중이다.

"티치카는 《무능영애》의 가정교사에게 사과하고 싶다고 계속 말했습니다! 집회를 빠져나가서 그 남자를 찾으러 간 거겠죠!! 자, 자백해! 당신, 티치카에게 무슨 짓을 한 거지?! 돌려내! 활기찬 우리 아이를 돌려내애애!!"

"…………."

쿠퍼가 이런 때조차 매우 침착한 것이 메리다는 답답했다. 누명을 쓰게 생겼으니 서둘러 '자신은 아니다'라고 주장해 주면 그래도 좀 안심이 될 텐데. 그런데 왜 적극적으로 발언권을 얻으려 하지 않는 것일까.

마치 자신에게 들이댄 십자가를 받아들이려고 하는 것처럼——.

"……제가 분명히 말할 수 있는 것은."

조금 지나 전원의 시선을 모으면서 그의 입술이 움직인다.

"무고함을 증명할 수단은 없다는 것입니다. 저는 집회 때 자리를 비우고 있었고, 아가씨들과 합류할 때까지는 쭉 혼자였기 때문에."

"이거 보세요!!"

마치 자백을 끄집어냈다는 듯이 마담 스타치가 우쭐해졌다. 보호자인 부인들 사이에 술렁이는 소리가 퍼지고, 쿠퍼를 잘 알고 있을 같은 반 친구들에게조차 동요가 퍼진다.

쿠퍼의 빠른 머리 회전에, 또는 나쁜 의미로 좋은 이해력에 메리다는 주먹을 세게 쥐었다. 메리다도 부조리한 환경을 경험한 적이 없지는 않지만 쿠퍼는 의심받는 일, 누명 쓰는 입장에 너무 익숙하다. 메리다가 듣고 싶은 것은 그런 말이 아니다.

비슷한 답답함을 느꼈는지 블랑망제 학원장이 집단 앞으로 걸어 나왔다.

"잠시만요, 보호자 여러분. 저는 그를 의심하지 않습니다."

"학원장님!! 당신이 그러니까⋯⋯!"

날카로운 소리를 지른 마담 스타치에게 학원장의 흔들림 없는 눈길이 쏟아진다.

"작년 가을 비블리아 고트 사서관 인정시험에서 저와 학생들의 목숨을 그가 구해줬습니다. 이제 와서 그 신뢰를 배신하는 짓을 할 의미가 있을까요?"

마담 스타치는 여전히 잠들어 있는 딸을, 손톱을 세울 정도로 세게 끌어안았다.

"가족이 없는 당신은 제 기분을 절대 이해하지 못할 거예요!!"

"⋯⋯⋯⋯⋯."

터무니없이 시퍼렇게 날이 선 칼날이 블랑망제 학원장의 마음을 도려냈음을 메리다는 알 수 있었다. 나이든 마녀가 조용한 얼굴로 침묵을 지키는 것과 동시에 다음 변호인이 앞으로 나온다.

"나도 학원장님 의견에 동감입니다. 이 범행은 쿠퍼 군의 짓이 아니야."

현재 프란돌의 정점에 선 왕, 바로 세르주 쉬크잘이다. 그의 의견은 학원장의 말 이상으로 무시할 수 없어서인지, 웅성거리던 홀의 전원이 순식간에 조용해진다.

쉬크잘 공은 일단 스타치 모녀에게 걸어간 다음 피해자의 이마를 손바닥으로 쓰다듬었다. 천진난만한 1학년이 의식을 되찾을 기미는 전무하지만 그 가슴은 규칙적으로 오르내리고 있다.

"외상은 없군……. 어떻게 한 건지는 모르겠습니다만 그냥 정신을 잃은 것 같군요. 잠시 안정을 취하게 해두면 차질 없이 회복할 겁니다."

"쉬크잘 공! 왕작님! 우리 아이는 대체 저 남자한테 무슨 짓을 당한 거죠?!"

"저자는 아닐 거라 생각합니다. 수법이 너무 조잡해요."

세르주는 피해자에게서 손을 떼고 노래하듯 자신의 의견을 피력했다.

"저자가 하수인이라면 이런 눈에 띄는 곳에 피해자를 방치할 리도 없고, 만약 그 목적이 목숨이라면 실수할 리가 없지요. 무엇보다——."

왕작은 거기서 후방을 보았다. 난로에는 아직 집요할 정도로 푸른 불길이 한창 타는 중이었다.

"불길이 나타난 순간부터 느꼈습니다. 양성학교 신입생을 덮치는 것치고는 마나가 너무 과합니다……. 저자가 그럴 생각이었다면 작은 흔적조차 남기지 않았을 테지요."

날카롭게, 한편으로는 설렁거리며 팔을 휘두르며 세르주는 그 손끝으로 압력을 날렸다. 난로에 달라붙어 있었던 불길이 단숨에 지워진다.

자신을 잡아먹을 것처럼 쳐다보는 관중을 향해 그는 익숙한 태도로 어깨를 으쓱했다.

"저는 쿠퍼 군을 전사로서 신용하고 있으므로 이 범행은 그의 손에 의한 것이 아니라고 판단합니다."

"……윽!!"

형세가 나빠졌다고 봤는지 스타치 이사는 침묵을 지켰다. 연설에 뛰어난 공작 덕분에 모두 평정을 되찾고 있다. 보호자 한 명이 신중한 음성으로 물었다.

"그, 그럼 학원장님……? 이 사건의 《범인 찾기》는 다른 문제로 하고, 학생들의 연수는 예정대로 실시된다고 보면 될까요……?"

"네, 그럴 겁니다. 학원 부지 내에 위험인물이 숨어 있다면 오히려 연수를 출발하는 편이 학생들에게는 안전하겠죠. 남은 저희가 조사를 진행하면서——."

"그렇다면! 한 가지 부탁이 있습니다!!"

학원장의 대사를 가로막은 마담은 그 손가락을 당연한 것처럼 쿠퍼에게 향했다.

"저 남자만은 연수에서 빼 주세요! 우리 귀여운 딸을 저런 짐승과 함께 여행시킬 순 없어요!!"

"죄송합니다만 마담."

학원장보다도 먼저 입을 연 것은 당사자인 쿠퍼였다. 조각상 같아 보였던 그의 발언에 전원이 미심쩍어하며 눈썹을 찌푸린다.

"이번 연수, 저는 반드시 참가하고 싶습니다."

"뭐라……!!"

이제야 뚜렷이 의견을 내놓나 싶었더니 오히려 일이 더 복잡해졌다. 대놓고 퇴짜를 맞은 마담은 물론 홀 안의 인간들 사이에서 진정되어가던 의혹에 다시 불이 붙는다.

블랑망제 학원장은 어딘가 체념한 듯한 표정으로 한숨 섞인 말을 걸었다.

"당신이 그 정도로 학원행사에 열심일 줄은 몰랐군요, 미스터 방피르."

"이것 역시 제 책무이기 때문에."

가만두면 해결이 나지 않을 거라 생각했는지, 이 자리에서 가장 발언력이 센 세르주가 큰 소리로 말했다.

"그럼 제가 한 가지 제안하겠습니다! 억울함을 주장하는 그를 부당하게 배제하는 건 바람직하지 않지요. 그렇다고 어머님들의 불안을 무시할 수도 없는 노릇. 따라서! 마담들이 가장 신뢰하는 학원 측 인물을 연수에 동행시키면 어떻겠습니까?"

그 제안에 시선을 모으는 인간은 이 홀에 한 명밖에 없었다.

늙은 몸 때문에 원래는 학원에 남을 예정이었던 블랑망제 학원장이다. 위엄 있는 롱 완드로 바닥을 짚고, 마녀는 일부러 허리를 반듯이 편 다음 선언했다.

"알았습니다, 학생들의 안전은 이 제가 몸과 마음을 바쳐 지키겠다 약속하겠습니다. 이걸로 됐죠, 여러분? 마담 스타치?"

"……학원장님이 그렇게 해 주신다면야."

"저 남자에게서 눈을 떼지 않아 주실 거죠? 정말 난 몰라……."

보호자들은 서로의 얼굴을 마주 보고, 이제야 삼삼오오 홀에서 떠나기 시작했다. 강사들이 티치카를 의무실로 운반하고, 마담 스타치는 끝으로 꿰뚫는 듯한 시선으로 쿠퍼를 노려보고서 그 뒤를 따랐다.

"아가씨, 저도 트렁크를 들고 오겠습니다."

"앗……."

뭐라고 이야기를 나눌 틈도 없이 쿠퍼 또한 빠른 걸음으로 가 버렸다. 또 자신을 피한 것 같은 기분이 들어서 메리다의 자그마한 가슴을 애수가 단단히 조른다.

왜 쿠퍼는 항상 아무렇지도 않은 얼굴을 하고 있는 걸까. '누명을 썼다.'고 푸념하면 될 것을. '아무도 믿어 주지 않는다.'고 울면 좋을 것을. 그러면 항상 그가 자신에게 해 주는 것처럼 메리다는 기꺼이 그의 버팀목이 되어줄 것이다. ——이루어지지 않을지언정 그렇게 마음에 새길 수는 있다.

조그마한 지금의 자신에게는 아직 그가 기댈 수 없는 것일까.

"블로섬 후작에겐 주의해, 메리다 양, 엘리제 양."

갑자기 자신들을 부르는 목소리에 메리다와 엘리제는 홱 뒤돌아보았다. 어느샌가 프란돌 국왕 폐하가 뒤에 서 있었다. 날카로운 시선으로 난로 쪽을 보고 있다.

로제티가 고래고래 소리 지르고, 그것을 부친이 능청스러운 스마일로 비껴가고 있다. 후작은 조금도 주눅 든 기색이 없다.

"남아 있는 마나를 본 것만으로 성별이나 나이까지 알 수 있을 턱이 없어. 다시 말해 그가 한 말 중 절반은 나오는 대로 지껄인 거야. 왜 그런 짓을 했는지까지는 모르겠지만 말이지."

"네……?!"

"내가 힘을 빌려줄 수 있는 건 여기까지다. 그럼 이만."

시선을 마주치지도 않고 왕작은 훌쩍 몸을 돌렸다. 그 호사스러운 뒷모습은 순식간에 복도 쪽으로 사라졌다. 동요하는 같은 반 친구들 속에 섞여 메리다는 다리가 저리기라도 한 것처럼 오도카니 서 있기만 했다.

내내 엘리제와 서로 쥐고 있었던 손바닥은 땀에 흠뻑 젖어 있었다.

† † †

프란돌에서 멀리 떨어진 장소에 불그스름한 흙과 바위가 이어진 황야가 있었다. 세계의 하늘에 빛은 없고, 대지는 저 끝까지 온통 중후한 어둠에 덮여 있다. 군데군데 하나씩 박힌 표식을 한 줌의 랜턴이 비추고 있을 뿐. 화살표 모양 간판에는 진행방향의 지명과 대강의 거리가 새겨져 있었다.

강렬한 헤드라이트가 야음을 가른다. 대형 버스 여섯 대가 짐승 같은 구동음을 내면서 세로로 줄지어 황야에 흙먼지를 나부낀다. 마치 한 마리 뱀처럼.

각각의 차 안에는 붉은 장미 교복을 입은 여학생들이 50명씩 타고 있다.

3년에 한 번, 오늘부터 3일 여정으로 실시되는 이번 연수여행에는 성 프리데스위데 여학원의 전교생이 참가하고 있다. ── 예측할 수 없는 사태로 인해 어쩔 수 없이 결석하게 된 1학년 한 명을 제외하고 보호자들의 배웅을 받은 3개 학년 소녀들은 강사진이 운전하는 버스에 타고서 한 치 앞도 보이지 않는 어둠 속을 그저 달리고 있다.

메리다 역시 프란돌 부근에서 멀리 나간 적은 지난 봄방학 순례여행 이래 처음이다. 학원의 급우나 신입생들 중에는 이 어둠 속의 대지를 처음 보는 자도 많을 것이다. 본능적인 공포에 휩싸이는 그녀들의 얼굴에 긴장이 엿보인다.

메리다와 엘리제, 같은 반 친구들은 여섯 대 중 최후미 버스에 탔다. 버스에서는 자연스레 친한 친구끼리 서로 몸을 붙이고 있다. 안면이 있는 사람이 적은 신입생들은 활발하게 주위와 교류를 나눈다. 이 대지의 어둠과 고독은 기이하게도 여학생들의 친목에는 도움이 되는 것 같다.

"저희는 당연히 쿠퍼 님을 의심하지 않아요!"

메리다와 무릎을 맞대고 있는 동급생 한 명이 벌써 여러 번 한 선언을 반복했다. 곧장 주위의 소녀들도 자신을 타이르듯이 고개를 끄덕인다.

그녀들의 배려가 고맙긴 했으나 메리다는 차 안에 가득 찬 긴장된 분위기를 의식하지 않을 수 없다.

"하지만 그렇게 생각하지 않는 애들도 있는 것 같아."

특히 신입생 중에서. 남자엄금, 청렴결백이 세일즈 문구인 성 프리데스위데에 설렌 마음으로 입학했는데 상급생이 남자를 데리고 있으니 그럴 법도 하다. 그게 어떤 인물인지도 파악하기 어려운 참에 불가사의한 상해사건이 터지고 그 범인으로 지목되었다.

더구나 피해자는 애처로운 1학년—— 마치 늑대 우리에 갇힌 양들 같은 신입생들의 반응도 수긍이 가는 이유다.

당사자인 쿠퍼가 지금은 웬일로 메리다 곁에 대기하지 않고 있다. 가급적 학생들에게서 떨어지려는 것처럼 버스의 가장 뒷좌석에 앉아 기대고 있다. 자신이 의심받는 것을 아는 것이다. 만약 메리다 쪽에서 달라붙으려고 하면 그는 이렇게 말하며 피할 게 틀림없다. ——"아가씨에게 피해를 줄 수는 없습니다."

그 밖에도 해줄 할 말이 있지 않느냐고, 메리다의 가슴 속에는 울분이 소용돌이친다.

신입생은 물론이고 상급생들도 쿠퍼의 스탠스는 어렴풋이 헤아리고 있을 것이다. 그렇기 때문에 말을 걸러 가는 사람은 없고, 그는 버스에 타고부터 가만히 고립된 상태다.

이때 자그마한 로브를 입은 누군가가 그에게 다가갔다. 기병단에서 개인적으로 아는 사람이라는 라클라 마디아 선생이다. 둘이서 얼굴을 가까이 대고 무슨 이야기를 하는 걸까……. 버스 구동음이 배고픈 짐승처럼 시끄럽게 굴어서, 메리다에겐 사랑하는 사람이 소곤거리는 소리가 들리지 않는다.

"범인은 뭘 하고 싶었던 것 같아?"

엘리제가 그룹 사람들에게 질문을 던졌다. 같은 반 친구들이 얼굴을 마주 본다.

"티치카는 의식을 잃은 것뿐이고 다치지도 않았어. 무언가를 훔쳐가지도 않았고. 이런 소동을 일으켜서 대체 범인은 뭘 하고 싶었던 걸까? 왜 쿠퍼 선생님이 의심받을 흔적을 남긴 거지?"

머리를 갸우뚱하는 동급생들 속에서 메리다만 친구의 배려를 눈치채고 있었다. 엘리제는 바깥쪽 입장에서 '쿠퍼가 범인인지 아닌지'에 대해 의견을 말하는 게 아니라, 메리다와 같은 입장에 서서 같은 시선으로 문제를 보고 왜 이렇게 됐는지 초조함을 공유하려고 해 주고 있다.

이해하는 사람이 한 명이라도 옆에 있어 준다는 것이 곤경에 빠졌을 때 얼마나 고마운 일인가. 메리다는 몰래 엘리제와 시선을 주고받으며 미소를 교환하고, 동시에 고독을 일관하려고 하는 쿠퍼의 선택이 정말 어리석다는 것을 재확인했다.

마음이 가벼워진 메리다는 같은 반 친구들에게 가볍게 말을 걸었다.

"자세한 조사는 학원에 남은 교관 선생님들에게 맡기자. 그리고 신입생들에겐 블랑망제 학원장님이 붙어 계시는걸. 무슨 일이 일어나든 괜찮을 거야."

"그, 그렇겠지!"

모두의 표정이 환해졌을 때, 마침 좌석 옆을 지나가는 여학생이 있었다.

바로 버스를 돌아보고 있었던 미토나 휘트니 학생회장이다. 주위에 들리지 않게 신경을 쓴 다음 그녀는 메리다 일행 한복판에 얼굴을 갖다 댄다.

"상급생들에게 전해둘 사항이 있어요. 신입생들에겐 가르쳐주면 안 된답니다?"

"네? 뭔데요?"

"잘 기억해 두세요. 학원장님은 이제 싸우지 못하셔요."

전원이 깜짝 놀라 눈을 부릅뜨고 회장 쪽으로 몸을 내밀었다. 회장의 목소리가 더욱 낮아진다.

"작년 비블리아 고트 사서관 인정시험 때 크게 다치셨잖아요? 그게 학원장님에겐 사투였어요. 그 사건 이후 학원장님이 늘 지팡이를 지니고 다니는 건 알고 있죠? 이제 걷는 것도 꽤 힘드신 것 같아요……. 원래라면 이렇게 멀리 나가는 건 무조건 막아야 하는 건데."

"세, 세상에……."

"저도 학생회장에 당선됐을 때 크리스타 언니에게서 들었어요. ……충격이었죠."

회장의 긴 속눈썹이 감긴다. 소녀들 사이에 더 이상 배길 수 없는 침묵이 가득 찼다.

전설의 영웅은 영원토록 빛나는 모습을 유지하나 현실의 인간은 그렇지 않다. 메리다네 성 프리데스위데 여학원에게 있어 샬롯 블랑망제의 이름은 절대무적의 상징이었다. ……하지만 그것이야말로 소녀들이 꿈꾼 우상에 지나지 않았다.

미토나 회장은 잠시 후 강렬한 시선을 다시 들고, 목소리의 힘도 되찾았다.

"그러니 만일의 경우엔 우리 상급생이 신입생들을 지켜줍시다. 일부러 성 프리데스위데의 교복을 선택해줬으니까요. …… 즐거운 여행이 되었으면 해요."

끝으로 메리다의 어깨에 가볍게 손을 대고서 회장은 휙 몸을 돌렸다. 전년도 크리스타 샹송 학생회장도 그랬지만, 파란이 넘치는 이 학원에서 리더란 중책을 짊어지게 된 그녀의 어깨 또한 터무니없는 중압에 짓눌리고 있다.

바로 그때다. 차 안이 갑자기 시끄러워지고 학생들이 잇달아 창밖에 주목하기 시작했다. 메리다 일행도 무슨 일인가 하고 얼굴을 들고서 몇 명이 가리키고 있는 버스의 진행방향을 보았다.

그리고 맞닥뜨린 것은 하늘 일면을 덮는 눈부신 《커튼》이었다.

초자연적인 신비라는 말은 틀림없이 이것을 가리키는 것이리라. 신의 손에 완성됐다고 하기에도 부족함이 없는 장대한 커튼이 아무것도 없는 허공에 드리워져 흡사 생물처럼 파도치고 있다. 시시각각 형태를 바꾸고 무한한 색채를 내포하는 그것을 어찌 표현하면 좋을지 메리다는 알 수 없었다.

그저 한 가지 알 수 있는 건, 그것에는 《색》이 있다는 점이었다. 즉 눈에 보인다. 이 별 하나 없는 암흑의 밤하늘에 그것은 무시무시한 존재감을 방출하며 천상을 덮고 있다.

"오로라를 보는 건 처음인가? 아기 새들!"

핸들을 잡고 있는 블로섬 후작이 자랑스럽게 가슴을 폈다. 여학생들은 이 자연의 예술품에 급격히 흥미를 보였다. 운전사는 가이드같이 술술 연설을 시작했다.

"우리가 향하는 곳은 자기장의 중심지! 즉 이 대륙의 자력이 한곳에 집중되고, 소용돌이치는 장소지. 자력을 타고 실려 온 플라즈마가 저 상공에서 공기의 입자와 서로 부딪침으로써 빛이 생기는데, 그 발광현상이 몇백, 몇천, 몇만…… 계속해서 현란하게 발생함으로써 저렇게 파도처럼 물결치는 빛의 막이 되어——."

"아빠, 아빠."

운전석 옆에 앉아 있었던 로제티가 신나게 떠드는 부친의 말재간을 막았다. 가볍게 손가락으로 가리킨 방향에 하나도 모르겠다는 여학생들의 표정이 줄줄이 늘어서 있다.

"유년학교를 막 나온 애도 있어. 오케이?"

"실례. ——아무튼 이 광경 또한 우리 마을의 명물이야! 끝내주지?"

차 안의 여학생들은 다시 창밖을 바라보았다. 여섯 대의 버스는 이미 오로라 바로 아래에 접어들고 있다. 이 파도 치는 빛의 중심지에 목적지가 있을 것이다.

　확실히 이 세상의 것이 아닌 것 같은 절경. 하지만 그렇기에 감동보다도 두려움을 느끼는 것은 기분 탓이 아니리라. 마치 신의 분노가 하늘을 덮고 어리석은 자에게 벌을 내리려 가늠하고 있는 것 같다.

　그렇게 메리다가 생뚱맞은 공상을 한 직후 그것은 현실이 되었다.

　우선 오로라 사이에 산발적인 스파크가 발생하는 게 보였다. 그것을 쳐다보는 여학생들이 무슨 생각을 할 틈도 없이 커튼 하단에 전류가 수렴해, 전조도 없이 급속히 빛을 키운다.

　그것이 임계를 돌파함과 동시—— 발사.

　발사된 번개가 벼락같은 속도로 대지를 가로질렀다. 극도로 굵은 빛이 소녀들의 시야를 태우고 세상을 새하얗게 물들인다. 콤마 몇 초 늦게 굉음. 하늘이 무너져 내리나 싶은 착각——.

　창유리가 찌르르 떨리고, 여학생들이 무음 속에서 머리를 싸맨다. 정확히 말하면 인간의 지각을 초월한 소리의 격류가 그 밖의 일체를 쓸어 버린 것이다. 우렛소리가 대지의 저편으로 날아가고, 메리다 일행의 청각이 간신히 상황을 따라잡았다. 비명의 여운이 버스 안을 채운다.

　메리다는 비명은 지르지 않았지만, 반사적으로 옆의 엘리제와 서로의 팔을 단단히 붙잡았다. 호흡이 가늘고, 거칠고, 심장은 쿵쾅쿵쾅한다. 같은 반 친구들 모두 어수선하다. 1학년 중에는 벌써 정신을 잃고 쓰러진 아이까지 있다.

"앗핫핫핫하!! 놀랐지? 다들!"

얄미운 운전사의 큰 웃음소리가 울렸다. 핸들을 잡은 블로섬 후작은 뜻밖에도 전혀 놀라지 않은 것 같다. 다만 앞을 달리는 다섯 대의 버스가 약간 갈지자 운전을 하는 것이 보였다. 학원의 강사진들도 역시 지근거리의 낙뢰는 만만치 않았던 모양이다.

그렇다── 방금 것은 《벼락》이다. 통상 두꺼운 구름으로부터 발생한다고 하는 현상이다.

블로섬 후작은 천천히 핸들을 오른쪽으로 크게 틀었다.

"마침 잘됐군. 이 버스에 타고 있는 제군에게만 특별히 재미있는 걸 보여 주지."

"자, 잠깐만 아빠, 괜찮을까?"

"뭐, 걱정할 필요 없어! 좌우간 내가 같이 있으니까 말이야!"

그러고 나서 최후미의 버스는 열에서 떨어졌고, 전방의 버스 다섯 대만 부리나케 앞서간다. 메리다 일행과 함께 타고 있는 여학생들의 속내는 '한시라도 빨리 안전한 마을까지 데려가 줬으면.' 일 것이다. 그러나 경쾌하게 액셀을 밟는 블로섬 후작의 모습은 마치 엽총이 자신을 노리고 있는 것을 눈치채지 못하는 태평한 하마와 같았다.

"보이기 시작했군요~!"

여기저기에 우뚝 솟은 바위산 덕분에 끝없이 펼쳐진 오로라 지대는 협곡의 양상을 보였다. 그 유달리 솟아오른 언덕 꼭대기에 기묘한 《기둥》이 세워져 있다.

탑처럼 두껍고 거대하지만 입구 같은 것은 보이지 않는다. 재질은 금속같이 보인다. 일부분에는 장식적인 요소가 가미돼 있지만 모뉴먼트로서 손님을 모을 수 있을지 어떨지 묻는다면 영 아니다. 특별한 재미도 없이 하늘을 향해 쭉 뻗어 있고, 끝부분은 바늘처럼 뾰족하다.

"애초에 여러분은 벼락이라는 현상이 어떤 건지 알고들 계신가?"

협곡길을 매끄럽게 달리면서 핸들을 잡은 후작이 이야기한다.

"아까도 설명했듯이 우리의 상공에는 지금도 무궁무진한 원자가 서로 부딪치고 있어. 그 충돌에 의한 마찰열은 전기를 만들어내고, 그것이 오로라 내부에 축적되어 가지. 모이고 모인 전기가 우연한 계기로 공격할 곳을 찾은 다음 단숨에 방출되어 대지를 뚫어! 이게 벼락이라고 불리는 현상이란 말씀."

말하자마자 이번엔 두 번 연속으로 하늘이 번쩍였다. 두 줄기의 용이 순간적으로 시야를 가로지르고 한 박자 늦게 무시무시한 꽹음이 대지를 뒤흔든다.

메리다는 이번에는 놀라지 않았지만, 대신 아무 말 없이 옆의 엘리제와 조용히 서로를 껴안았다. 하급생들 앞에서 여유 없는 태도는 가급적 보여 주고 싶지 않지만 3학년 언니들조차 얼굴이 새파래진 상황에서 이 정도야 뭐.

블로섬 후작의 강의에 끼어드는 사람은 아무도 없었다.

"이 일대는 오로라의 지배 아래 벼락이 자주 일어나는 지대로 알려져서 이전까지는 도저히 인간이 접근할 만한 장소가 아니었어. 고작 마을을 왕래하다가 몇 명이나 벼락에 타서 목숨을 잃었는지 몰라. 거기서! 나는 이 총명한 두뇌로 생각했지. 벼락의 발생을 억제할 수 없다면 떨어지는 《과녁》을 정해 주면 되지 않을까, 하고 말이야!"

핸들에서 한쪽 손을 떼고 블로섬 후작은 산꼭대기에 박힌 탑을 가리켰다. 그쪽을 보니 한두 개가 아니라 협곡 여기저기에서 같은 형상의 창이 하늘에 창끝을 겨누고 있었다.

"《유뢰탑》이야! 저 침 끝에서는 항시 전자를 방출하고 있어서 오로라로부터 발사된 번개는 반드시 저 탑에 꽂히게 돼 있어! 이 나의 발명으로 프란돌에서 우리 마을로 오는 교통은 현격히 쾌적해졌다 이 말씀이야. 왓핫하!!"

"아빠는 설계도만 그리고, 목숨 걸고 건설해준 건 마을 사람들이지만 말이야."

로제티가 나직이 찬물을 끼얹고, 그것은 번개같이 부친의 귀에 박혔다.

"어, 어험……. 뭐, 토지를 개척하는 데 희생은 으레 따르는 법."

사정을 헤아린 여학생 몇 명이 간단히 성호를 긋는다. 미토나 회장이 몸을 내밀었다.

"후작님, 귀중한 강의 감사합니다. 하지만 지나치게 강한 빛이 저희 자매들을 데리고 가 버리지 않을까 걱정이에요. 슬슬 마을로 가 주실 수 없을까요?"

"하하하, 언행이 고상한 레이디! 그렇게 불안하게 굴지 않아도 괜찮아. 좌우간 이 버스에는 내가 있으니 말이야! 신의 분노조차 마음대로 조종하는 이 블로섬 프리켓이——."

직후 지근거리의 유뢰탑에 하얀빛이 박혔다. 동시에 우렛소리.

그걸로 그치지 않았다. 바로 두 번째, 세 번째 벼락이. 빠져나가지 못하는 전류가 탑 주변에 휘감겨 귀에 거슬리는 스파크를 튀긴다. 일체의 자비도 없이 네 번째——.

연속해서 떨어진 다섯 번째 전격에 끝내 탑 꼭대기의 침이 박살 났다. 이어서 무시무시한 파괴력이 바위산을 수직으로 꿰뚫는다. 전류가 채찍처럼 사방에 튀고, 암석이 하늘로 날아올랐다.

"우와——오!!"

블로섬 후작의 호들갑스러운 비명과 동시에 차 안이 크게 기울었다. 버스가 힘껏 달린 직후 쏟아져 온 바위산의 파편이 대지를 가득 메운다.

여학생들은 단숨에 혼돈에 지배당했다. 미토나 회장의 표정에서도 미소가 사라졌다.

"후, 후작님, 괜찮은 건가요?!"

"무, 무무, 문제없어! 이 내가 같이 있는 한…… 와——오!! 와아——오!!"

직후 이 버스가 급전직하로 궁지에 처했음을 차 안의 모두가 이해했다.

퍼붓는 번개의 밀도가 심상치 않았다. 마치 빗방울이 내리듯 쉬지 않고 막대한 파괴력의 창이 엄청난 속도로 지면을 꿰뚫는다. 이미 유뢰탑 같은 건 전혀 도움이 되지 않는다. 하나, 또 하나가 부서지고, 과녁을 잃은 천상의 신이 다음 표적으로 삼을 건 협곡을 느릿느릿 갈지자로 가는 한 대의 철 상자밖에 없었다.

순간적으로 날아온 전격이 측면을 스치자 버스가 지면과 함께 튀어 올랐다. 한 차례 지면에 바운드. 그 충격으로 블로섬 후작은 운전석에서 날아가 힘차게 창문에 격돌했다. 그대로 리드미컬하게 트랩에서 굴러떨어져 엉덩이를 높이 든 채 움직이지 않게 되었다.

그의 안부를 걱정하는 사람도 있었지만 방치된 핸들 쪽이 훨씬 중요했다. 저도 모르게 일어선 메리다의 어깨를 누군가가 달려오자마자 눌렀다.

"여러분! 꽉 붙잡으세요!"

그리고 바람처럼 운전석으로 뛰어든 이는 쿠퍼였다. 날뛰는 핸들을 잡고 녹슨 기어를 능숙한 솜씨로 조작한다. 걷어차듯이 액셀을 밟자 버스가 급가속. 거의 동시에 후방에서 섬광이, 퇴로를 막는 것처럼 벼락이 뒤따라온다.

"로제티 씨, 부탁합니다!!"

이 상황에서 무언가를 부탁받는다면 메리다가 아니어도 몸이 싹 오그라들고 말 것이다. 그런데 로제티는 망설이지 않고 창틀에 발을 올리고서 거꾸로 오르기를 하는 요령으로 바깥에 뛰쳐나갔다. 버스 지붕에 사뿐하게 착지하고 허리 뒤에서 차크람 두 개를 뽑는다.

"《베이직 얼라인먼트》!!"

공격 스킬의 영창과 함께 그녀의 마나가 소용돌이를 치면서

뭉쳤다. 심홍색 원형 칼날이 추가로 여섯 개, 좌우 차크람과 연동하여 허공에 흔들거린다.

엘리제와의 합동 트레이닝에서 자주 봤던 로제티의 기본기다. 유닛을 짜지 못하고 다대일의 전투를 강요받았던 그녀는, 우선 저 기술로 공격수단을 몇 배로 늘리는 것이 모든 전술의 기점이었다고 했다.

그리고 이어진 광경은 그저 가정교사들의 기량에 혀를 내두를 뿐이었다.

하늘의 오로라가 번쩍인다. 로제티는 팔을 가로로 휘두른다. 번개 같은 속도로 찾아온 창과 여섯 개의 심홍색 원이 격돌, 앞쪽이 갈라져 버린 번개가 땅으로 튀어 대지를 마구 도려낸다. 균열이 일은 바위는 부풀어 오른다. 쿠퍼가 초절적인 핸들 놀림을 보인다. 마치 신과 같은 시점에서 상황을 내려다보고 있는 양, 버스는 종이 한 장 두께의 안전지대를 바늘귀에 실을 꿰는 것처럼 정확하게 달려 나간다.

그것이 하늘의 역린을 건드린 것일까? 순식간에 다음 공격이 몰아쳤다. 동시에 수십 개의 번개가 쏟아져 좌우의 협곡을 산산조각낸 것이다. 분쇄된 암석이 눈사태가 되어 사방팔방에서 버스를 향해 쇄도해왔다. 누구의 눈에도 도망칠 길은 없었다──.

쿠퍼는 눈썹 하나 까딱하지 않고 브레이크를 걸어찼다. 버스가 순간적으로 감속해 지붕 위의 로제티가 날아갔다. 동시에 여학생들은 앞좌석으로 쓰러진다. 그리고 아무 일도 없다는 듯이 액셀을 팍 밟았고, 이번에는 여학생들이 시트 쪽으로 내밀렸다.

탄환같이 지붕에서 튀어나갔던 로제티는 공중에서 자세를 추스려서 무사히 착지했다. 구두 바닥으로 지면을 쭉 깎아내면서 뒤돌아보자마자 좌우의 차크람을 발사한다.

앞바퀴 아래로 미끄러져 들어간 원형 칼날은 직후에 발산된 마나 압력으로 버스를 냅다 튕겨 냈다. 몇 톤이나 되는 철 덩어리가 하늘을 난 것이다. 로제티의 머리 위를 스치고 쏟아지는 눈사태조차 자신 있게 흘려보내며 거칠게 착지한다. 이제 슬슬 학습된 학생들은 서로를 껴안고 좌석에 엎드리고, 쿠퍼는 한 치의 오차도 없는 타이밍에 액셀을 밟았다.

"쿠퍼 님! 로제티 님이……!!"

누군가 비명을 지른 대로 로제티 홀로 궁지에 남겨져 있었다. 그녀는 자신의 발로 지면을 박차 왼쪽에서 밀려오는 눈사태를 뛰어넘었다. 바로 그때 오른쪽에서 돌격해온 눈사태가 중간지점에서 격돌, 화산이 분화한 것처럼 바윗덩어리가 쉭쉭 비산한다. 눈이 어지러울 정도로 세차게 흐르는 암류(岩流)를 차서, 로제티는 가까스로 체공시간을 버는 중이었다.

쿠퍼는 무표정으로 2초간 버스를 몬 다음 갑자기 발로 핸들을 고정하면서 창문 사이로 몸을 내밀었다. 그가 허리에서 검은 칼의 칼집을 꺼내는 것과 동시에 저쪽의 로제티가 팔을 당긴다.

원거리에서 발사된 차크람이 공기를 가르는 소리를 내면서 버스 옆을 날아갔다. 창문에서 그것을 겨냥할 수 있는 시간은 불과 1프레임. 쿠퍼는 악마처럼 정밀하게 칼집을 쑥 내밀었다. 칼집 끝에 당연한 것처럼 원형 칼날의 손잡이가 걸리고, 쿠퍼는 곧바로 칼집을 휘둘렀다. 낚싯줄같이 심홍색 마나가 휘어지고 로제티는 허공을 달리는 포탄이 되었다. 그것을 마저 지켜보지도 않고 쿠퍼는 차 안으로 돌아온 다음 핸들을 다시 잡는다.

수십 미터를 체공한 후 로제티는 한 치의 오차도 없이 버스 지붕으로 귀환했다. 쿠웅! 천장을 짓누르는 중압에 신입생들이 어깨를 떤다.

정말, 이 이상으로 다이내믹한 체험이 있을 수 있을까.

이내 버스는 뇌격 지대를 빠져나왔다. 앞서가고 있었던 다섯 대의 버스를 발견한 쿠퍼는 상식적인 속도로 옆을 향해 핸들을 돌린다.

"웃차."

일을 하나 마쳤다는 듯한 태도로 로제티가 창문을 통해 훌쩍 차 안으로 돌아왔다. 전원이 멍하니 그 모습을 쳐다본 후──── 맨 먼저 폭발한 건 누구였을까.

""""멋져요오오────────!!""""

어떤 의미에서 천둥보다 커다란 굉음이 차 안을 뒤흔들었다.

"정말 훌륭했어요, 미스터 뱀파이르. 미스 프리켓."

오랜만에 보는 아이 같은 미소로 블랑망제 학원장은 두 사람을 맞았다. 앞서가고 있었던 그들도 후방에 이상이 생겼음을 알았는지, 정차한 버스 주위에 모든 여학생이 모여 메리다 일행의 도착을 기다리고 있었던 모양이다.

혁혁한 공을 세운 커플을 사람들이 둘러싸고 입을 모아 칭찬

하는 광경에, 멀리서 바라보는 메리다의 가슴에도 아주 약간의 안도감이 흘러든다. 하지만 동시에 아지랑이 같은 초조함이 자욱이 꼈다. 역시 사랑하는 사람의 옆에는 로제티가 어울리는 게 아닐까 해서.

메리다가 성장해도 쿠퍼 역시 성장한다. 자신은 언제쯤 되면 그에게 어울리는 레이디가 될 수 있는 걸까──.

평소처럼 매혹적인 미소를 보이던 그가 천천히 표정을 다잡았다.

"아가씨들, 무사하셔서 다행입니다. 다만 한 가지 중대한 문제가⋯⋯."

"맞아요, 미스터. ──이래서는 섣불리 마을에서 떠날 수 없겠네요."

학원장이 동의하고 학생들의 시선을 거느리면서 후방을 본다.

안전지대에 도망쳐 들어왔다곤 해도, 한 발짝만 밖으로 나가면 여전히 요란한 뇌격이 지면을 태우고 있다. 대체 뭐가 역린을 건드렸기에 이러는 걸까. 이래선 오로라가 모든 울분을 다 토해낼 때까지 안전히 돌아가는 것조차 불가능하지 않은가.

"괜찮아~! 아무 걱정하지 말고 나만 믿으십쇼!"

누구 목소리지? 하는 표정으로 여학생들이 시선을 여기저기 돌린다. 호들갑스러운 몸짓 손짓으로 존재감을 어필하고 있었던 것은 간신히 버스에서 기어 나온 블로섬 프리켓이었다. 머리 옆쪽에 커다란 혹이 생겼지만 더 큰 일로 발전하지 않은 것 같아 다행이다.

하지만 대체 뭐가 '괜찮다'는 건지는 모르겠다.

"프리켓 경, 이 벼락은 대체 언제쯤 잠잠해지는 겁니까."

블로섬 후작은 버스 문에 팔꿈치를 대고 짐짓 고뇌하며 마녀의 질문에 답했다.

"……제군들은 이 상황을 불행하다 느끼고 있겠죠. 하지만 관점을 바꾸면 터무니없는 호기가 된답니다. 제군들은 마을에서 떠날 수 없어요. 거꾸로 말하면 돌아가지 않아도 된다는 것. 우리 마을은 레이디들의 체류를 환영합니다!!"

대답이 되지 않았다. 블랑망제 학원장은 포기한 듯이 뒤돌아본다.

"오로라의 분노가 잠잠해지면 나갈 수 있을 겁니다. 어쨌든 잠시 동안 여러분은 이 마을에서 연수에 전념해야 합니다. 마음이 어지러워지는 일이 없도록."

"""네, 학원장님."""

성 프리데스위데 사람들의 군은 결속에 끼지 못하고 오히려 튕겨 나간 블로섬 후작은 다급해졌다. 그에게 남은 마지막 존재가치, 그것은 길 안내다.

"그, 그럼 일동 여러분! 제 뒤를 따라오시죠. 안내해 드리겠습니다――."

버스 가이드처럼 소리를 지르고 집단의 선두로 뛰어나간 후작은 팔을 펼쳤다.

"여기가 바로 우리 《샹가르타》!! 지저의 낙원이라오!!"

일행의 앞에는 직경이 몇 킬로, 몇십 킬로는 족히 될 거대한 공동(空洞)이 입을 벌리고 있었다. 나락으로 통하는 것이 아닐까 싶을 만큼 아찔한 그 심연에, 랜턴 불빛이 여기저기 박혀 있다. 그것은 생활의 숨결로, 바꿔 말하면 지면 아래에 마을이 펼쳐져 있다는 뜻이다.

이야기로는 들었지만, 막상 두 눈으로 직접 보니 큰 차이가 있다. 메리다와 엘리제는 공동 가장자리에 다가가 정신이 아득해질 정도로 어마어마한 절경을 바라보았다. 사람들은 왜 벼락의 우리에 갇힌 불모의 황야에 이만한 마을을 일군 걸까.

마을로 이어지는 계단으로 여학생들은 유도하면서 블로섬 후작의 가이드는 계속됐다.

"이 지저도시가 언제부터 존재했었던 건지 실은 아직도 해명되진 않았습니다. 다만 프란돌의 역사가 시작됐을 때부터 공동은 이곳에 있었어요! 그리고 거기에는 위대한 유적이 남아 있었지요. 왜? 왜 고대인들은 이런 마경에 도시를 개척한 것인가──아니. 왜 밑으로, 더 밑으로 지면을 파 나아갔었던 것인가."

"……으."

정체를 알 수 없는 직감에 메리다의 목구멍이 꿀꺽 소리를 낸다. 가이드는 손짓으로 여학생들의 줄을 유도했고, 동시에 메리다가 느낀 위화감도 썰물처럼 떠내려갔다.

"그 진상을 해명하기 위해서 우리가 여기에 정착했습니다. 하지만 여전히 밝혀진 것은 적습니다. 그러므로 양성학교의 제군들에게 기대하고 있어요. 조사범위를 확대해 더 많은 신비를 추구해야 하니까요! 오늘부터 시작되는 이번 연수를 아주 대박 내

봅시다!!"

† † †

지저도시 《샹가르타》 입구에서 메리다 일행의 도착을 맞아준 것은 시야를 뒤덮는 초록색 무리였다. 바로 돌연변이처럼 수십 배 크기로 거대해진 식물의 밀림이다.

범선의 돛처럼 널찍한 잎. 지붕보다도 높은 버섯의 갓. 그로테스크할 정도로 확대된 꽃잎의 무늬는 두꺼운 입술을 내방자들에게 내밀고 있었다.

마치 소인이 되어 이상한 나라로 흘러들어온 것 같다. 안 그래도 자그마한 메리다는 더욱 주눅이 들어서 엘리제와 애처롭게 서로 몸을 붙인다. 이 상황에 괴조까지 나타나 상공을 날아가 버리기라도 하면 정말로 졸도할지도 모르겠지만, 다행히도 생물은 상식적인 사이즈를 유지하고 있었다. 새끼손가락만 한 크기의 무당벌레가 초록빛 대해를 유유히 헤엄친다.

여학생들 모두 설명을 바라고 있으리라. 마지막으로 계단을 내려온 블로섬 후작에게 300명의 시선이 집중됐다. 마치 스포트라이트를 받은 것처럼 30대 남자의 가슴팍이 부풀어 오른다.

"이것 역시 제 연구 덕택이죠! 십수 년 전만 해도 이곳은 풀 한 포기조차 싹트지 않는 불모의 토지였습니다. 샹가르타에서의 생활은 상상을 초월할 만큼 가혹했지요. 하지만 그곳에 혜성같이 나타난 구세주가 한 명 있었으니! 그게 바로 접니다!!"

무대 위인 선 배우처럼 과장되게 팔을 쫙 펼친다. 망토가 너무 많이 휘날리는 바람에 머리에 걸렸다.

허둥지둥 망토를 털어내고 하는 김에 가볍게 혹도 달래고 나서, 후작은 하던 말을 계속했다.

"……어험. 제가 가져온 유전자 조작 기술로 이 지저에는 다양한 녹음이 넘치게 됐어요. 프란돌에서는 볼 수 없는 진귀한 꽃! 강인한 작물! 실험의 부작용으로 이렇게 거대한 숲이 되고만 것은 애교라 할 수 있겠죠."

"일개 학자에 불과한 당신이 갑자기 이름을 날리게 된 사건이군요."

최연장자인 블랑망제 학원장은 어제 일처럼 기억을 돌이켜보는 듯했다. 십수 년 전이면 쿠퍼나 로제티조차 철이 들지 않았을 무렵의 사건이다. 감회가 깊어 보이는 노련한 마녀에게 블로섬 후작 역시 주름이 눈에 띄는 스마일을 보냈다.

"오랫동안 재야에 묻혀 지냈지만 재능은 언젠가 반드시 각광을 받는 법! 각박한 대지에 사는 사람들의 외침이 저를 불러들였다, 이거겠지요. 왓핫하!"

10년이라는 세월의 무게가 전혀 느껴지지 않는 것은 블로섬 후작의 성격 때문일지도 모르겠다. 메리다는 아무 생각 없이 무럭무럭 자란 거대 식물을 둘러보았다. 이곳에 있는 꽃 한 송이, 풀 하나하나가 인간과 다르지 않은 역사를 가지고 뿌리내린 것이다.

신비한 감상에 잠기는 메리다의 귀에 어디에선가 벌레 날갯소리가 들려왔다.

『침입을 허용하고 말았다……. 마침내 여기까지 다다랐나, 빙왕 놈……!』

──날갯소리는 아니었다. 그리고 환청도 아니었다. 성 프리데스위데 학교에서 들은 그 쉰 목소리가 다시 메리다의 귓가에 휘감겨 온다.

또다시 주변 소리가 멀어져 간다. 블로섬 후작이 몸짓 손짓을 섞어 무언가를 말하고 있다. 같은 반 친구들의 인식조차 메리다를 내버려 두고 간다. 줄에서 쏙 빠져나온 금발 소녀를 마음에 두는 사람은 부자연스러울 정도로 한 명도 없었다.

『대책을 강구해야 해……. 내 힘은 이제 겨우 되찾은 참…….』

『10년이다……! 아니, 그 이상……! 때를 기다린다고 하기엔 너무나 괴로워…….』

『이러고 있을 순 없어……. 내 옛집에서 무기를 연마하자……. 아이들을 지키기 위해서……!!』

이전까지와 한 가지 다른 것은 또 다른 소리가 메리다를 인도한다는 것이었다. 몰래 집단에서 이탈한 건 다름 아닌 강물 소리가 들렸기 때문이다.

하지만 목소리와 물소리를 의지하며 도착한 곳은 막다른 길이었다. 거대한 잎이 커튼처럼 쳐진 암벽이 우뚝 솟아 있다. 동굴은커녕 갈라진 틈새 하나 보이지 않는다.

그런데도 강물 소리는 끊임없이 울리며 메리다를 부른다.

암벽 건너편에서 들려오는데……────.

메리다는 정처 없이 낭떠러지 주위를 왕복해 소리의 발생원을 찾으려 했다. 그리고 일은 해봐야 안다고, 귀를 대려고 했을 때다. 동시에 일어난 두 사건이 메리다를 제지했다.

첫 번째는 메리다의 어깨를 자연스럽게 잡아당긴 사랑하는 사람의 손이다.

"아가씨, 강의가 싫증이 나셨습니까?"

"선생님?"

그리고 직후 두 번째 목소리가 저편에서 공기를 가른다.

"아, 안 돼!! 그 이상 가면 안 돼!!"

당황해서 두 사람 앞으로 미끄러져 나타난 것은 바로 블로섬 후작이었다. 막다른 암벽이 통행금지라는 듯이 팔을 벌려 그 앞을 막은 것이다. 그 기이한 행동에 여학생들의 시선이 꽂힌다.

갑자기 표변한 30대 남자는 한 박자 늦게 제정신이 든 모양이다. 최대한 벌리고 있었던 팔을 얼버무리듯이 비틀었다. 연극에서나 할 법한 포즈를 취하고, 마치 배우처럼 소리를 질렀다.

"이 장소는 《미스터리 스팟》! 상식이 통하지 않는 세계라서요!"

"미, 미스터리 스팟……?"

"이 땅이 자기장의 중심지라는 내 설명을 당연히 기억하고 있겠지? 강력한 자기장의 뒤틀림으로 우리 샹가르타에는 프란돌의 상식으로는 헤아릴 수 없는 괴현상이 발생하는 지점이 있단다. 우리는 그런 장소를 《미스터리 스팟》이라 부르고 출입경계구역으로 지정하고 있지. 소중한 마을 사람의 안전을 지키기 위해서 말이야!"

후작은 아무렇지도 않은 동작으로 메리다 일행을 쫓아냈다. 쿠퍼 역시 제자의 가냘픈 어깨를 안고 급우들의 곁으로 데려간다. 메리다는 그 억센 손이 시키는 대로 할 뿐이다.

전원에게 경계를 호소하는 것처럼 후작의 박진감 나는 연설은 계속된다.

"제군들도 명심해둬, 미스터리 스팟에는 절대로 다가가선 안 된다는 것을! 매월, 주민들의 부상이 끊이지 않아서 아주 골치가 아파. ——금발의 아기 새, 너는 왜 저 암벽에 흥미가 동했지?"

"으, 으음, 물소리가 들려서……."

"그야말로 괴이하군! 저런 바위 속에 물이 흐를 리가 없거늘!"

"……."

입술을 꽉 깨물고 메리다는 미련이 남는다는 듯 암벽을 돌아보았다. 하지만 그것은 몇 겹이나 되는 거대 식물의 커튼에 가려져 벌써 보이지 않게 되었다.

그 물소리는 정말 일그러진 자기장이 낳은 착각이었던 걸까. 괴이하다고 하면 세 번이나 들은 쉰 목소리야말로 괴이하기 짝이 없다. 하지만 그 목소리도 지금은 이미 안개처럼 사라져 버렸다.

세상이 이상한 건지 자신이 이상한 건지, 메리다는 점점 자신이 없어졌다.

"——블로섬 씨! 장인어른! 다행이다, 불빛이 보여서 혹시나 싶었는데 진짜 왔구나."

바로 그때, 거대 식물의 뿌리 부근을 한 청년이 후다닥 빠져나왔다. 온 방향으로 보아 마을 주민이 확실하겠다. 이상한 이야기지만, 이런 땅 밑에 정말로 사람이 살고 있다는 사실에 여학생들은 기묘한 감동을 느꼈다.

　블로섬 후작은 마침 잘됐다는 투로 요란하게 팔을 벌려 환영한다.

　"이야~ 미래의 아들아! 헐레벌떡 무슨 일이냐? 오늘은 아직 식을 올리는 날이 아닌데?"

　청년은 후작 앞에서 급정지한 다음 그 귓가에 빠르게 속삭이기 시작했다.

　"큰일이야…… 또 《발병》했어. 43번지에 사는 커널이야. 이미 늦지 않았나 싶은데……. 블로섬 씨가 마무리해 주지 않으면 처분 못하니까."

　"알았다, 바로 가지. 그런데 잠시만. 지금은 손님이 있어."

　"……이 단체 손님들은 또 누구야?"

　청년은 그제야 나란히 있는 소녀들의 존재를 알아챘나 보다. 후작은 꾸며낸 웃음을 머금으며 자못 경사스럽다는 듯이 청년을 치켜세웠다.

　"레이디들, 소개하지. 이 친구의 이름은 딕. 미스터 딕이야! 우리 마을의 믿음직한 보안관이라고나 할까. 그리고 딕, 여기에 있는 가련한 아기 새들은 성 프리데스위데 여학원의 우수한 아가씨들! 멀리서 조사를 도우러 와 줬어."

　"앗! 그리고 보니 오늘은 로제가 마을에 돌아오는 날이었지……!"

소년처럼 놀라는 딕은, 듣고 보니 확실히 경비병 같은 딱딱한 제복을 입고 있었다. 가슴팍에 달린 별 모양 배지가 빛난다. 운동선수처럼 머리카락을 짧게 깎아 그런지 묘하게 촌스럽고 소박한 용모를 하고 있다.

의기양양하게 한 발 앞으로 나온 미스터 딕은 쾌활하게 하얀 치아를 드러내며 말했다.

"샹가르타에 온 걸 환영해, 다들!! 마을에 머무는 동안 난처한 일이 생기면 그게 뭐든 나를 찾아오면 돼. 친근감을 담아서 디키라고 불러줘!"

엄지손가락을 척 세우지만 아무래도 이 흐름에서 애칭을 받아들일 만큼 스스럼없는 소녀는 없었다. 성 프리데스위데 여학생들이 조신하게 침묵을 지키자 확 가라앉은 분위기를 감지했는지 블로섬 후작이 보안관의 어깨를 두드렸다.

"딕! 디키! 너는 우리 마을에 없어서는 안 되는 남자야!"

"여, 영광입니다, 장인어른!"

"……그 《장인어른》이라는 호칭 말인데."

매우 미심쩍어하는 목소리와 함께 몸을 내민 건 로제티였다. 될 수 있으면 모른 척하고 싶단 느낌이 역력하다. 붉은 머리 소녀의 미모를 발견하고 미스터 딕의 표정이 확 환해졌다.

"로제!! 연락 한 번 주지 않다니, 너, 너무하잖아!"

"……미안해, 딕 씨."

한없이 난처한 표정으로 로제티가 침묵을 지킨다. 두 사람의 온도차를 보고 있자 아주는 아니지만 서로 자주 연락을 하는 사이 같지는 않았다.

열을 내는 건 주로 제삼자. 블로섬 후작은 딸의 의향을 철저히 무시하고 독주했다.

"성 프리데스위데의 레이디들에게 발표하죠. 여기에 있는 덕이 바로 로제티의 약혼자! 두 사람은 이틀 후에 행복으로 가득 찬 결혼식을 올리고 부부가 됩니다! 따라서 덕은 내 아들! 디키~~~ 프리켓!!"

"그러니까 나는 결혼 같은 거 안 한다고 하잖아!"

자기와 의견이 맞지 않는 부친을 향해 분개한 로제티는 천천히 쿠퍼의 팔을 붙잡았다. 메리다는 반사적으로 "앗." 하고 비명을 질렀으나, 그보다는 보안관과 후작의 반응 쪽이 훨씬 폭발적이었다. 미스터 딕이 튀어나올 듯이 눈을 부릅뜬다.

"뭐, 뭐뭐뭐뭐뭐, 뭐야, 그 왠지 재수 없는 남자는! 로제, 나를 배신한 거야?!"

"배신이고 자시고 나랑 딕 씨는 같은 마을의 오랜 친구지, 그 이상의 뭣도 아니야. 나는 지금 이 쿠랑 사귀고 있어. 불같이 뜨겁게."

"사정이 그러니 물러나 주세요."

메리다에게 충격이었던 것은 쿠퍼가 로제티와의 약속을 제대로 이행하는 점이었다. 즉, 그도 연인의 어깨에 팔을 두른 것이다.

입을 쩍 벌린 부친과 약혼자를 곁눈질하고서 커플은 마을 방향으로 몸을 돌렸다.

"로제, 마을 안을 안내해 줄래요?"

"당연하지, 달링! 마을 사람들한테도 장래의 남편 좀 소개해 줘야지."

"자, 잠깐, 애, 얘야! 기다리거라, 로제티!"

당황한 블로섬 후작이 허둥댄다. 그의 처지에서 보면 이미 일정까지 정해진 결혼식이 파기되는 것만큼은 막아야 할 터. 저 막무가내인 점을 보건대, 로제티가 가짜 연인이라도 준비해두지 않았다면 노도와 같은 기세로 그녀의 급소를 찔렀을 가능성이 크긴 하겠다.

메리다는 순간적으로 사랑하는 사람의 뒤를 쫓아가려고 했다. 하지만 그 직전, 그걸 예측한 것처럼 뻗어온 손바닥이 메리다의 팔을 붙들었다.

"단체행동 중이랍니다, 메리다 양."

꽃처럼 싱그러운 미소로 제지한 사람은 미토나 회장이었다. 독이 있는 꽃이지만.

그리고 딸과 그 연인을 뒤따르려고 한 블로섬 후작을 막은 건 커다란 헛기침이었다. 블랑망제 학원장의 엄한 눈빛이 그를 조용히 비난하고 있다. 현인보다 훨씬 위대한 아우라를 걸치면서 마녀는 결연한 어조로 들이댔다.

"프리켓 경. 당신은 지금 우리 학교 학생들의 안내인일 텐데요?"

"네, 아니, 그건 그렇습니다만, 그게……."

"미스터 딕의 용건은 무엇이었나요? 뭔가 예삿일이 아닌 분위기라고 봤습니다만."

현인은 마녀와 겨룰 심산인지 일부러 등을 꼿꼿이 폈다.

"이건 저희 마을이, 저희 마을 주민들이 해결해야 할 문제라서 말입니다."

"해결하겠다 안 하겠다가 아니라 무슨 일이 일어났는지를 묻고 있는 겁니다."

관록의 채찍으로 철썩 맞자마자 블로섬 후작은 등을 움츠렸다.

그는 곧 어린애의 변명 같은 한 마디를 중얼거렸다.

"그다지 유쾌한 구경거리는 아닐 것 같습니다만……."

영혼을 찢는 것 같은 울음소리를 듣고 유쾌하다고 느낀 여학생은 확실히 한 명도 없었다. 블로섬 후작의 안내로 마을에 따라간 소녀들은 그 입구에서 충격적인 한 장면을 맞닥뜨리게 되었다.

우선 마을 전체에 울려 퍼지는 함성을 지르고 있는 건 20대로 보이는 여성이었다. 겉모습을 개의치 않고 앞으로 기어 나아가려고 하는 그녀를 다른 마을 사람이 붙잡고 있다.

그렇게 필사적으로 여성이 가고자 하는 방향에는 사람들이 몇 명 무리 지어 있었다. 중앙에 한 사람이 뒹굴고 있고, 그걸 덩치 큰 남자 다섯 명이 꽉 누르고 있다. ……커플의 사랑싸움을 중재하는 수준의 이야기는 결코 아닐 것이다.

여러 명이 달라붙어 봉쇄 중인 가운데 인물에게는 시트가 씌워져 있었다. 다섯 명분의 체중이 실려 있음에도 불구하고 짐승같이 손발을 마구 휘두르고 있다. 그는 왼팔을 붙잡은 팔들을 싹 뿌리쳤다. 나가떨어진 남자가 황급히 다시 한번 온몸으로 달려든다.

시트 밖으로 드러난 왼팔에는 팔찌 여섯 개가 감겨 있었다. 다부진 근육으로 보아 남성 같다. 그러면 울부짖는 여성은 연인에 해당하는 걸까.

모여 있었던 마을 사람 중 한 명이 여학생들을 유도해온 현인의 모습을 발견했다.

"블로섬 씨, 돌아왔었군! 이것 좀 봐줘, 또 한 명 당했어!"

"나한테 맡겨!"

여학생들을 그 자리에 세워둔 채 후작은 의기양양하게 앞으로 나갔다. 가는 도중에 눈물로 얼굴을 적신 여성이 호화로운 망토에 매달린다.

"부탁이야, 블로섬 씨, 커널을 살려줘!! 저 사람 아직 구할 수 있어! 아직 살 수 있다고!"

"그걸 내가 지금부터 진단하지. 모르는 사람은 물러서!"

여학생들에게 의외였던 것은 샹가르타 사람이 순순히 후작의 지시에 따르는 모습이었다. 연인인 여성이 다른 주민에게 붙잡혀 질질 끌려간다. 팔찌를 찬 남성은 손발을 짓눌리고도 여전히 몸부림치고 있다. 지금 막 그 옆에 웅크리고 앉은 블로섬 후작이 가볍게 시트를 벗겼다. 바로 "으윽." 하고 얼굴을 찡그리고

서 도로 시트를 덮었다.

"——병상 진행도 [A]. 이미 커널은 늦었어. 조속히 그에게 《구제》를!"

성 프리데스위데의 양식적인 강사진은 무슨 까닭인지 이때 '말려야 하는 거 아닌가.' 하는 직감적인 충동을 품었다. 마을 사람 한 명이 몹시 엄숙해 보이는 동작으로 길쭉한 자루를 날라 왔을 때 그 직감은 결정적인 것이 되었다.

강사들은 일찍이 전장을 누빈 자로서 느낀 것이다. ——《죽음》의 징조를.

블로섬 후작이 자루에서 꺼낸 것은 장식이 휘황찬란한 도검이 었다. 전투용이 아니라 의례용이지만 경도와 날카로움은 보증 할 수 있으리라. 후작은 그것을 엄숙하게 든 다음—— 비틀, 무 게를 버티지 못하고 휘청거렸다. 헛기침으로 얼버무리고서 검 을 내민다.

"케, 케이프. 자네에게 영예를 주겠다."

"영광입니다, 블로섬 씨."

검을 받은 마을 사람은 안전하게 검을 들고 팔찌를 찬 남자에 게 돌아섰다. 칼끝을 시트 중앙에 향하고서 일말의 망설임도 보 이지 않고 내리찍는다.

푸욱, 검이 박히고 시트 중앙에서 피가 솟구쳤다. 팔찌를 찬 남자가 격렬한 경련을 일으켰고 곧 힘없이 팔이 땅에 떨어졌다. 프리데스위데 소녀들은 그 참상에 깜짝 놀라 입가를 막았고, 연 인인 여성의 절규가 모든 소리를 흘려보냈다.

"안 돼애애애애애———————!! 커널! 커너어어얼!!"

"이걸로 커널의 영혼은 구원받았다! 케이프는 그 사도(使徒)! 이자에게 성대한 박수를!!"

광장에 모여 있던 마을 사람이 잇달아 손뼉을 쳤다. 하수인인 케이프는 자랑스럽게 검을 들어 올린 다음 손잡이에 이마를 댄다. 발밑은 시트에서 흘러나온 선혈에 흠뻑 젖었다.

괴이한 분위기에 외부인인 소녀들은 숨을 죽일 수밖에 없었다. 성 프리데스위데의 대표로서 블랑망제 학원장이 굳은 표정으로 앞에 나왔다.

"……프리켓 경, 이건 무슨 일입니까. 공개처형은 법에 비추어 봐도 큰 죄입니다."

"처형이라니요?! 이건 구제입니다. 커널은 병에 감염됐어요."

"병?"

"샹가르타에 유행하는 기이한 병입니다. 원인도 대책도 불명. 병을 앓은 사람은 이성을 잃고 살육을 갈구하는 괴물로 전락합니다. 거기에 인간으로서의 존엄 같은 게 있을까요? 따라서 저희는 병이 진행된 자는 신속히 살처분하기로 결단을 내렸습니다."

후작은 뒤돌아보고 시트에 떼 지어 모여 있었던 남자들에게 지시를 날렸다.

"커널은 내가 책임지고 정화하겠다. 교회 안치실로! 아이들이 놀라지 않도록 신경 써."

"알겠습니다, 블로섬 씨."

남자들은 척척 시체에 시트를 꽁꽁 둘러 감았다. 온갖 수라장을 겪은 마녀도 더는 말이 나오지 않았다.

"그와 같은 병에 관해서, 적어도 나는 들은 바가 없습니다."

"쉬크잘 공작은 알고 계십니다."

후작의 반격은 심플하고도 아주 날카로웠다. 천하의 마녀도 대꾸할 말을 잃은 듯하다.

그때, 마침내 실려 나가는 팔찌를 찬 남자를 보고 소리를 지른 인물이 있었다.

연수에 동반하는 강사의 한 명, 바로 최연소 교관 라클라 마디아 선생이다.

"잠깐, 사체를 조사하게 해 줘."

"안 됩니다!!"

강경하게 거부하고서 마을 사람은 피투성이가 되는 것도 마다치 않고 시트를 껴안는다.

"이 병은 감염병입니다. 조속히 격리하지 않으면 마을 사람 전원이 위험에 노출돼요. 더구나 지금은 당신들 학원의 학생들까지 있는데."

"…………."

라클라 선생은 그 이상 물고 늘어지진 않았다. 그저 멀어져가는 시트의 혈흔을 짐승처럼 냉철하게 바라보았다.

"으으으, 커널…… 커널…… 아침엔 그렇게 팔팔했는데……으으……!!"

마을 사람이 삼삼오오 흩어지고, 연수 온 학생들과 안내를 할 블로섬 후작만이 남았다. 그리고 길가의 돌처럼 내팽개쳐져 있는, 죽은 남자의 연인인 여성. 아무 전조도 없이 반려자를 잃은 그녀는 앞으로 얼마나 큰 슬픔에 시달리게 될까.

　학생들은 마침내 알아차렸다.

　상식이 통하지 않는 게 아니다.

　이 마을은 무언가 이상하다————.

　블로섬 후작이 트레이드마크인 주름이 도드라지는 프리티 스마일을 지었다.

　"그럼, 슬슬 아기 새들은 휴식이 필요하겠지. 우리 마을의 명물, 동굴 호텔을 만끽하시라!"

　후작 뒤로 여성의 흐느끼는 소리가 계속 울렸다.

LESSON: III ~위든 아래든 길잡이는 없네~

샹가르타의 전체적인 모습은 개미집 같은 형상이었다. 지면 아래에 여러 개의 거대한 공동이 나 있고, 각각을 길쭉한 동굴이 잇고 있다. 구멍은 끝없이 밑으로 밑으로 이어지는데, 맨 아래는 학자들의 연구구역이 된 상태라고 한다.

황야 바로 밑에 보였던 마을들이 샹가르타 최대의 거주구로, 낯익은 사람들에게 인사를 마친 로제티는 마지막으로 연인 행세 중인 쿠퍼를 자기 《집》으로 데리고 왔다.

동굴에 박아 넣듯이 세워진 엄숙한 건물로, 다름 아닌 교회였다.

"아빠는 여기 관리자이기도 해. 자, 들어올래?"

로제티는 10미터도 더 되는 엄청난 높이의 양문 《현관》을 열며 안내해 주었다. 마치 새로운 생을 누리는 듯한 마음가짐으로 쿠퍼는 붉은 융단을 향해 발을 내디딘다.

먼저 눈에 날아 들어온 것은 예배당이다. 기다란 의자 여러 개가 이어져 있고 가장 안쪽에는 신단이 설치되어 있다. 통로에 깔린 융단은 길고 넓다. 커플 세 쌍은 나란히 걸을 수 있을 정도다. 스테인드글라스 색채가 바닥 여기저기에 박혀 있는 것은 창

바깥쪽에 랜턴을 설치했기 때문일 것이다. 작은 연출에도 세심하게 공을 들였다.

생활감과는 거리가 멀어 보이는 공간을 걷다 붉은 융단 한복판에서 쿠퍼는 내부를 뒤돌아보았다.

"당신네 집에 데릴사위로 들어가면 저도 성직에 종사해야 하는 겁니까?"

"……미안해, 나 때문에 귀찮게."

오는 도중 로제티는 면식이 있는 마을 사람들에게 쿠퍼를 일일이 소개해 주었다. 자신들의 유대가 얼마나 단단한지를 납득시키기 위해서 지나치게 떠든 감은 부인할 수 없다. 한편으로는 너무 미화한 것 같아 새삼 볼이 빨개진다.

"궁금한 게 있는데, 왜 쿠는 내가 난처할 때면 매번 힘이 되어 주는 거야?"

청년은 시선을 돌렸다. 등을 돌리고 걸어가는 그를 로제티는 뒤따라가 매달린다.

"연인 부탁은 100% 거절할 줄 알았어. 메리다 님은 당신한테 찰싹 붙어 있고, 최근엔 엘리제 님도, 그…… 그, 그래서 두 사람한테 선수를 치고 싶어서 서둘러 그런 짓을 벌인 거야."

"제 몸은 하나밖에 없으므로 이용은 계획적으로 부탁합니다."

"장난치지 말고, 쿠의 마음은 어떤지 가르쳐 줘!"

청년의 손을 잡아서 로제티는 억지로 청년이 자신을 돌아보게 하였다. 신단으로 밀어붙이고 얼굴을 쭉 갖다 댄다. 이 광경은 흡사 신에게 사랑을 맹세하는 신랑 신부같이도 보였다.

"처음 봤을 때부터 쿠가 은근히 나를 배려해 주는 거, 알아."

"……그건."

"있지, 진짜로 결혼, 할까?"

로제티의 눈동자가 희미하게 글썽거렸다. 쿠퍼는 눈앞에서 싱긋 미소 지었다.

"깨끗이 거절하겠습니다."

"이 흐름에서 그러기야?! 진짜, 왜에에~!"

"저나 당신이나 아직 기병단을 은퇴할 수는 없을 텐데요."

"으음, 그건 그렇지만……."

묘하게 설득력 있는 반론에 로제티는 크게 토라지면서도 입을 다문다.

쿠퍼는 그녀의 손을 풀고 신단 안쪽으로 향했다. 그곳에는 천장에서 시작하여 바닥까지 드리워진 거인의 숄 같은 태피스트리가 장식되어 있었다.

두꺼운 천을 걷는 청년의 손에 망설임은 전혀 없었다. 천을 걷자 그 속에서 문이 나타난다.

단 손잡이에 힘을 넣어도 문은 열리지 않는다. 잠겨 있는 모양이다.

"그 안은 출입금지입니다. 《미스터리 스팟》이거든요."

소녀의 맑은 목소리가 쿠퍼를 나무랐다. 보니 옆에 열두 살 정도 되는 여자아이가 서 있다. 머리카락을 땋아 내렸는데, 의연한 눈빛을 연상의 청년에게 향하고 있었다.

"손님용 방은 좌우의 문을 통해 갈 수 있어요. ……누구시죠?"

"이거 실례."

쿠퍼가 정중하게 예를 표하자, 소녀의 말대로 좌우 양문에서 아이들 몇 명이 나타났다. 손님이 온 것을 알고 보러 온 것이리라. 10세 전후까지의 남자애, 여자애가 족히 십수 명.

그들은 신단 앞 로제티의 모습을 발견하고 일제히 미소를 꽃피웠다.

"로제 언니, 어서 와!"

"오오~ 이 개구쟁이들! 얌전히 있었어?!"

"""그러엄!!"""

아이들은 구르는 달걀같이 뛰쳐나와 앞다투어 로제티를 껴안는다. 누가 그녀를 차지하느냐로 아주 대소동이다. 가장 어린 여자아이를 안아 올리고 로제티는 그 뺨에 볼을 비볐다. 여자아이는 즐거워하며 수줍어한다.

이 교회는 로제티의 집이고, 저 안에서 나온 아이들도 이곳에서 살고 있을 것이다. 하지만 붉은 머리 미소녀를 '언니'라며 반기는 그들은 누구 하나도 로제티와 얼굴이 닮지 않았다. 블로섬 후작과도 그렇다. 애초에 형제치고 숫자가 너무 많다.

태피스트리에서 손을 떼고 쿠퍼는 어렴풋한 미소와 함께 돌아보았다.

"떠들썩한 가족이군요?"

"그래. 아빠는 의지할 데를 잃은 아이를 구별하지 않으니까."

간접적으로 실마리를 던지고, 로제티는 밝은 표정으로 고백했다.

"아무래도 샹가르타는 환경이 좀 그러니까 말이지. 가족을 잃는 일도 결코 드물지 않아. 그렇게 가족 잃고 홀로 남은 아이가 생기면, 거기서 아빠가 나서는 거지. 여기로 데려와서 새로운 가족을 가지게 해 줘. ……이렇게 말하는 나도 그렇고."

나지막이 덧붙인 말에 고개를 끄덕이고 쿠퍼는 되새기듯이 대답한다.

"훌륭한 신념이라고 생각합니다."

"내 생각도 그래. 나도 아빠가 안 주워 줬다면 살아 있을 수나 있었을지 모르겠어. 아빠도 아주 오래전에 아내를 떠나 보낸 경험이 있대. ……자세하겐 못 물어보지만."

"로제 언니, 이 사람 누구야?"

차분한 어조로 이야기에 열중하는 연상의 남녀를 아이들이 이상하다는 듯이 번갈아 보고 있다. 그중 한 명이 천진난만한 목소리로 물어보자 로제티가 환한 표정을 지으며 가르쳐 준다.

"내 피아세! 언니가 집에 남자친구를 데리고 왔쪄요!"

"""뭐어~ 필요 없어~!!"""

야유가 엄청나다. 로제티의 인기를 생각하면 당연한 일이지만 쿠퍼는 저도 모르게 쓴웃음이 나왔다. 아이들은 그 천진난만한 입으로 신랄한 돌직구를 잇달아 던졌다.

"솔직히 완전 잘생기긴 했는데……!"

"중요한 건 《연봉》이지."

"주변머리는 있어?"

"출세하고자 하는 야심은 있나요?"

"이거 가차 없군요……."

쿠퍼가 두 손을 드는 제스처를 취하자 남자아이 하나가 여봐란듯이 가슴을 폈다.

"뭐, 아무튼. 그렇게 간단히 우리 누나를 빼앗을 수 있을 거라 생각하지 말라는 거지!"

"명심하죠. ——블로섬 후작의 연구실에 다소 흥미가 있었습니다만."

대화에 구분을 짓는 것처럼 쿠퍼는 뒤에 있는 태피스트리를, 정확히 말하면 교회의 2층 부분을 올려다본다. 여자아이를 안은 채 로제티가 머리를 좌우로 저었다.

"우리도 서재에는 못 들어가. 귀중한 자료가 있다고 출입하지 못하게 해."

"그렇습니까. 그럼 저는 슬슬 호텔로 가야겠는데……."

로제티는 재차 머리를 젓는다. 거의 동시에 아이들이 그녀의 허리를 껴안았다.

"난 오늘은 이쪽에서 묵을게. 내일 연수가 시작될 무렵에는 합류할 테니까."

"알겠습니다. 엘리제 님에게도 전해두죠."

"……두 사람, 정말로 사귀는 거야~?"

완전히 평소처럼 말을 주고받는 두 사람을 아이들이 신기하게 올려다보고 있었다. 비교적 연상인 머리를 땋은 아이는 회의적인 눈길이다. 쿠퍼는 벗겨질 뻔했던 가면을 황급히 다시 쓰고서 부랴부랴 연인의 어깨에 손을 올렸다.

"그럼 로제. 내가 없더라도 울면 안 된다?"

"달링이야말로. 다른 애한테 한눈팔고 그러면 된통 맞을 줄 알아."

'우후후후' '아하하' 하고 마주 웃는 너무나 수상한 두 사람을 아이들은 미간의 주름을 더욱 찌푸리며 바라보았다. 머리를 땋은 아이는 기어이 무언가를 알아차린 표정이다.

"……복잡해지지 않으면 좋겠는데."

불쑥 튀어나온 소녀의 목소리로부터 쿠퍼는 총총히 멀어졌다. 단순히 말로 얼버무리기 힘든 만큼 아이를 상대하는 일이 어른보다 훨씬 어렵다. 후작에게 괜한 소리나 안 하면 다행이련만…….

좌우간 밖으로 나가 교회 문에 등을 대고서야 쿠퍼는 간신히 제정신을 차릴 수 있었다. 프란돌로부터 장거리 이동에 더해 도중의 액시던트. 오늘은 일찍이 없을 만큼 많은 사람과 대면했기 때문에 피로 또한 크다. 익숙지 않은 가면을 쓰고 있었던 탓에 더더욱 그렇다.

가르쳐 준 땅굴 호텔로 얼른 들어가자. 그렇게 생각하고 즉시 발을 내디딘다.

하지만 이때의 그는 까마득히 모르고 있었다.

진짜 시련은 이제부터 시작된다는 것을──.

"아주 느긋하게 놀다 오신 것 같네요, 선생님!"

호텔. 메리다가 묵는 객실에서 목격한 것은, 볼에 바람을 잔뜩 넣은 아가씨의 모습이었다. 양말을 벗고 침대에 올라가, 커다란 곰 인형을 부둥켜안고 있다. 사랑하는 사람 앞에서 어린애 같은 행동을 숨기지 않는 것은 그만큼 순수하게 불만이 쌓였다는 신호이리라.

돌려줄 말이 궁해진 쿠퍼는 일단 문 앞에 멈춰 섰다. 물론 방은 다르지만 오늘은 함께 있지 못한 시간이 길었기 때문에 늦게라도 보살펴 주는 것이 좋겠다 싶어 주인의 방으로 향한 참에 이 꼴을 당한 것이다. 오늘 첫 식은땀이 볼을 타고 흐른다.

적당히 둘러대려다가── 쿠퍼는 그러지 않기로 했다.

"화나셨습니까?"

"뭣 때문일까요?"

메리다는 테크니컬한 카운터펀치를 날렸다. 침대를 엉덩이로 리드미컬하게 누르고, 파도처럼 어깨가 떠올랐다 가라앉는다. 가시 돋친 감정을 몸으로 나타내는 것 같다.

"선생님한테 문제 낼게요. 저는 무엇 때문에 화가 났을까요?"

"……아침부터 아가씨가 보면 병이 도질 만한 접촉을 로제티 씨와 했기 때문일까요."

"때──앵."

"……아가씨를 내버려 두고 어딘가로 나가 버렸기 때문일까요."

"땡, 때──앵."

"……그런 것도 모자라 이렇게 늦게 얘기하러 왔기 때문일까요."

"뿌뿌~ 시간 다 됐어요. 정답은 전부 다예요. 오늘은 진짜 선생님한테 해 줄 말이 너무 많이 있어요!"

쿠퍼는 앉은 자세를 바로 했다. 아무래도 오늘은 진짜 애먹게 생겼다며 마음의 띠를 고쳐 맨다.

입술을 샐쭉 내민 메리다는 마치 그것이 물레 바늘이라도 되는 양 불만을 줄줄 자아내기 시작했다. 가정교사로 취임하고 1년, 유례없는 난제가 쿠퍼에게 닥쳤다.

"선생님, 양말 집어줘요."

메리다는 막무가내로 응석을 부리기 시작했다. 쿠퍼가 트렁크에서 그녀가 좋아하는 양말을 꺼내자, 요염한 맨다리를 그에게 불쑥 내민다.

"신겨 주세요."

평소엔 옷 갈아입는 것을 도와주려고 하면 여러 가지로 허둥대는 아가씨지만 지금만은 위풍당당하다. 열네 살의 발끝을 자기 무릎에 올리고 쿠퍼는 얇은 천을 허벅지까지 쑤욱 미끄러뜨린다. 그것을 내려다보는 메리다의 눈빛은 정말로 종자에게 시중을 받는 공작 가문 아가씨에 걸맞은 품격을 발하고 있었다. 어엿한 숙녀가 다 되셨군, 하고 쿠퍼는 감동을 품긴 했으나 그것은 현실도피였다. 메리다는 사실 화내고 있을 뿐이므로.

"선생님은 왜 로제티 님을 도와주는 거였죠?"

"로제티 씨가 기병단을 그만둬야 할지도 모른다는 게 큰 이유네요. 게다가 그게 원치 않는 결혼 때문이라면 오죽이나 분하겠다 싶어서…….."

"저도 로제티 님이 없어지는 건 싫고, 엘리는 더 힘들 거라 생각해요. 벌써 1년이나 함께 지내고 있는 가정교사이니까요. 갑자기 사라지시면 당연히 쓸쓸하겠죠. 저도 오늘 엘리의 마음을 자~알 알고요."

쿠퍼의 목구멍이 막힌다. 메리다는 고개를 휙 돌렸다.

그러나 이것은 단지 시작일 뿐. 소녀의 불평은 그칠 줄을 모른다.

"선생님은 참 바쁘신 분이네요. 로제티 님에, 기병단에, 쉬크잘 공작님에 아주 여기저기서 난리예요. 그럼 대체 땅콩 아가씨는 언제 상대해 주실는지요?"

"저기, 아가씨."

"여자로서 의식해 주지 않으니까 옷 갈아입는 것도 막 도와주고. 알몸을 봐도 완전 태연자약. 욕탕에서 엉큼한 마사지를 한 뒤에도 아무렇지도 않은 얼굴을 하고 그러잖아요! 어차피 전 어린애고, 로제티 님 쪽이…… 으으, 으으~."

"꼭 들어주셨으면 하는 것이 있습니다, 아가씨."

"뭔데요?"

무슨 소릴 해도 나 몰라라 하는 표정으로 메리다는 얼굴을 되돌린다. 쿠퍼는 대답했다.

"지금부터 저와 데이트하러 가시지 않겠습니까?"

† † †

"선생님과 한밤중의 데이트~! 에헤헤헤……!"

꿀처럼 뺨이 주르르 녹은 메리다를 데리고 쿠퍼는 호텔을 빠져나와, 모두 잠들어 조용한 거리를 걸었다. 서둘러 좁은 길로 들어가 망설임 없이 동굴 안쪽 깊숙이 파고든다.

인기척이 완전히 멀어지고, 사랑하는 사람의 오른팔에 찰싹 매달려 있던 메리다도 조금씩 긴장감을 느낀다. 어디로 데리고 가는 걸까──가 아니라 이런 누구의 눈도 없는 장소에서 선생님은 대체 무엇을 할 생각일까? 라는 의문이다.

진로를 그에게 맡기고 메리다는 시선을 내리깐 다음 사색의 바다를 떠도는 배가 되었다. 소녀의 공상 속에서 온갖 가능성이 떠올라 활발한 의논을 시작한다. 이윽고 회의가 격렬해지고, 점점 과격한 의견이 난무해 소녀의 뺨은 새빨갛게 익었다.

"아가씨, 걸어 다녀서 피곤하십니까?"

"네?! 네, 네에. 샤워할 때 더운물이 좋았어요!!"

"……그렇습니까."

뭐라 대꾸하기 어려워하는 얼굴로 쿠퍼는 그제야 멈춰 섰다. 그리고 전방을 가리킨다.

"아무튼 도착했습니다. 이곳을 아가씨에게 꼭 보여드리고 싶었습니다."

메리다는 홱 얼굴을 돌렸다. 그리고 "와아아……!" 하고 얌전한 환호성을 지른다.

터널 막다른 곳에 있던 것은 종유동으로 이루어진 작은 공간이었다. 폭도, 높이도 학원 교실 정도 돼 보인다. 하지만 무엇보다 눈길을 빼앗는 것은 그 바위 색이다── 불꽃 같은 적색에물 같은 청색, 신록을 가둔 듯한 녹색에 다이아몬드로 착각할것 같은 백색. 그것들이 마치 미술가의 꿈을 한데 섞은 것처럼유려한 얼룩무늬를 그린다.

사람들로부터 거의 잊힌 듯한 장소로, 랜턴 하나 걸려 있지 않았다. 대신 벽 그 자체가 희미하게 빛을 발했고, 점점 더 빛을 늘려 내방자를 환영한다. 마치 이 은신처를 찾아낼 누군가를 오랫동안 기다리고 있었던 것처럼.

"우와아……." 다른 세계 같은 광경에 메리다는 입을 반쯤 벌린다. 그러나 쿠퍼의 데이트 플랜은 이제 시작인 모양이다. 살짝 미소를 지은 그는 천천히 종유동의 입구를 손가락으로 가리켜 보였다.

"이 종유동에는 조금 재미있는 장치가 있습니다. 아가씨, 시험 삼아 저곳에 서 보시겠습니까?"

"어, 알았어요!"

메리다는 아무 의심도 없이 종유동에 발을 들여놓았다. 재미있는 장치라니 뭘까? 자그마한 가슴이 들썩인 그때── 어떠한 예고도 없이 교복 스커트가 들춰진다.

"헤에……?"

마치 낚싯줄로 끌어올린 것처럼 훌러덩. "꺄아아악?!" 황급히 치맛자락을 누르긴 했지만, 이번엔 동그란 엉덩이가 드러난다. 좌우의 손으로 열심히 눌러도 스커트는 중력을 계속 거슬렀고, 당연히 그러는 동안 열네 살의 귀여운 팬티는 엉덩이를 먹고 들어간 선정적인 광경을 포함해 사랑하는 사람의 시선에 고스란히 노출되었다.

"뭐뭐, 뭐야 이거, 꺄아아아악! 서, 선생님, 보지 마세요! ——잠깐, 왜 웃고 있는 거예요?!"

쿠퍼는 그 모습을 뚫어지게 보진 않았지만 입가를 누르고 웃음이 터지는 것을 참고 있었다. 울상이었던 메리다의 표정에 화아아악 하고 수치심의 붉은 색이 올라온다.

"선생님, 일부러 그랬죠?! 이렇게 될 거 알고 있었죠?!"

"죄송합니다, 한 번쯤 이런 장난을 해 보고 싶어서……."

"무슨 애도 아니고!"

뻔뻔하게 미소 지은 다음 쿠퍼는 밝은 표정으로 자신도 종유동에 발을 들여놓았다. 헛된 저항을 계속하던 메리다의 양손을 쥐고 천천히 발끝으로 지면을 가볍게 찬다.

그러자 맙소사. 최소한의 저항도 없이 두 사람의 몸이 두둥실 허공에 떠오른 것이 아닌가. 이미 스커트가 문제가 아니다. 메리다는 덧없는 비명과 함께 쿠퍼의 손에 매달렸다. 지면이 서서히 멀어지고 곧 천지가 뒤바뀐다.

마치 수중인 것처럼 두 사람은 천천히 회전하면서 공중에 머물렀다. 희한한 체험에 메리다의 눈이 휘둥그레진다. 쿠퍼는 여전히 미소를 짓고 있다.

"이제 아시겠습니까? 이 장소는 미스터리 스팟입니다. 주위의 바위가 강렬한 자력을 띠고 있어 마치 무중력 같은 공간을 만들어내고 있는 거지요."

"자력, 이요……?"

"생체자력이라는 말이 있습니다. 인간의 뇌에는 자기를 담당하는 기관이 있고, 온갖 기척이나 직감 등을 느끼는 기능은 그곳으로부터 유래한다고 합니다. 인간의 피에 철 맛이 나는 것도 육체에 자석이 존재하는 증거라는 모양이에요."

매끄럽게 배경이 회전하고, 이내 천지조차도 분명치 않아진다. 두 사람이 확실히 느낄 수 있는 것은 상대방의 온기뿐이었다. 서로 깍지 낀 좌우의 손바닥이 열을 띠고 어느 쪽이 먼저랄 것도 없이 거리를 좁힌다. 메리다의 코끝에서 그의 입술이 육감적으로 움직였다.

"유년학교 수업에서 자석끼리 반발하는 현상을 배운 적이 있죠? 그것과 똑같은 일이 지금 저희 몸에 일어났습니다. 종유동의 벽에서 발생되는 자력이 저희를 반발시켜, 공중을 헤엄치는 듯한 체험을 하게 해 주는 것입니다."

편안하게 강의하던 쿠퍼는 불현듯 "맞다." 하고 무언가를 떠올렸다.

"실은 무중력이란 상황은 트레이닝에 아주 좋은 효과를 줍니다."

"그런가요?"

"공중에서 밸런스를 잡기 위해서 평소 안 쓰는 근육을 구사하므로 몸을 알맞게 단련할 수 있거든요. 이런 장소가 아니어

도 천장에다 해먹 같은 것을 매달면 무중력을 재현할 수 있으니…… 저택에 돌아가면 바로 해볼까요, 아가씨?"

"선생님도 참, 많이 신나신 것 같네요."

장난을 당했을 때부터 느끼고 있었던 점을 메리다가 입에 담자 쿠퍼는 의외라는 표정을 지었다. 메리다는 왔다 갔다 하며 조금씩 몸을 쿠퍼에게로 가져갔다.

주위에는 자력이 가득하다. 그것이 메리다의 등을 밀고, 쿠퍼의 몸을 앞으로 기울인다. 보이지 않는 힘이 두 사람의 입술을 아주 가까이 근접시켰다. 배경에는 환상적인 꿈이 소용돌이치고, 메리다에게 가상의 열을 가져온다. 그것은 얼음의 가시에 발을 들여놓는 굳은 용기가 되었다.

"선생님은 어떻게 이런 장소를 알고 있는 거예요?"

"실은 이전 임무 때 이 마을에 온 일이……."

"정말로요?"

닿아도 상관없다는 심정으로 메리다는 더욱더 입술을 가까이 가져갔다. 시야에 펼쳐지는 것은 온통 그의 눈동자뿐. 그의 두 눈동자 속에도 결심한 소녀의 눈빛이 비치고 있다.

──지금 이대로는 싫어. 난 더욱 당신 가까이 날아가고 싶어.

"……선생님."

두 사람의 고동이 쿵쿵 얽힌다. 시선이 교차하는 눈동자가 반짝이고, 감정까지 하나로 포개어지려고 한 순간── 갑자기 둔탁한 충격이 쿠퍼의 등을 밀어 올렸다.

허공을 계속 떠돌던 두 사람은 어느샌가 벽에 부딪힌 것이다.

자세가 무너진 메리다는 쿠퍼의 가슴팍에 꽉 안긴다. 온기에 휩싸이는 것과 동시에 의문이 들었다.

지금 우리는 동굴 한복판에 둥실둥실 떠 있을 수 있을 텐데……?

"아, 아차……! 아가씨, 조금 오래 있었던 것 같습니다!"

"네? 무, 무슨 말인가요?"

쿠퍼답지 않게 당황하는 얼굴을 쳐다보자 거의 동시에, 보이지 않는 자력의 막에 휩싸여 있었던 메리다와 쿠퍼는 갑자기 부유감을 잃고 밑으로 굴러떨어졌다. 순간적으로 쿠퍼가 감싸주긴 했지만, 종유동의 밑바닥에 낙하한 두 사람은 서로 뒤엉킨 채 쓰러졌다.

"꺄아악?!"

메리다가 비명을 지른 것은 갑작스러운 추락에 놀랐기 때문만은 아니다. 제자를 덮으며 쓰러뜨린 쿠퍼는 아직 아무것도 모르는지, 눈꺼풀을 뜨며 이렇게 말했다.

"이거 야단났군요……. 아가씨, 다치신 데는 없습니까?"

"다다, 다친 데는 없는데, 그…… 서, 선생님의 손이이이……!"

"네?"

──말랑말랑.

쿠퍼의 다섯 손가락이 블라우스에 주름을 만들어 내고, 아담한 두 언덕을 약동시키고 있었다. 중추를 가로지른 복숭아색 전류에 메리다는 참지 못하고 "아웅!" 하며 등을 튕겼다. 이번에야말로 '몰랐다.'라고는 할 수 없겠다. 그의 시선이 자신의 소행을 똑똑히 지켜보았기 때문이다.

넘어뜨리면서 그만, 부풀기 시작한 소녀의 바스트를 꽉 쥐고 만 것을.

"본의가 아닙니다!" 쿠퍼는 크게 당황했다. 그렇지만 메리다는 지금 쿠퍼를 비난하는 것이 아니다. 불가항력이었다. 오히려 감싸 줬으니 감사를 해야 한다.

따라서 제자가 신경 쓰고 있는 부분은, 그가 손을 여태 떼지 않고 있다는 점이었다.

"저저저저, 저어, 선생님……! 여, 여자로 대우해줬으면 좋겠다고는 항상 생각하는데요, 그래도, 그……그렇게 제 것이, 으음, 궁금하셨어요……?"

"요, 용서해 주십시오, 아가씨. ……아주 난처하게 됐습니다."

"무, 무슨……? 꺄아악, 아아앙?!"

손을 떼기는커녕 쿠퍼의 손가락은 메리다의 가슴을 만지작거리기 시작했다.

사랑하는 사람의 커다란 손에는 열네 살의 다소곳한 사이즈가 다소 부족한지, 마치 빵 생지를 반죽하듯 손바닥으로 마구 주무른다. 그것만으로도 수치심에 의식이 날아갈 것 같은데, 이따금 손가락 끝으로 기타를 연주하듯 그 부분을 튕겨서 그때마다 뇌가 녹을 정도로 짜릿한 전류가 소녀의 등줄기를 가로질렀다.

"흐아아앗?! 아, 아앙, 안 돼……! 서, 선생님, 뭐 하는 거예요 오오~!"

"이, 이렇게 보여도 손을 떼려고 고심하고 있습니다. 아, 아가씨! 당황하지 마십시오, 조금만 더 참아 주십시오…… 크윽!"

평소와 달리 초조해하는 모습의 그는 얼굴을 살짝 붉히긴 했지만, 확실히 다른 속셈이 있는 것처럼은 보이지 않는다. 하지만 그 진지한 태도와 제자를 쓰러뜨린 자세가 완전히 정반대다. 혼란에 빠진 메리다의 머릿속에 몇 번이고 복숭아색 불꽃이 반짝였다.

　"흐아앗! 히야악! 으응! 아아…… 야아아아아아아아아앙!!"

　종유동 내부에 교성이 수차례 메아리치고 겨우 상황이 진정됐을 무렵 메리다는 숨이 끊어지기 직전이었다. 쿠퍼는 결국 손을 떼는 것을 포기했다. 대신 가슴에서 겨드랑이 아래를 통해 등으로 돌아갔다. 지금은 제자를 머리까지 꽉 껴안고 있는 자세다.

　뭐가 어떻게 된 건지 이해하지 못하고 다만 메리다는 사랑하는 사람의 가슴팍에 힘없이 기댔다.

　"하으…… 하아…… 서, 선생님 진짜 엉큼해요오……."

　"무슨 벌이든 받겠습니다. 그래도 이제야 침착하게 설명할 수 있겠네요. ──아가씨, 시험 삼아 제게서 떨어지려고 해보세요."

　"헤에……?"

　얼굴이 완전히 벌겋게 익은 메리다는 흐리멍덩한 눈동자를 돌려 쿠퍼를 쳐다보고, 넋이 나간 머리로 그가 시키는 대로 하기로 했다. 다부진 가슴팍에 양 손바닥을 대고 힘껏 민다.

　"어, 어라?! 어째서……. 안 떨어져요! 엄청난 힘이 당기는 것 같아."

　"이해되셨는지요. 저희는 이 미스터리 스팟의…… 강력한 자기장의 영향을 받은 겁니다. 너무 오래 있었네요……."

"무, 무슨 말이에요……?"

"자석은 반발할 뿐 아니라 서로 끌어당기는 성질이 있다는 것도 공부하신 적이 있을 겁니다. 제 몸과 아가씨의 몸이 생체 자석이라는 사실을 고려하면——."

모두 밝혀지진 않았지만 메리다의 두뇌에는 이미 대답이 번쩍였다.

"저랑 선생님의 몸이 자석이 되어서 찰싹 달라붙어 버렸다는 얘긴가요?!"

"그렇습니다. 따라서 조금 전의 행위는 결코 일부러 한 건……. 그런데 이거 난감하게 됐네요. 고작 몇 센티 벌리는 것조차 안 될 줄이야. 잠시 이러고 있는 수밖에 없겠습니다."

"떨어질 수 없다……. 잠시, 이대로…………."

소녀의 뇌리에 가지각색의 공상이 부풀어 오르고 순식간에 포화 상태를 맞이했다. 헤헤, 표정이 황홀해진 메리다는 사랑하는 사람의 목덜미에 양팔을 감았다. 공작 가문 아가씨에게 있어서는 아니 될 상스러운 행위지만 어쩔 수 없다. 떨어지려고 해도 떨어질 수 없으니 부득이한 것이다.

"에헤헤헤헤…… 그것참 난감하게 됐네요……!"

"재미있어할 때가 아닙니다, 아가씨. ……듣고 계신가요?"

망상에 사로잡혀 마냥 히죽거리던 메리다는 갑자기 "허억!" 하고 하늘의 계시를 맞았다.

"모, 목욕이나 옷 갈아입을 때는 어떡해요?!"

"그래서 난감하게 됐다고……. 자기가 사라질 때까지는 이대로 있는 수밖에 없겠네요."

"어, 언제 원래대로 돌아올까요……?"

"대강 몇 시간……. 오늘 밤은 각오하시는 편이 좋을 것 같습니다."

글썽, 메리다의 눈에 눈물이 맺혔다. 마냥 즐거워하고 있을 수만은 없음을 깨달은 것이다. 공작 가문의 자존심을 챙기지도 못하고 진심으로 우는 소리가 나온다.

"채, 책임지세요…… 으으으!!"

"……분부대로 하겠습니다, 레이디."

이리하여 엄청난 데이트가 되고 만 쿠퍼는 한시라도 빨리 호텔로 돌아가기로 했다. 서로 안은 상태에서 떨어질 수 없어서, 메리다를 공주님처럼 안은 채 귀로를 질주해야 했다. 지금 이 모습을 누가 보기라도 하면 엉뚱한 소문이 날 것이 불가피하므로 평소 이상으로 생물의 기척을 민감하게 피했음은 말할 것도 없다.

무사히 자기 방으로 귀환했으나 난제는 거기서부터였다. 실낱같은 기대를 저버리고, 두 사람의 몸에 흐르는 자력은 도무지 사그라질 기미를 보이지 않았다. 살은 여전히 상대방의 살을 갈구하고 있다. 각자의 방으로 들어가며 "좋은 꿈을." 하고 인사를 나누는 상황은 꿈도 꿀 수 없다.

그나마 다행인 것은 동굴 호텔에는 빈 객실이 충분해서 메리다가 홀로 방을 쓰고 있다는 점이리라. 혈기왕성한 나이의 남녀가 서로 껴안은 채 침대를 함께 쓰면── 본인들의 이성이 버틸 수 있을지는 둘째 치고, 소동의 씨앗이 되리란 것은 분명하다.

"교복이 구겨지고 말 테니⋯⋯."

"으으으~~~⋯⋯."

새빨간 얼굴로 끝까지 저항을 시도하는 아가씨를 겨우겨우 설득하고 쿠퍼는 그녀를 네글리제로 갈아입혔다. 고생고생하며 옷을 사지에서 벗겼는데, 그동안 팬티만 입은 알몸이 된 메리다는 계속 청년의 팔에 매달려 있어야 했다. 몸에 바짝 눌리는 봉긋한 가슴으로부터 쿵쾅쿵쾅 격렬한 댄스의 고동이 전해져왔다.

"왠지 오늘 밤은 부끄러운 일만 당하는 기분이 들어요."

침대에 기어들어가자마자 메리다는 뾰로통하게 투덜거렸다. 그녀의 몸은 따뜻하지만 그 몸을 끌어안은 쿠퍼도 살짝 땀에 젖었다. 이쪽은 군복 외투를 벗고 넥타이를 풀기만 한 상태. 그리고 메리다의 손가락에 옷깃의 단추가 풀어진다.

"죄송합니다, 이게 다 제 생각이 짧은 탓에⋯⋯."

"그렇게 생각하시면―― 다음에 또 저랑 데이트해 줄래요?"

소녀의 금발이 쿠퍼의 네크라인을 뒤덮었다. 와이셔츠 너머로 볼을 비비는 감촉에 이어서 흐읍, 향기를 들이마신 기척이 느껴졌다.

"어디든 좋아요. 선생님이랑 함께라면 그곳이 제게는 최고의 데이트 스팟이거든요."

"아가씨⋯⋯."

"저기, 선생님. ⋯⋯더 꼬옥 안아 줄래요?"

메리다가 응석 부리는 목소리로 조르자 감정보다 먼저 몸이 움직였다. 어차피 팔은 그녀에게서 뗄 수 없다. 머리와 등을 같이 끌어안은 후, 한 박자 늦게 가정교사의 이성이 따라붙었다.

지금 이 포옹에는 어떤 의미가 담겨 있는 걸까, 하고.

"아까는 제멋대로 굴어서 죄송해요. 그냥, 선생님을 조금 곤란하게 만들고 싶었던 것뿐이에요."

"아닙니다, 저도 오늘은…… 가정교사의 본분을 소홀히 하고 말았으니까요."

"어쩔 수 없죠, 다들 선생님만 의지하고 있으니까. 선생님이 얼마나 대단한지 사람들이 알아줘서 제자로서 어깨에 힘이 들어간답니다."

그래도 말이죠, 하고 메리다는 가슴팍에서 쿠퍼를 올려다보고 꿈꾸는 듯한 눈빛으로.

"역시 제가 선생님을 제일 많이 알고 싶어요."

"아가씨……."

"저 이상해요. 사람들이 선생님을 알아줬으면 하는데, 솔직히 말하면 저 혼자만 선생님을 알고 싶어요. 선생님이 다양한 곳에서 활약하셔서 기쁘기는 하지만, 그보다는 저를 제일 먼저 생각해줬으면 좋겠다……는 생각이 자꾸 들어요. 저도 벌써 2학년이 됐는데…… 왜 이렇게…… 아이처럼…… 제멋대로……————."

새근. 평온한 숨소리가 들렸다.

고상한 루비색 눈동자가 감기고 금색 앞머리가 눈꺼풀 위를 덮는다. 차분하게 오르내리는 가냘픈 어깨에 쿠퍼는 이불을 끌어올려 주었다. 마시멜로 같은 볼을 조심스레 쓰다듬는다.

"저를 그렇게 생각해 주시는 건 아가씨가 처음입니다."

손가락 끝을 목덜미로. 당장에라도 꺾을 수 있을 듯한 꽃실 같은 그곳에서 핏빛 맥동을 또렷이 느낀다. 그 숨결을 막는 데에 지금이라면 나이프 한 자루도 필요 없으리라.

"그래서 어떡해야 좋을지 모르겠습니다."

망설이는 손바닥을 꽉 쥐고, 쿠퍼도 억지로 눈을 감았다.

† † †

그날 밤 메리다는 악몽 속에 있었다. 정체를 알 수 없는 기분 나쁜 환상을 보았다.

새카만 연기가 시야에 소용돌이치고 있어 그 앞에서 무슨 일이 일어나는지 알아볼 수가 없었다. 휘몰아치는 바람이 청각을 어지럽히고, 적적한 고독이 얼음같이 마음을 몰아세운다.

본능적으로 사랑하는 가정교사의 모습을 찾으려고 했으나, 납이라도 된 것처럼 팔이 움직이지 않았다. 그뿐 아니라 자기 몸이 어디에 있는지조차 생각나지 않는다. 한시라도 빨리 이곳으로부터 빠져나가고 싶다고 생각했을 때, 목소리가 들렸다. 바람이 목소리를 실어온 것이다.

『……요해……필요해…….』

『피가 필요해………….』

처음엔 연수 시작 이후 몇 번인가 들은 그 쉰 목소리인 줄 알았다. 하지만 이내 다르다는 것을 알아챘다. 일상적으로 듣는, 귀에 익숙한, 잘 아는 사이인——…………

누구 목소리지?

『피 내놔!!』

헉. 메리다는 퍼뜩 잠에서 깼다.

눈을 뜨니 시야에 밀려온 빛이 악몽의 잔재를 순식간에 내몰았다. 마음이 느낀 공포만이 지금도 메리다의 심장을 쿵쾅쿵쾅 뛰게 하고 있다.

담요를 걷고 상체를 일으키니 침대 옆에는 누구의 모습도 없었다. 너무나 당연한 광경에 위화감을 느끼고 사고회로가 바로 어젯밤의 기억을 다시 연결한다.

"서, 선생님……?"

시각은 아침 여섯 시. 호텔 자기 방에는 어젯밤 메리다가 벗겨준 군복도, 넥타이도, 그가 애용하는 검은 칼의 칼집도 보이지 않는다. 두 사람의 몸에서 자력이 사라져 같이 있을 필요가 없어진 쿠퍼가 방을 나간 것이리라.

——메리다에게 한마디도 없이? 이런 식으로 말없이 사라지면 제자가 섭섭해할 거라는 사실 정도는 그러면 아주 잘 알고 있을 텐데?

아직 악몽이 계속되고 있는 것 같은 예감이 들어서 메리다는 살짝 몸을 움츠렸다. 그러자 문을 노크하는 소리가 들렸다. 동시에 약간 절박하게 들리는 목소리가.

『리타, 리타. 일어났어?』

"엘리? 들어와도 돼."

조금 안심하면서 메리다는 입실 허가를 냈다.

그러나 방에 잰걸음으로 들어온 사촌 자매의 표정에, 암운이 재차 메리다의 자그마한 가슴에 자욱이 꼈다. 이미 교복으로 갈아입은 그녀는 답답해하며 트렁크를 찾는다.

"당장 옷 입어, 리타. 미토나 회장이 지금 사람들을 깨우고 있어."

"무슨 말이야? 무슨 일 있었어?"

붉은 장미 교복을 집어 들고, 엘리제는 그 영리한 미모에 괴로운 빛을 드러냈다.

"또 한 명이 습격당했어──《푸른 불길의 범인》한테."

† † †

엘리제의 도움을 받아 밖으로 나갈 채비를 하고 성 프리데스위데 교복으로 갈아입은 메리다는 즉시 호텔을 뛰쳐나왔다. 강사들의 심각한 눈길이 지켜보는 가운데 동급생들과 섞여서 전원이 목적지를 향한다.

도착한 곳은 동굴에 쑤셔 넣듯이 세워진 장엄한 교회였다. 이미 마을 사람들이 모여 군중을 이루고 있었고, 정면의 문은 활짝 열어 젖혀진 상태였다.

학원장과 3학년들을 발견하고 메리다와 엘리제는 거기에 합류했다. 그리고 맞닥뜨린 것은 예배당 중앙에서 흐느껴 울고 있는 30대 남자의 모습이었다.

  "우오오! 우오오오!! 이게 무슨 일이냐, 아이들아! 누가 이런 끔찍한 짓을!!"

  참상, 이라 해도 과언이 아니리라. 열 살 전후밖에 안 되는 아이들이 십수 명이나, 융단과 긴 의자 여기저기에 널브러져 있다. 유혈은 없지만 누구 하나 꿈쩍하지도 않는다.

  무사한 사람은 온몸으로 슬퍼하며 탄식하는 블로섬 후작과, 대조적으로 조용히 머리를 숙이고 있는 로제티 프리켓뿐이었다. 머리카락을 땋아 내린 여자아이를 꼭 껴안고 정성스럽게 긴 의자에 누인다. 소녀의 나이는 열두 살쯤 될까. 가슴이 규칙적으로 상하운동을 반복하고 있다.

  마을 사람들이 떠들썩한 가운데 블로섬 후작은 천천히 품에서 약병을 꺼냈다.

  "이와 같은 짓을 한 범인을 제가 폭로하겠습니다! 이 휘발제를 써서……!"

  "그건 이제 됐어요!"

  자기도 모르게 끼어든 메리다에게 주변의 시선이 집중된다. 하지만 메리다 대신 발을 내디딘 것은 블랑망제 학원장이었다. 로제티를 도와 방치되어 있었던 아이 하나를 안아 들고 긴 의자에 누인다.

  여전히 잠들어 있는 아이의 이마를 손가락으로 쓰다듬고 학원장은 비통한 듯이 눈썹을 찌푸렸다.

"……외상은 없습니다만 역시 정신을 빨아 먹혔어요. 이 증상은 학원에서 티치카 양이 당한 것과 매우 비슷하다고 할 수 있을 겁니다."

"하, 학원장님. 그 범인이 그쪽에서 왔다는 것은, 그…………."

미토나 회장은 말하기 거북한 듯 입을 다물었지만, 이어질 말은 학원 사람들 모두 선명히 마음에 그리고 있었다. 만약 블로섬 후작이 다시 휘발제를 떨어뜨리면 대체 누구의 마나가 떠오를 것인가 하는가를……

여학생들 사이에 감도는 분위기를 읽었는지 학원장은 메리다에게 기회를 주기로 했다.

"메리다 양, 당신의 가정교사에게 말을 들어보죠. 지금 어디에 계시나요?"

"그, 그게…… 오늘 아침부터 모습이 보이지 않아서……."

학원장이 준 기회는 수포가 되었다. 메리다가 대답한 순간 여학생들이 웅성거리는 소리의 밀도가 한층 더 증가한다. 블랑망제 학원장의 입술이 기막히다는 듯이 중얼거렸다. "그렇게 경솔할 수가."

"뭐야, 이거? 사람들의 반응을 보면, 이거 완전——."

마을 보안관 미스터 딕이 이런 때만 날카로운 이해력을 발휘했다.

"로제를 가로챈 그 밉상인 남자가 이 짓을 벌인 범인이라는 소린가?!"

"오오, 디키! 함부로 말하지 말게!"

블로섬 후작은 오버 리액션으로 응했다. 그것이 마을 사람들을 더더욱 부추긴다.

"그렇지만! 이렇게까지 그에게 불리한 증거가 모였음에도 불구하고 정작 당사자인 본인은 모습을 감추고 있다. 그 청년이 이 사건의 중요참고인인 것은 틀림없어. 미스터 딕! 그리고 우리 마을의 믿음직한 젠틀맨들. 그를 찾아내어 내게 데리고 와 주게!!"

"""블로섬 씨의 분부라면!"""

노약 불문하고 딕을 비롯한 마을 사람들이 바로 팀을 짜기 시작한다. 경작용 공구를 가지고 나온 자까지 있다. 온건하게 끝낼 생각이 있는 건지 매우 미심쩍다.

수색대의 우두머리인 딕이 거드름을 피우며 로제티에게 다가섰다.

"있잖아, 로제. 역시 결혼을 긍정적으로 생각해 주지 않을래? 요즘은 이 마을도 아주 뒤숭숭해. 지금은 우리가 빨리 하나가 되어서 오래도록 마을을 지켜나가야 하지 않을까 싶어. 그런 위험한 남자 따윈 내버려 두고――."

"그 사람이 아니야."

로제티에게 뻗은 그의 손은 완전히 허공을 갈랐다. 몸을 홱 돌린 로제티는 성 프리데스위데 여학생들의 파도를 헤치면서 결의를 입에 담는다.

"그래도 범인은 절대로 용서 안 해. 내가 이 손으로 붙잡겠어."

여학생들은 얼굴을 마주 보고, 안개 속에서 대답을 찾듯이 저

마다 시선을 이리저리 굴렸다. 동요하는 성 프리데스위데 집단 가운데 학생회장이 학원장에게 얼굴을 가져간다.

"……연수는 어떻게 하실 겁니까, 학원장님?"

"예정대로 실시하죠. 단, 학생들에겐 지금 이상으로 주의할 것을 당부해 주세요."

"알겠습니다. ……강사 선생님들에게서 절대 떨어지지 말라고 할게요."

그 대화조차 쿠퍼를 돌려서 비난하는 것처럼 들려 메리다의 가슴에 짜증의 가시가 박혔다. 왜 이렇게 계속해서 상황이 나쁜 쪽으로 굴러가는 걸까. 왜 그 사람은 요즘 중요한 순간에 옆에 있어 주지 않는 걸까.

——쿠퍼 선생님, 왜 저한테 아무 말도 않고 사라진 거예요?

옆에 있는 엘리제가 걱정스러운 듯 메리다에게 손을 댔다.

"있잖아, 리타. 좀 들어 줬으면 하는 게 있어."

"미안해, 엘리."

하지만 메리다는 사랑스러운 손을 살며시 뿌리쳤다.

"혼자 있고 싶어."

그 말만 하고 사촌 자매에게서 거리를 둔다. 섭섭해 보이는 시선에 가슴이 아프긴 하지만 어쩔 수 없다. 이번만큼은 그녀를 휘말리게 할 수 없다.

블랑망제 학원장이 소리높이 손뼉을 쳐 여학생들의 주의를 끌었다.

"자자, 여러분. 심란해하지 말도록! 여러분은 학생의 본분에 따라 이 마을에서 해야 할 일을 해 주세요. 3학년, 전원 모였죠? 아직 호텔에서 정신없이 자는 자매는 없나요? 학급위원은 점호를 실시해 주세요!"

성 프리데스위데 소녀들에게 이번 여행은 어디까지나 수업의 일환이다. 고대에 건설된 이 마을의 유적을 학급별로, 유닛별로 분담해 탐색해서 이 땅에 거대 공동이 개척된 과정을 해명하는 것이 그 목적이다.

교회와 마을 사람들에게서 떨어진 장소에 터를 잡고, 학생이 전원 모였는지 명부와 대조하는 작업이 순조롭게 이루어졌다. 강사진이 선도해서 방향을 잡고, 블랑망제 학원장이 높이 든 지팡이의 뒤를 3학년 소녀들이 정렬하여 따라간다. 메리다는 우울한 척을 하며 최후미에 붙었다. 다들 메리다를 배려하는지, 굳이 말을 거는 사람이 없었다.

그것을 역으로 이용해 메리다는 첫 모퉁이에서 훌쩍 열에서 빠져나왔다. 바로 건물 구석으로 뛰어들어 점점 멀어져가는 동창생들을 바라본다. 누구 하나 300개의 붉은 장미 교복에서 꽃송이 딱 하나가 없어진 것은 눈치채지 못한 모습이다.

벽에 등을 맡기고 안도의 한숨을 쉬었다. 그리고 바로 발길을 돌린다.

"어디 가려고 그러지, 엔젤?"

바로 그때 누군가 말을 걸어서 메리다는 10센티미터나 뛰어올랐다. 휙 돌아보자 강사 로브를 걸친 어린 소녀가 팔짱을 끼고 서 있었다.

"라, 라클라 선생님!"

"놀랄 노 자로군, 우등생인 네가 수업을 빼먹을 줄이야!"

"으으으……!"

할 말이 궁해진 메리다는 감정을 잔뜩 잡고, 연극처럼 연기하는 걸로 얼버무리려 했다.

"막지 말아줘, 날 그 사람이 있는 곳에 가게 해 줘!"

"연애소설 좀 그만 봐. ──딱히 막을 생각은 없어. 끼워 달라는 소리야."

"네헤……?"

예상 못한 말에 메리다의 입술에서 얼빠진 소리가 나온다.

라클라 선생은 으스대는 것처럼 보이는 팔짱을 풀고 정면에서 보며 말했다.

"너 어차피 '아무도 믿어 주지 않는다면 내가 선생님 편이 되어 줘야 해!' 이렇게 생각하잖아? 혼자 진범의 단서를 찾으러 갈 셈이지?"

"그, 그건 그렇지만…… 으으."

"바보구나, 다시 봤어. 나쁘지 않은데."

재차 강사답지 않은 말투에 메리다의 눈이 휘둥그레졌다.

최연소 학원 강사는 천진난만한 미모를 일그러뜨리고, 더 잘 어울리는 조소를 입술에 새겼다.

"따분한 유적 조사보다 훨씬 의미 있을 것 같아. 나도 협력해 줄게, 엔젤."

라 클 라 마 디 아

클래스:클라운

HP	5845		MP	631		
공격력	636(537)		방어력	636	민첩력	636
공격지원	0~20%			방어지원	0~20%	
사념압력	50%					

주 요 스 킬 / 어 빌 리 티

열화모방LvX / 반석Lv9 / 견고Lv9 / 발소리 죽이기Lv9 / 매력Lv9 / 집중사격Lv9 /
보이지 않는 주문Lv9 / 봉사의 마음Lv9 / 브리짓 래이스 / 가이스트 클래식 /
유천영류(幽天影流)몽상(夢想)의 태도(太刀) / 클레오 네메시스 / 세븐스 스켈티오 /
호로로기우스 판타즈마

FILE.01 미스터리 스팟

샹가르타 주민들이 말하는 《금단의 땅》. 이 황야에 수렴되는 자력(磁力)은 시공을 일그러뜨려 마을 곳곳에 괴현상을 발생시킨다고 한다.

사면을 거슬러 오르는 수로, 키가 늘어나거나 혹은 줄어들어 보이는 이상한 방——.

하지만 그것 중 몇 개는 단순한 착오가 아니냐 하는 회의적인 의견도 나오고 있다.

고저 차를 헷갈리게 하는 《종횡 기울기 이론》, 물체의 크기가 배경에 따라 다르게 보이는 《폰조 착시》……. 해명된 것만으로도 인간의 착각은 다수 존재한다. 과연 진상은 무엇일까.

LESSON : Ⅳ ～천사와 악마의 놀랄 만한 모험～

　뜻밖의 말로 메리다를 쬔 라클라 선생은 무슨 생각인지 일단 동굴 호텔로 되돌아왔다. 메리다로서는 한시라도 빨리 쿠퍼의 도움이 되고 싶었지만, 소녀 강사가 말하길 그 전에 준비가 필요하다고 한다.

　자기 방문을 닫고서야 메리다는 쌓아 두고 있었던 의문을 제기했다.

　"준비라는 게 뭘 하신다는 거예요?"

　"일단 옷 갈아입기."

　대답하자마자 라클라 선생은 위풍당당하게 학원용 로브를 벗어던졌다. 약간 노출이 많은 속옷 차림이 드러나 메리다는 황급히 창문의 커튼을 쳤다. 여기가 3층이라는 것을 고려한 행동이겠지만 조금 더 정숙함을 의식해도 좋지 않을까.

　——마나 능력자이니 라클라 선생님 또한 귀족 아가씨일 텐데. 이런 나이에 일하는 것도 이상하지만 사생활도 어떨지 정말 궁금해.

　신기한 눈빛으로 쳐다보는 메리다 앞에서 연하의 소녀는 척척 속옷을 벗어 던졌다. 가무잡잡한 피부가 면적을 늘려감에 따라

보고 있는 쪽이 더 얼굴이 화끈해진다.

"엔젤, 애초에 단서를 찾으러 가는 건 좋은데, 뭘 조사하면 좋을지 짐작은 가? 그 귀축이 어디에 갔는지 알아?"

"아, 아무것도 몰라요……. 그렇지만! 가만히 있을 수 없어서……."

"나는 힌트를 하나 얻었지. ――미스터리 스팟이야."

마침내 라클라 선생은 팬티 한 장만 입은 모습이 되었다. 옷을 칠칠치 못하게 아무 데나 던져놓은 상태라서 착실한 메리다가 대신 주워 모아서 갠다. 아무것도 모르는 타인이 보면 옷 갈아입는 방법을 모르는 어린아이를 돌보는 것처럼도 보일 것이다.

탱크톱의 온기를 손바닥에 느끼면서 메리다는 눈썹을 찌푸렸다.

"미스터리 스팟?"

"거긴 이 마을에서 《출입금지》인 장소잖아? 무언가를 숨기는데 안성맞춤이라고 생각 안 해?"

"그건, 확실히…… 그렇지만."

"실은 그 자식이―― 쿠퍼가 말했어. 근래 이 마을 미스터리 스팟의 숫자가 부자연스럽게 급증하고 있다고."

메리다는 깜짝 놀라 얼굴을 라클라에게 돌렸다. 그와 동시에 라클라 선생은 가무잡잡한 등을 돌렸다.

"쿠퍼 선생님이?"

"버스 안에서 그 자식이 부탁했었어. '자신에게 만일의 사태가 생기면 그동안 메리다 아가씨를 지켜봐 주길 바란다'라고.

……정말이지, 왜 하필 나람.”

“선생님이 그런 말을…….”

메리다는 어제 아이처럼 토라져 있었던 자신이 부끄러워졌다. 여러 문제에 직면하고 있는 그가 제일 힘들 텐데, 제자에 대한 배려도 결코 소홀히 하지 않았던 것이다. …… 지금 이 순간에도 눈에는 보이지 않는 그의 애정에 싸여 있음을 느낀다.

라클라 선생은 자포자기한 듯 웅크리고 앉아 지참해온 종이봉투를 뒤졌다.

“그 이상 너에게 가르쳐 줄 수 있는 것은 없지만, 아무튼 이 마을의 《출입경계구역》에 어떠한 단서가 있지 않을까 생각하고 있어. 때문에 탐문할 필요가 있고.”

“그거랑 라클라 선생님 옷 갈아입는 거랑 무슨 관계가 있는 거예요?”

“탐문의 기본은 《주위에 녹아드는 것》이야, 엔젤.”

그렇게 말하면서 종이봉투에서 꺼낸 것은, 놀랍게도 메리다에게 낯익은 붉은 장미 교복이었다. 어안이 벙벙하여 가만히 쳐다보고 있는 앞에서 가무잡잡한 소녀는 콧노래를 부르며 옷을 입기 시작한다.

“네 금발은 숨길 방법이 없지만 나는 그…… 눈에 띄어. 이 나이의 학원 강사는 달리 존재하지 않으니까. ‘프리데스위데의 인간이 탐문을 다닌다’는 이야기가 나왔을 때, 그게 《금발의 여학생과 나이 어린 강사》라면 단박에 우리라고 알아차릴 거야.”

“아하. 그래서 최소한 라클라 선생님이 학생에 섞이면…….”

"누가 탐문을 다녔는지 알 수 없게 된다는 거지!"

그렇게 단언하며 라클라 선생은 당당하게 돌아보았다. 미니 스커트의 프릴이 가련하게 휘날리고, 가무잡잡한 가슴 윗쪽과 새하얀 블라우스가 눈부신 대비를 낳는다. 어딘지 모르게 옷이 어색한 느낌도 가미되어, 어디에 내놔도 부끄럽지 않을 반짝반짝한 신입생티가 난다.

"어때, 어울려?!"

어째선지 볼을 붉히고 젠체하며 몸을 젖히는 그 모습에 메리다는 이상하게 웃음이 나왔다. 마치 그녀를 여동생으로 삼으려는 듯 마무리로 리본을 조정하고 옷자락을 펴준다.

한술 더 떠 기념으로 챙겨둔 배지를 꺼내 그녀의 칼라에 끼웠다.

"제가 1학년일 때 썼던 휘장이에요. 이걸로 완벽하네요, 라클라 양?"

"으윽, 내가 후배인 건가……."

"중요한 건 주위에 녹아드는 것, 이랬죠? 선생님이 후배여야 자연스럽잖아요."

벌써 선배티를 내며 메리다가 잘라 말한다. 라클라 선생이 "으음." 하고 더욱더 볼에 바람을 넣은 그때, 예고도 없이 갑자기 방문이 열렸다.

어젯밤 몇 번인가 얼굴을 맞댄 호텔에서 일하는 메이드다. 팔에 시트를 한가득 안고 있는 것을 보니 하우스 키핑을 도는 중인가 보다. 객실에 여학생들의 모습이 있는 것을 깨닫고 그녀는 몇 초간 눈을 끔뻑끔뻑 깜빡였다.

"——어머나, 미안해! 난 틀림없이 다들 나간 줄 알고……. 그런데 너희는 여기서 뭐 하는 거야? 밖에서 수업하는 거 아니었어?"

이 전개에는 천하의 라클라 선생도 순간적으로 임기응변이 나오지 않는 것 같았다. 둘이서 불안하게 시선을 굴리다 메리다의 머리에 "앗!" 하고 명안이 번뜩인다.

"마, 맞아! 동생이 방에 물건을 깜빡 두고 나가서!"

"야, 엔젤 너——."

"'언니랑 같이 안 가면 싫어!' 라며 어리광을 부려서 이렇게 둘이!"

메리다는 쭈욱 팔을 돌리고 하는 김에 라클라 선생의 입을 막았다. 그녀의 머리를 잡아당겨 안으면서 그 귓가에 속삭인다.

"시작하자마자 실패해도 괜찮겠어요?"

끄으응, 갈등하던 가무잡잡한 소녀는 이내 감정보다 실리를 우선했다. 자신도 메리다의 등에 팔을 돌리고 그 목덜미에 볼을 비비면서 달콤한 목소리를 연주한다.

"다…… 다정한 언니가 정말 좋아~~~~!"

"어머어머어머, 사이가 좋아서 참 부럽다."

메이드는 아무런 의심도 없이 미소를 짓고 천천히 주머니를 뒤졌다.

"그래, 동생한테 초콜릿 줄게."

"크으…… 와, 와아아~!"

"그럼 다녀와, 애들아. 둘 다 정신 차리고 공부하는 거다!"

군데군데 엉성했던 라클라의 연기를 친절한 메이드는 끝까지 눈치채지 못했다. 《동생》을 한쪽 팔로 보살피면서 메리다는 계단을 내려가는 내내 얼굴을 돌리고 어깨를 부들부들 떨었고, 라클라는 원망스러운 눈길로 전방을 쏘아보았다.

"……야, 엔젤."

"왜, 왜요…… 푸, 푸웁……!"

"너, 나중에 두고 보자."

나중 일은 나중에 생각하기로 하고 아무튼 이걸로 제1관문은 클리어다. 호텔 현관 앞에 선 라클라 선생은 가슴을 펴고 "그러면!" 하고 기분을 전환했다.

"바로 탐문이다! 우선 미스터리 스팟 장소를 여러 가지로 조사해야겠어."

"그러네요. ——아, 저쪽에 마침 이야기하기 수월해 보이는 여자분이 있어요."

라며 메리다가 눈여겨본 것은 오픈 카페에서 차를 즐기는 젊은 여성이었다. 혼자 온 손님으로 주위에 사람도 없다. 차분한 배색의 롱스커트에 무릎 덮개를 하고 있고, 소설책을 느긋하게 넘기고 있다. 표정 또한 온화하다.

바로 말을 걸려고 한 메리다를 보고 라클라 선생은 "엉?" 하고 입을 벌렸다.

"잠깐, 잠깐만, 엔젤. 너, 그 자식한테 탐문하는 법은 안 배운 거야?"

"네? 탐문에 수법 같은 게 있나요?"

"······일단 해 봐."

떨떠름한 표정을 짓는 라클라 선생의 의도는 알 수 없었지만 메리다는 들은 대로 우선 그냥 부딪혀 보기로 했다. 독서 중인 여성 손님의 정면으로 돌아가 천천히 시야에 들어가면서 거리를 좁힌다.

"저, 저기, 쉬시는 중에 실례합니다······."

어리둥절하게 얼굴을 든 여성 손님은 바로 메리다의 긴장을 풀어 주려는 듯이 미소 지었다.

"어머, 귀여운 학생분이네. 무슨 일이야?"

"실은 마을 주민분한테 묻고 싶은 게 있어서······."

"나라도 괜찮다면 좋아. 뭔데?"

여성 손님은 책을 탁 덮고 이쪽으로 돌아서 주었다. 메리다는 자신이 정답을 맞혔음을 확신했다. 표정을 약간 부드럽게 하고 막힘없이 본제를 말하기 시작했다.

"전 이 마을의 미스터리 스팟에 대해 조사하고 있어요."

"미스터리 스팟을?"

"네, 네에. 왜냐면, 리포트로 정리해 학원에서 발표하려고 해서요! 가급적 최근에 발견된, 특히 접근하면 안 되는 장소에 대해서 알려줄 수──."

"안 돼, 그건!!"

메리다의 어깨가 움찔할 정도로 거센소리를 지르고 여성 손님은 천천히 메리다의 손을 잡았다. 이쪽이 눈을 깜빡이는 동안 진지 그 자체의 표정으로 호소하기 시작한다.

"설령 공부의 일환이라도 반장난으로 접근하면 안 돼! 미스터리 스팟은 정말 위험한 일이 일어나는 장소도 있으니까! 나도 어렸을 때 발목을 삐고 난리도 아니었어. 넌 이렇게 예쁜데 만약 무슨 일이라도 생기면 큰일이야!"

"으음, 저기, 그래도, 저는."

"그래도는 무슨! 가벼운 마음으로 접근하지 말 것! 약속할 수 있어?!"

"네…………."

메리다는 기세에 눌려 수긍하고 말았다. 여성 손님은 싱긋 웃은 다음 겨우 손을 놓아주고, 헤어질 때 테이블로부터 상을 건넸다.

"캔디 줄게."

"……염려해 주셔서 고맙습니다."

캔디를 공손히 받고서 풀죽은 분위기로 발길을 되돌리는 메리다. 여성 손님은 우아한 독서로 돌아갔고, 메리다는 팔짱을 끼고 떡 버티고 서 있는 후배 곁으로 귀환했다.

"……캔디 받았어요."

"0점. ──뭐, 운도 없었군."

메리다는 추~욱 어깨를 떨구고 캔디 봉지를 뜯었다. 입에 머금자 새콤달콤한 레몬 맛이 메리다를 위로했다. 1학년 휘장을 단 후배는 더더욱 몸을 뒤로 젖혔다.

"넌 대체 《출입금지》를 뭐라고 생각하는 거야. '들어가면 안 되는 장소에 들어가고 싶으니 장소를 알려 주세요.' 이런 말을 듣고 가르쳐 줄 얼간이가 있을 것 같아?"

"얼간이는 저였네요······ 으으."

"이런 탐문은 풍파를 일으키면 재미없다고. ──장소를 바꾼다."

이리하여 메리다와 라클라 선생은 총총히 그 자리를 뒤로했다. 자신만만한 라클라 선생에게 진로를 맡기고, 그녀가 눈여겨본 곳은 상점들이 줄지어 선 번화가였다.

곧은 터널이 끝없이 뻗어 있고, 그 좌우에 작은 굴이 여러 개 뚫려 있다. 가게는 그 안에 설인의 은신처같이 들어서 있다. 시간대 때문인지 두 사람이 방문했을 때는 쇼핑 중인 손님이 거의 보이지 않았다.

두리번두리번 무언가를 찾듯이 시선을 굴린 라클라는 곧 발을 멈추고 씨익 웃으며 메리다를 돌아보았다. 어딘지 모르게 스승인 쿠퍼를 방불케 하는 웃음.

"시범을 보여 줄게. 나한테 맞춰."

메리다는 꿀꺽 침을 삼키면서 고개를 끄덕였다. 과연 어떤 방법을 보여 주실지 하고 주목하는데, 라클라가 향한 곳은 한 꽃집이었다. 샹가르타 특산품인 이름도 모르는 꽃들을 한 바퀴 물색하더니, 순진 그 자체인 웃는 얼굴을 천천히 메리다에게로 돌린다.

"언니, 꽃 사 줘————!"

"어어?! 으, 응······!"

무심코 당황했지만, 어찌어찌 자신이 선배 역할임을 떠올렸다. 카운터에 있는 사람은 풍채 좋은 주인 아주머니 한 명이었다. 딸랑, 메리다의 지갑에서 용돈이 날아갔고, 대신 얻은 꽃 한 송이를 라클라는 흐읍 하고 향기를 들이마시며 애지중지한다.

"향기가 희한해, 생긴 것도 이상하고⋯⋯. 언니, 이거 무슨 꽃 이야?"

"모르겠어. 선생님이 말했었는데 샹가르타의 품종개량 꽃이 아닐까."

"──맞아. 샹가르타 브랜드라고 할 만한 꽃이란다, 아가씨 들."

눈앞에서 대화하는 여학생들에게 카운터의 여주인이 관심을 보였다. 굴속에 쏙 들어가 있는 가게를 둘러보고 쾌활한 웃음을 짓는다.

"이런 마른 토지에서 화사한 꽃을 즐길 수 있는 것도 전~부 블 로섬 씨 덕분이지."

물고기가 걸렸다는 듯이 라클라는 발랄하게 카운터를 향해 돌 아섰다.

"아주머니, 실은 저희, 조사를 하고 있어요."

"어머, 단둘이서? 뭘 조사하니?"

"──블로섬 프리켓 후작님의 위대한 공적에 관해서."

순간 수상쩍어 보이는 표정을 짓고 있었던 여주인은 폐를 크 게 부풀렸다.

"훌륭한 분이지!!"

"후작님의 훌륭함을 학원 자매들에게도 가르쳐 주자 싶어서 요."

"아주 좋은 테마구나! 뭐든 물어보렴!"

상황에 휩쓸리고 있었던 메리다는 황급히 주머니에서 메모장과 만년필을 꺼냈다. 내심 라클라 선생의 수완에 혀를 내두른다. 방금 화술은 꼭 마법 같았다.

"일단 후작님이 이 마을에서 행한 일을 자세히 알고 싶어요. 저희가 배운 것은 유뢰탑의 발명과 작물의 품종개량과, 으~음, 그리고············."

"그리고 미스터리 스팟이 어디인지를 밝혀낸 것이지. 그분 덕에 부상자가 상당히 줄었으니까."

반짝, 라클라의 눈동자가 빛난다. 물론 표면상으론 순진한 신입생을 가장한 상태다.

"미스터리 스팟이라는 건 뭔가요? 위험한 곳이라고 들었는데······."

"맞아. 담력시험 같은 걸 하려고 접근하는 아이들도 있지만 무조건 안 가는 편이 좋아. 넘어져서 뼈가 부러지는 사람도 있고 갑자기 머리가 아파져서 쓰러지는 사람도 있고, 정말 웃을 일이 아니야."

"세상에······. 언니, 나 무서워!"

라클라는 기특하게도 선배에게 바싹 매달렸다. 그녀의 몸을 바친 연기력에 압도되긴 했으나 메리다도 이 찬스를 놓칠 수 없다며 그 머리를 달랬다.

"다, 다른 동생들한테도 가르쳐 줘야겠어. 저기, 아주머니. 이 마을에서 특히 접근하면 안 되는 미스터리 스팟이 어디에요? 브, 블로섬 후작님이 새로 발견하신 최근 스팟이요…….”

여주인은 친절하게도 지도까지 동원해서 설명해 주었다. 개미집같이 그려져 있는 공동과 터널을 둥그스름한 손가락 끝이 막힘없이 짚어간다.

“《소용돌이의 숲》. 여기에서는 나무줄기도, 꽃줄기도 전~부 굽어서 자라. 기분이 안 좋아져서 의사선생님한테 진료를 받는 사람이 끊이지 않지. 그리고 이쪽은 《보이지 않는 손》. 통로 한복판에 막대기를 세우면 쓰러지지도 않고 꼿꼿이 서. 보이지 않는 손이 떠받치는 것처럼 말이야. 그리고 아주 특이한 걸로 《무중력 동굴》이 있지.”

“거긴 이제 지긋지긋해요.”

무심코 끼어든 메리다에게 의아해하는 두 사람의 시선이 집중된다. 메리다는 난처한 듯이 얼굴을 숙이고 약간 볼을 붉혔다.

“……쿠퍼 선생님이랑 함께가 아닌 이상.”

여주인은 가볍게 어깨를 으쓱하고는, “참.” 하고 지도로 주의를 되돌렸다.

“여기를 깜빡하면 안 돼, 《일그러진 집》! 여기는 특히 출입금지라고 블로섬 씨로부터 아~주 엄중한 지시가 내려와 있는 미스터리 스팟이야.”

메리다의 목덜미에 얼굴을 묻은 채 라클라의 눈동자가 나이프처럼 시퍼렇게 날이 섰다.

“어떤 장소인데요?”

“한번 보면 알 거라 생각한다만 통나무집 절반이, 이렇게……

지면에 박혀 있어! 마치 거인이 박아 넣은 것처럼 말이지. 그 집에 오래 머물면 나락으로 질질 끌려 들어가 버린다고, 마을 사람은 아무도 접근하려고 안 해."

충분히 이해했다는 듯 몇 번이고 고개를 끄덕이고 라클라는 메리다와의 포옹을 풀었다. 예의 바르게 카운터에 돌아서서 순진무구 그 자체인 미소를 띤다.

"말씀 고맙습니다, 아주머니."

"천만에, 아가씨. 친구랑 잘 지내야 한다?"

그러고 나서 라클라는 끝으로 천천히 꽃 한 송이를 집어 들고 메리다에게 내밀었다.

"이 꽃은 언니한테 어울려!"

딸랑, 더욱 가벼워진 지갑과 순백의 꽃을 손에 들고 가게를 뒤로한 메리다와 라클라는, 부자연스럽지 않도록 꽤 많은 거리를 걸었다. 옆의 라클라 선생은 득의양양하게 자기 몫의 꽃을 들고서 가무잡잡한 손가락 끝으로 줄기를 가지고 놀고 있다. 꽃잎이 정열적으로 춤추고, 오렌지색 꽃잎 한 장이 사뿐 떨어졌다.

"역시 대단해요, 라클라 선생님!"

메리다가 누르고 있었던 감정을 폭발시키자 그녀는 "흐흥." 하고 가슴을 폈다.

"뭐, 지금은 일시적인 굴욕을 감수하고 있지만 진정한 나는 이렇게…… 대단하다구! 이 정도 정보수집은 아직 서장에 불과해!"

그야말로 기고만장. 이런 구석은 또래 소녀들이랑 똑같다며 메리다는 속으로 대신 부끄러워했다.

"그럼 냉큼 아까 들은 미스터리 스팟으로 가죠."

"잠깐, 그러면 90점이야."

"흐에……?"

메리다는 당황하여 멈추어 선다. 라클라 선생은 날카로운 표정으로 휙 돌아가 있었다.

"탐문의 기본은 《눈에 띄지 않고 녹아드는 것》이라고 가르쳐 줬었지? 우리가 어떤 명분을 가지고 그 꽃집으로부터 이야기를 들었는지 떠올려 봐."

"블로섬 후작의 공적을 조사하겠다고……."

"그랬으면서 겨우 한 사람에게만 듣고 잽싸게 그 자리에서 없어지면 부자연스럽지 않겠어? 먼 훗날 이 일대에서 우리가 화제가 될 가능성도 없지는 않아. 그때 무엇을 조사하고 있었는지 꼬리를 밟히지 않기 위해서도, 명분을 침투시켜놓기 위해서도 동시에 여러 사람을 탐문해 두는 게 정도(正道)야."

이론을 앞세운 언변이 연소자라곤 해도 과연 강사다워서, 메리다는 아까처럼 쿠퍼를 떠올렸다. 그렇게 되니 배우는 입장의 습성 때문인지는 몰라도, 자기도 모르게 라클라의 지도에 따르게 되는 것이었다.

가까운 액세서리 가게에 정처 없이 발을 내디디다 주저하듯이 뒤돌아본다.

"……뭘 물어보면 좋을까요?"

"몰라. 말해두는데 나는 블로섬 후작한테는 아무 관심도 없어."

"…………."

나이 어린 강사는 쌀쌀맞았다. 메리다가 미덥지 못한 발걸음으로 쇼 케이스에 다가가자, 호박을 사용한 크고 작은 여러 장식품이 손님을 맞이한다. 카운터에서는 세련된 분위기의 언니가 팔찌를 엮고 있었다.

"어서 오세요! 무슨 일이니?"

"……으음, 그."

메리다는 선물 종류를 고르는 척하다 주저하며 입을 열었다.

"…………로제티 님은 참 멋지지 않나요?"

이 순간 본 언니의 미소야말로 이 마을에서 본 것 중 가장 눈부시다고, 메리다는 느꼈다.

"너도 그렇게 생각하지?!"

그 후 두 사람은 추가로 네 군데에서 탐문을 했는데, 모두 마치고 거리를 떠날 무렵에는 메리다는 유소년기의 로제티에 관해서 몹시 빠삭해져 있었다.

† † †

"바로 저기군. 꽃집에서 가르쳐 준 《일그러진 집》이."

라클라 선생의 말을 확인하는 데 메리다는 지도와 대조할 필요조차 없었다. 겨우 다다른 공동의 막다른 곳, 확실히 괴기하다고 부를 수밖에 없는 현상이 두 사람을 기다리고 있었기 때문이다.

꽃집 주인이 이야기했던 대로 그곳에는 통나무집 한 채가 우두커니 서 있었다. '거인이 박아 넣은'이라는 표현대로 마치 무시무시한 중력에 집어 먹힌 것처럼 기둥은 삐걱거리고, 벽은 찌부러지고, 좌측 절반이 앞으로 기우뚱 지면에 파묻혀 있다.

라클라 선생의 직감을 따라 번화가에서 바로 이 장소를 온 메리다였지만, 과연 이 장소에 어느 정도의 단서가 숨겨져 있을는지. 또한 사전 정보대로 주위에는 아무도 없었다.

요컨대 들킬 염려도 없다는 말로, 일그러진 집의 현관을 통과하는 라클라 선생의 발걸음은 당당했다. 반대로 메리다는 약간 흠칫거리며 주변을 살피면서 고열에 녹은 액자 같은 입구를 통과했다.

통나무집의 내부는 실로 심플했다. 거의 원룸으로 가구류도 보이지 않는다. 가구를 들어낸 상태라 그런지도 모르지만, 그렇다 해도 사람이 살고 있었던 흔적다운 것을 전혀 느낄 수 없었다.

폐허라기보다는 어딘지 모르게 소품 같은 인상을 받는다. 꼼꼼히 기둥과 벽을 확인하던 라클라 선생이, 메리다의 직감을 저버리지 않고 다 알아냈다는 듯이 말했다.

"……역시, 이 장소는 미스터리 스팟이 아니야. 이 통나무집은 도중에 일그러진 게 아니라 처음부터 일그러진 상태로 세워진 거야."

"왜 그런 짓을?"

"다른 《천연물》에 섞이게 함으로써 남의 눈과 발을 멀어지게 만들기 위해서겠지. 말하자면 여기는 인공적인 미스터리 스팟……. 이런 품이 많이 든 짓을 할 필요는 단 하나."

라클라 선생은 이어서 바닥을 확인하기 시작했다. 입은 지 얼마 되지도 않은 새 교복이 더러워지는 것도 마다치 않고 나뭇결을 하나하나 더듬는다. 이윽고 방 중앙 부근에서 "찾았다." 하고 소리를 질렀다.

무엇을 발견했는지는 물어볼 필요도 없었다. 그녀가 마룻바닥을 조작하자 어떤 장치가 작동해 바닥을 네모나게 도려내더니, 그 도려진 부분이 그대로 튀어 오르는 게 아닌가.

악어의 턱처럼 열린 그곳에는 지하로 이어지는 숨겨진 계단이 있었다. 라클라 선생은 손가락 끝에서 핏빛 마나를 방사하고 기분 나쁜 인력을 발하는 어둠 속을 응시했다.

"드디어 심상치 않아지기 시작했군. 야, 엔젤."

"네, 네, 네엡……!"

"여기서부터는 무슨 일이 일어날지 몰라. 한시도 내 옆에서 떨어지면 안 된다."

메리다는 끄덕끄덕, 여러 번 고개를 끄덕이는 것밖에 할 수 없었다. 후배로 분한 가무잡잡한 소녀는 단단히 고개를 끄덕여 대답하고 먼저 계단으로 발을 들여놓는다. 핏빛 마나를 조명 대신으로 쓰는 그녀를 따라 메리다도 손가락 끝에 황금색 마나를 켰다.

한 차례 후방을 돌아보지만 주위에는 역시 인기척은 없어 보였다. 그 정적이 도리어 심장을 위축시키는 기분이 들어서 메리다는 황급히 라클라 선생을 쫓아갔다.

계단은 더더욱 어둡다.

그리고 거리도 길었다. 대체 어디까지 내려가야 하는 걸까. 나아갈 때마다 어둠은 짙어지고, 밀도를 늘려가 메리다는 황금색 불길의 기운을 더욱 세게 해야 했다.

"분명 침입자를 대비해 이렇게 만들었을 거야."

견디지 못하고 불안을 입 밖에 낸 메리다에게 라클라 선생은 눈썹 하나 움직이지 않고 대답을 돌려보냈다.

"평범한 지하실이라면 이렇게 깊이 만들 필요는 없어. 계단에 등불을 켜지 않는 것도 그렇고. 그럼에도 불구하고 이렇게 되어 있는 건 우연히 이 길을 발견한 자를 위해서겠지. '이 앞은 왠지 어두워서 무섭다.', '이렇게 내려가다 지상으로 못 돌아가게 되는 건 아닐까.' 그런 인상을 줌으로써 안으로 나아가는 것을 단념하게 하려는 거지."

지금 메리다의 정신상태를 보면 그 계획은 십분 효과를 발휘하고 있다고 하지 않을 수 없었다. 무서운 줄 모르는 아이처럼 라클라 선생이 히죽 웃는다.

"거꾸로 말하면 '들어오면 곤란하다' 라는 증거이기도 해. 귀신이 나오냐 뱀이 나오냐 하는 건데. 자, 무엇을 만날까…….

————도착했군."

장해물이 험난하여 위험이 예상되면 될수록 피가 끓어오르는 듯한 표정을 짓는 면도 쿠퍼와 빼닮았다.

　여하튼 그녀의 말대로 길고 어두운 내려가는 길은 마침내 끝을 고했다. 라클라 선생의 한쪽 팔에 매달려 계단을 내리자, 시야에 들어온 것은 폭이 넓고 안으로 이어지는 통로였다. 좌우에 박힌 쇠창살로부터 받는 인상은 단 한 가지.

　"지하 감옥……?"

　메리다의 혼잣말에 긍정도 부정도 않고 라클라는 무표정인 채 팔을 들었다. 손가락 끝에서 솟구치는 마나의 압력이 증가해 쇠창살 건너편을 새빨간 핏빛으로 물들인다.

　메리다의 시야에는 순간 작업대가 비쳤다. 그리고 나이프와 주사기, 핀셋처럼 생긴 갖가지 기구. 탁한 액체가 스며든 거즈, 붕대.

　벽 쪽에는 수갑. 수갑이 가두는 것은 인간의 팔. 이미 온전히 식별할 수 없을 만큼 거뭇해진 머리는 축 늘어져 숨소리조차 들리지 않는다. 사이좋게 수갑에 채워져 만세를 불러야 했던 검은 인간들이 한 명, 두 명, 세 명── 아니, 벽을 따라서 끝도 없이 ──…………

　"꺄아악……!!"

　저도 모르게 뒷걸음질 칠 뻔한 메리다는 직전에 등줄기를 오싹 떨게 하는 오한을 느꼈다.

　한쪽만이 아니라 반대쪽, 메리다의 등 쪽에도 끝없이 쇠창살이 줄지어 있는 것을 깨달았기 때문이다. 다리가 휘청거린 메리다는 견디지 못하고 라클라의 한쪽 팔에 매달렸지만, 평소엔 담백한 어린 강사도 그것을 뿌리치진 않았다.

그녀는 어딘가 이 끔찍한 광경을 익숙한 것 같은 눈길로 둘러본다.

"여기는 실험장이군. 확실히 마을 녀석들한테는 절대 보여줄 수 없을 테지."

"라, 라클라 선생님……. 저기, 벽에 갇힌 사람들은……."

"복장으로 보건대 샹가르타 주민이겠지. 가혹한 환경 때문에 희생자가 끊이지 않는다……. 그걸 구실 삼아 《샘플》을 모으고 있었다는 얘긴가. 하지만, 아니, 가만."

잠깐 본 것만으로도 메리다의 마음을 움츠리게 만든 쇠창살 건너편을 라클라 선생이 물끄러미 응시했다. 메리다는 그런 그녀의 옆모습을 지켜보는 게 고작이다.

"……역시 그렇군. 아무래도 저것들은 그냥 사체가 아닌 것 같다."

"무, 무슨 말이에요?"

그 대답이 돌아오기 전에 터벅, 발소리가 들렸다.

터벅, 터벅, 터벅……. 통로 저쪽에서 들려오는 발소리는 한두 명분이 아니다. 그러나 살아 있는 인간이 있다는 사실은 메리다를 안심시켜주지 않았다. 과연 그자는 보통 인간일까? 아니면 이 피투성이의 악몽을 만들어 낸 문제의 인물일까?

대답은 둘 다 아니었다.

나타난 그림자는 네다섯. 하지만 인간이라고 불러도 될지 어떨지 메리다는 바로 판단이 서지 않았다. 왜냐하면 그들은 상반신이 까맣게 녹아 있었기 때문이다. 혹은 타서 허물어졌다고 표현해도 될지도 모른다. 어쨌거나 실루엣이 어슴푸레해서 얼굴의 조형 같은 건 판별할 수도 없다. 체격으로 보아 남녀가 뒤섞여 있다.

으으, 으으으…… 낮은 신음소리가 들렸다. 폭풍 부는 날의 바람, 또는 증오에 목마른 짐승을 연상케 한다. 목소리의 주인은 확실하나 그로부터 인간다운 이성은 눈곱만큼도 감지할 수 없다.

"생각했던 대로군." 라클라 선생은 중얼거렸다. 메리다가 그 말의 진의를 추궁할 여유도 없는 사이 그녀는 제자를 살짝 밀쳐내고 앞으로 걸어 나갔다.

"거기 있어, 엔젤. 저 녀석들은 아직 네가 당해낼 만한 상대가 아니야."

"라클라 선생님……."

막 뻗으려 한 메리다의 손을 휘이잉, 휩쓸려온 바람이 어루만지고 간다.

어느 틈엔가 날카로운 구두 소리가 통로를 달리고 있었다. 어디에 숨겨놓았었는지 라클라는 블라우스 뒤에 양손을 꽂은 다음 동시에 뽑아 들었다. 날카로운 침 같은 두 개의 대거에 직후 마나의 불길이 전파됐다. 생명 그 자체의 광채가 시뻘겋게 어둠을 찢는다.

가아악!! 이라는 포효는 틀림없이 검은 인간들의 것이리라. 짐승 같은 위협방식과 마찬가지로 신체 능력 또한 상식을 벗어나 있었다. 그들이 바닥을 차자 빠직! 각각의 발밑에서 돌이 튀었다. 치켜든 양팔의 끝은 검은 갈고리발톱처럼 되어 있고, 거기에 솟구치는 살의가 깃든 것은 분명했다.

순간적인 금속음. 흩날리는 불똥. 메리다의 눈에는 대거 두 개가 발하는 반짝이는 핏빛밖에 포착되지 않았다. 그것만으로도 눈이 어지럽다. 순간적으로 뒤섞이는 실루엣을 통해 추측건대 라클라 선생은 복수의 적에게 포위된 상태에서 양팔로 춤추는 듯했다.

적의 모습은 검다. 어둠에 섞여 있다. 라클라 선생이 아무것도 안 보이는 공간에 무기를 휘두르면 적의 발톱과 충돌한다. 완벽한 타이밍에서 마나를 작렬. 크게 튕겨 나간 적의 안면을 지체 없이 족도(足刀)가 꿰뚫는다. 그렇게 적 하나가 먼 후방으로 날아갔다──.

용케 저런 시야 속에서 싸울 수 있구나, 메리다는 어쩐지 무섭다는 생각이 들었다. 라클라 선생의 황금색 눈동자가 어둠 속에서 고양이같이 빛난다.

하지만 라클라의 경고대로 수수께끼의 시커먼 적도 보통내기가 아니었다. 지금 적 하나에게 오른쪽 어깨에서부터 몸통을 가르는 무자비한 대각선 베기가 작렬했다. 그러나 적은 등까지 관통한 칼날을 역으로 이용하여 반격에 나섰다. 라클라가 칼을 뽑아내려고 하기 직전 손목을 잡고 교복 차림의 소녀를 바닥에 내동댕이친 것이다. 터무니없는 근력이 가해졌는지 가냘픈 등에 돌바닥이 부서진다.

"라클라 선생님!!"

견디지 못하고 몸을 내민 메리다에게 적 하나가 돌아보았다. 불타는 것처럼 거무튀튀한 머리에서 안구를 본뜬 두 개의 빛이 살의를 방사한다. 메리다의 다리가 움츠러들었다.

"히익……!"

이쪽을 향해 느릿느릿── 발을 내디디기 시작한 적의 흉부를 예고도 없이 칼끝이 꿰뚫었다. 거무스름한 적의 어깨 위에 올라타고 고양이 같은 소녀가 말한다.

"상대는 나다."

뒤에서 꽂았던 대거를 힘껏 돌린다. 가느다란 금속이 부러져 앞쪽이 날아감과 동시에 적의 머리에서도 안구의 빛이 사라진다. 그 몸뚱이가 쓰러지기 직전 라클라는 어깨를 발로 차고 높이 뛰었다. 남은 오른쪽 무기에 마나의 불길이 집중되고 적은 그것을 그저 쳐다볼 뿐.

직후, 몸통이 절반까지 찢어 발겨졌던 마지막 적에게 칠흑의 벼락이 꽂혔다. 머리 꼭대기를 정확히 겨누고 완력과 중력으로 단숨에 때려 박는다. 바닥에 텅 쓰러진 검은 인간은 그 이후 되살아나지 않았다. 금속음의 여운이 조용히 통로를 빠져 나간다.

이가 빠진 대거를 바닥에서 뽑고 헐떡임 하나 없이 돌아보는 라클라.

"끝났다."

그 말을 듣기도 전에 메리다는 뛰쳐나가 망설임 없이 그녀를 껴안았다. 자기보다 몸집이 작은 소녀에게 달려들어 그 머리를 안고, 부스스한 검은 머리카락에 뺨을 푹 갖다 댄다.

"라클라 선생님…… 무사해서 다행이에요……!!"

가무잡잡한 소녀는 전투 중보다 훨씬 당황하는 모습이었다. 도망치지도 뿌리치지도 못한 채 온몸이 굳는다. 떡 벌려져 있었던 입술이 파르르 떨렸다.

"묘, 묘한 자식……."

어딘지 모르게 쑥스러워하는 음색이었는데 기분 탓이었을는지 어떨는지.

여하튼 메리다는 라클라 선생의 어깨에 팔을 두른 채 주변을 내려다보았다. 참상이라 해도 과언이 아니다. 바닥에 쓰러진 검은 인간들은 이제 꿈틀거리지도 않았지만, 그 사체에서 피 한 방울 흘러나오지 않고 있다. ……생명력이 없다고 표현해야 할까.

"라클라 선생님, 이 사람들은 인간……인가요?"

"어느 쪽이라고도 못하겠군. 이 녀석들은《루 가루》다."

"루 가루……?"

라클라 선생은 겨우 메리다의 팔을 풀고, 지져져 훼손된 사체를 향해 팔을 뻗었다. 그것을 다시 한번 보고, 교본만으론 헤아릴 수 없는 세계에 메리다는 전율을 느끼지 않을 수 없었다.

"우리 세계에는 순수한 인간이라고도, 순수한 란칸스로프라고도 하기 어려운 생명체가 몇 가지 존재한다. 여명 희병단(길드 그림피스)이 집착하는 인조 란칸스로프도 그렇고…… 사람과 란칸스로프의 하프가 또 그렇지."

힐끔, 시선이 자신을 향하지만 메리다는 그 눈길이 무엇을 의미하는 건지는 모른다. 라클라 선생의 말은 계속됐다.

"이 녀석들은 그것들, 인조나 하프와는 또 다른 의미에서의 어중간한 생명이야. 밤의 인자에 감염된 인간이 완전한 란칸스로프로 변화하지 못한 《불완전한 자》. 인간의 마음을 잃고, 그렇다고 란칸스로프의 자아를 획득하는 일도 없이 그저 살육을 추구하기만 하는 괴물로 전락한 자……. 그것이 루 가루다."

"세상에……."

거기에 어떤 감정을 품어야 할지 몰라 메리다는 그저 말문이 막혔다. 반면 담담하게 바닥의 검은 사체를 조사하고 있었던 라클라는 무언가를 찾아냈나 보다.

"생각했던 대로군……. 야, 엔젤. 이 녀석 본 기억 없어?"

라클라가 사체를 가리키자 메리다는 "네?" 하며 당황했다. 루 가루라는 이단의 존재를 들은 적도 없거니와 이런 소름 끼치는 장소에 발을 들여놓은 것도 처음이다. 본 기억이 있냐고 물어도 유의미한 의견을 돌려줄 수 있을지 어떨지──.

그런 변명 섞인 사고는 라클라 선생의 발밑을 본 순간에 날아가 버렸다.

그녀가 검은 인간의 왼팔을 들어 보였는데, 팔목에 끈이 몇 개 감겨 있었다. '미상가'라고 하는 그 장식품의 빛깔이 메리다에게 어제의 기억을 스파크시켰다.

"그, 그 사람은 설마, 어제 《처형》당했던……?!"

"맞아. 마을에 도착하자마자 본, 살처분됐던 남자지. 이름은 아마…… 커널이라고 했나."

메리다의 귓가에 그의 연인이 흐느껴 우는 소리가 똑똑히 되살아나기 시작했다. 그 말을 듣고 생각해 보니, 시트에 덮여 날뛰고 있었던 남성의 모습과 짐승 같은 살의를 품고 덮친 검은 인간들의 인상은 어딘가 닮았다.

라클라 선생도 같은 의견인 듯 미상가를 감은 팔을 그의 가슴팍에 놓고서 다시 주변의 쇠창살을 둘러보았다.

"《기이한 병》은 무슨. 이 마을에서 유행하는 건 병 따위가 아니야. 주민들은 어떤 실험에 이용되고 있다……!! 그렇게 보니 드디어 후작이 수상쩍어지기 시작했어."

"블로섬 후작이?"

"하나 더 떠올려 봐. 살처분된 커널이라는 남자가 어디로 실려 갔지?"

파직, 메리다의 기억영역이 불똥을 튀긴다. 흐느껴 우는 배경에 되살아나기 시작하는 목소리.

"교회의 안치실……!"

"후작이 관할하는 곳이었지, 아마? 그랬는데 당사자의 시체가 《출입금지》인 이 장소에 있다는 얘기는 즉, 병이라 칭하고 모은 《샘플》을 남의 눈에 띄지 않는 곳까지 들여와서 실험에 쓰고 있었다는 뜻이겠지."

"……."

메리다는 그저 숨을 삼킬 수밖에 없었다. 저도 모르게 두세 발자국 뒷걸음질 친다.

"그분은 로제티 님의 아버님인데요……?"

아무 반증도 되지 않는 말이 입에서 흘러내렸을 때 갑자기 이명(耳鳴)이 들이닥쳤다.

　『성에 안 차!!』

　돌연 뇌를 찌른 그 목소리에 메리다는 견디지 못하고 머리를 눌렀다. 이번에야말로 현실의 목소리인가 하고 기대했지만, 아니다. 갑자기 얼굴을 찡그린 메리다의 모습에 라클라 선생은 의아해했다.

　그녀의 입술이 여닫혔지만 메리다는 뭐라고 하는 건지 알아들을 수 없었다. 또다시 주변의 소리가 멀어지고, 실험장의 탁한 공기도 옅어진다. 풀솜처럼 압박해오는 정적 가운데 남성의 쉰 목소리가 몇 번이고 메아리친다.

　목소리는 지금까지 들렸던 것 중 최고로 감정이 북받친 것 같았다.

　『부족해…… 피다! 피를 보여라!』

　『죽여라…… 죽여 버려!!』

　다른 사람은 누구 하나 듣지 못하더라도 메리다에겐 이미 그 목소리가 환청으로 느껴지지 않았다. 그렇지 않으면 이 가슴을 움직이게 만드는 충동을 설명할 수 없다. 서둘러야 해, 빨리 막아야 해——

　누군가 죽게 생겼어!!

　생각했을 때 메리다는 이미 몸을 돌리고 있었다. 온몸에서 마나의 불길을 퍼뜨리며 지상으로 가는 계단으로 뛰어든다. "기다려, 엔젤!"이란 목소리가 살짝 등을 어루만졌다.

배 이상의 속도로 계단을 뛰어 올라가 경계도 않고 《일그러진 집》의 거실로 뛰쳐나온다. 지하 감옥과는 비교할 수도 없는 광량이 시야를 가득 채우지만 메리다는 숨 돌릴 틈도 없이 바닥을 찼다.

지금 가야 할 곳이 어째서인지, 직감적으로 짐작이 갔다.

예상한 대로 동굴 호텔 앞에는 셀 수 없을 정도로 많은 군중이 모여 있었다. 모두 현관 입구를 멀찍이 에워싸고 있다. 메리다는 어른들 틈을 빠져 나가듯이 허리를 낮춰 달렸다. 마을 사람들의 불온한 속삭임이 사방팔방에서 귀를 잡아당긴다.

"교회 아이들이랑 똑같아……. 또 사람이 습격당했대."

"어제 온 학교의 아이인 모양이야. 피해자가 하나가 아닌 것 같은데……."

"죽었어! 죽은 사람이 나왔어!!"

메리다의 심장이 방망이질하듯이 뛰었다. 겨우겨우 인파를 빠져나가나 했을 때 갑자기 뻗어온 주름투성이 손이 메리다의 가냘픈 어깨를 되돌렸다.

"미스 엔젤, 대체 어디에 가 있었던 겁니까."

"하, 학원장님!!"

메리다는 이미 숨을 헐떡이고 있었다. 어딘지 모르게 험악한 표정을 하고 있었던 블랑망제 학원장은 말없이, 메리다의 심정을 알아채 준 것처럼 조금씩 여러 번 고개를 끄덕이고 메리다의 등을 밀었다. 손끝에서 전해지는 열이 따끔할 정도로 고동치는 심장을 위로한다.

"마음을 단단히 먹고…… 이쪽이에요."

학원장이 안내해 준 곳은 호텔의 전시실이었다. 샹가르타의 역사적인 자료가 담겨 있는 장소. 그곳에도 마찬가지로 군중이 모여 있고, 붉은 장미의 여학생들을 호텔 종업원이 막고 있다. 다들 하나같이 핏기를 잃은 표정이다.

불온한 조짐이 정점에 달했고, 재차 전시실 안쪽에서 울려 퍼진 절규가 메리다의 긴장을 찢어발겼다. 남성의 목소리. 이번만은 연기처럼 들리지 않았다.

여학생들이 메리다와 학원장을 깨닫고 피하듯이 길을 양보했다. 발걸음이 불안했지만 오히려 더 앞으로 걸어 나갈 수 있었던 것은, 학원장의 주름투성이 손이 떠받쳐 줬기 때문이리라.

내디딘 구두 바닥에 철벅, 붉은 물이 튀었다.

바닥 한 면에 번진 바다의 중심에 누워 있는 것은, 붉은 머리의 미소녀였다. 그녀를 안아 든 부친은 주위의 시선 같은 건 전혀 의식하지 못하고 있다. 줄줄 흐르는 눈물이 붉은 파문을 확산시켰다.

"우오오오오오!! 지독해, 너무해애애애애!! 왜 이런 짓을!!"

"로제티 님……?"

메리다는 그녀의 시체를 직시할 수 없었다. 시야 구석에는 아연실색하여 무릎을 꿇은 마을의 보안관 딕의 모습도 비친다. 그러나 더 안쪽에 쓰러져 있는 천사의 잠든 모습이 가까스로 남아 있었던 메리다의 제정신을 일깨웠다.

"에…… 엘리!!"

학원장의 손에서 떠나 메리다는 붉은 바다를 달렸다. 이 귀중한 액체를 구두로 더럽히는 죄악감이 더욱 마음을 조른다. 미끄러지듯이 사촌 자매의 옆에 무릎을 꿇고 소리쳤다.

"엘리! 엘리야! 정신 차려!"

"…………"

은발의 미소녀는 힘없이 눈을 감고, 여전히 아무 반응도 돌려주지 않았다. 그 뺨을 손가락으로 쓰다듬으니 확실한 온기가 느껴진다. 벚꽃색 입술로부터 완만한 한숨의 음색도 나온다.

하지만 그 사실은 난파선에서 발견한 한 줄기 햇살에 불과했다. 남자의 떨리는 목소리가, 다시금 메리다의 마음에 암운과 폭풍을 불러일으킨다.

"말도 안 돼…… 거짓말이지? 이럴 수가……. 내일 결혼할 예정……이었는데…………"

영혼이 빠진 것처럼 무릎을 꿇는 미스터 딕. 그가 쳐다보고 있는 것을 메리다는 아직도 받아들이지 못하고 있지만, 약혼자인 그 사람은 거기에 눈이 못 박혀 눈꺼풀을 닫을 수조차 없는 것 같았다.

부친이 들어 올린 그녀는 목덜미에서부터 힘이 빠져 있었다. 입술이 움직이지 않는다. 가슴도 오르내리지 않는다. 앞머리가 눈가를 덮고 있어 마지막 표정은 알 수 없다.

화려한 의상은 옆구리 부근부터 새빨개서 메리다는 바닥을 물들이는 붉은 바다의 정체를 꼼짝없이 인정할 수밖에 없었다. 축 팽개쳐진 그녀의 손가락 끝에서 피 한 방울이 흘러나온다.

　그것이 바다에 조용한 파문을 일으킴과 동시에 딕이 말했다.

　"로제티가…… 죽었어……————."

로제티 프리켓

클래스:메이든

HP	5175		MP	674		
공격력	487(660)		방어력	484	민첩력	575
공격지원	0~20%(25%고정)		방어지원	0~20%(25%고정)		
사념압력	47%					

주 요 스 킬 / 어 빌 리 티

카구라LvX / 매혹Lv9 / 마나 리바이벌Lv6 / 증폭로Lv8 / 자연비Lv8 / 항주(抗呪)v9 /
베이직 얼라인먼트 / 하렘 셰이크 / 폴카 스패니시 / 플레어 크래프트 원 피스 / 마하라간

엘리제 엔젤

클래스:팔라딘

HP	2304		MP	253		
공격력	194		방어력	228	민첩력	204
공격지원	0~25%		방어지원	0~50%		
사념압력	13%					

주 요 스 킬 / 어 빌 리 티

축복Lv4 / 위광Lv3 / 증폭로Lv3 / 자연비Lv2 / 항주Lv3 / 디바인 하울링
/ 티아라 브랜디스 / 카논 패트로나

LESSON: V ~어느 해골의 유언~

　현실감 없는 정적이 잠시 이어진 다음 블랑망제 학원장은 천천히 피의 연못을 우회해 왔다. 아무 생각도 못하고 사촌 자매를 부둥켜안고 있었던 메리다는 무의식적으로 얼굴을 돌린다.

　"학원장님…… 대체 여기서 무슨 일이 있었던 건가요……?"

　"자세한 건 아무도 모릅니다. 우리가 호텔 쪽으로부터 통지를 받고 급히 뛰어왔을 때 이미 이 상태였어요. ……미스 엔젤, 그러는 당신도 연수에 참가하지 않았었죠. 쿠퍼 선생님을 찾으러 간 거 아닌가요?"

　메리다는 아무 대답도 하지 못하고 머리를 숙인다. 메리다를 나무라는 말이 자신의 목구멍을 조르기라도 하는 것처럼, 블랑망제 학원장은 괴로운 표정으로 목소리를 짜냈다.

　"엘리제 양도 당신의 부재를 깨닫고 걱정이 되어서 되돌아갔을 겁니다. 로제티 선생님의 모습도 함께 사라졌던 걸로 보건대 엘리제 양의 곁을 따랐던 게 확실해요. 《1대 후작》이 함께 있어준다면 괜찮겠지……하고 묵인해 버렸던 것이 제 최대의 불찰이었어요."

　작은 눈동자에 다 담을 수 없는 후회가 어른거리고 학원장은 시선을 돌렸다.

피바다의 중심에서, 이제는 눈물도 마른 부친이 오열을 터뜨리면서 시체에 매달려 있다.

"……로제티 선생님에겐 격렬하게 저항한 듯한 흔적을 볼 수 있어요. 그녀와 같은 실력자를 힘으로 눌렀다고 하면 범인은 보통내기가 아닙니다."

"그 남자야!! 그 남자 군인 맞지?!"

여학생들 모두가 입에 담지 않았던 가능성을 미스터 딕이 쩌렁쩌렁하게 소리쳤다. 간신히 일어선 무릎에 담긴 것은 격렬한 증오인가. 피보다도 붉게 눈동자가 불탄다.

"호텔에서 일하는 사람들 다 들어! 바깥에 모인 사람들한테 이렇게 전파해. 군복을 입은 검은 머리카락의 남자! 바로 그 자식이 로제티를 죽였다고!! 한시라도 빨리 끌고 와야 한다고 말이야!"

"미스터……."

블랑망제 학원장이 힘없는 음성으로 그를 말리려 했지만, 그 말은 형태를 다 이루기도 전에 사그라지고 말았다. 보안관의 분노에 호텔 종업원들은 몸을 떨었고, 거미 새끼가 흩어지듯이 사방으로 뛰어갔다. 그들이 전파할 말이 마을 주민들에게 공황을 번지게 하리라는 것을 메리다는 역력히 예감했다.

그러나 메리다도, 학원장도 이미 그 격류를 막을 반증이 없다.

"장인어른, 우리도 로제의 명복을 빕시다. 로제의 시체는 최소한 우리 일족의 곁에……."

미스터 딕은 가슴의 공백을 사명감으로 메우려고 하는지, 후작 옆에 씩씩하게 무릎을 꿇었다. 하지만 아들이라고 불렀었던 그의 손을 블로섬 후작은 난폭하게 뿌리쳤다.

"손대지 마라!! 내 딸 건드리지 마!"

"자, 장인어른……?"

"로제티는 죽지 않았어! 딸의 영혼은 아직 여기에 있다!"

그는 이 자리에 있는 모두가 깜짝 놀랄 만한 행동에 나섰다. 딸의 시체를 안아 올린 다음 어딘가로 운반해 가려고 하는 것이었다. 사지가 축 늘어진 몸은 오죽이나 무거울까. 피의 바다를 첨벙첨벙 짓밟으며 충혈된 눈알로 여학생들을 다그친다.

"비켜 주게, 서두르지 않으면 늦어! 영혼이 살아 있는 동안에 소생을 시도해 보겠다!"

"후, 후작님, 로제티 님의 몸을 그렇게 난폭하게 다루시면……."

"학생이 뭘 안다고 그러나?! 나는 현인이야! 생사의 피안조차도 극복해 보겠어!!"

진심으로 그것을 바란다면 향해야 할 곳은 병원이리라. 그러나 저 소름 끼치는 뒷모습으로 보아, 지금 그가 타인의 손을 의지할 거라고는 도저히 생각할 수 없었다. 망토와 슈트를 피범벅으로 만든 현인은 과연 어디로 향하는 것일까. 검은 악몽에 가득 찬 지하 실험장일까——.

이윽고 후작의 뒷모습과 붉은 혈흔은 멀어졌고, 그 모습이 보이지 않게 된 후 날카로운 비명이 파바박 퍼졌다. 그것도 당연하다, 지금쯤 호텔 앞은 엄청난 패닉에 빠졌을 테니까.

비를 맞은 듯한 기분으로 메리다는 고개를 숙였다. 시든 꽃 같은 그 어깨에 수십 년 치의 관록을 지닌 손이 놓인다.

"……메리다. 일단 엘리제를 방으로 옮겨 주렴."

그 목소리가 자신을 향한 것이라는 사실을 메리다는 바로 이해하지 못했다. 학원장은 학생이 최상급생이 될 때까지 친근하게 이름을 불러주는 일이 거의 없다.

목소리에 의지하듯이 되돌아본 메리다의 눈동자에, 학원의 어머니가 걱정하는 것 같은 미소가 비친다.

"엘리제는 금방 눈을 떠 줄 거야. 그러면 제대로 말을 들어 주자. 여기에서 무슨 일이 있었는지, 누구에게 습격당했는지, 그때에는 똑똑히 알 수 있을 거다."

"……네, 학원장님."

왜 지금 갑자기 그녀가 자기의 이름을 정답게 부르기 시작했는지, 메리다는 곧 이해했다.

현재 메리다에게 모친은 없다. 부친인 페르구스는 거의 만나주지 않는다. 엔젤 가문에서 그녀는 없는 사람 취급이다. 사랑하는 쿠퍼는 행방을 감추고, 존경하는 로제티는 죽고, 유일하게 이해해 주는 엘리제도 정신을 잃고 말았다.

메리다는 외톨이가 되어 버린 것이다.

† † †

엘리제의 방은 호텔 2층이었다. 종업원에게 열쇠를 빌려 사촌 자매를 옮겨놓고, 교복을 입은 그대로 침대에 눕혔을 즈음해서 메리다는 겨우 깨달았다.

이 방의 창문에서 바깥 경치를 보는 것이 처음임을……. 어제, 어딘가로 나가버린 쿠퍼 일에 정신이 팔려 엘리제를 제대로 상대해 주지 못했다. 돌이켜보니 거대 식물의 숲에서 쿠퍼와 로제티의 뒷모습을 바라본 후, 동급생들과 무슨 이야기를 해도 건성이었던 것 같은 기분이 든다.

엘리제가 몹시 외로움을 많이 타는 아이라는 건 자신이 제일 잘 알고 있을 텐데. 그 때문에 한 차례 관계가 헝클어진 일을 충분히 경험했었는데, 그런데 어떻게 잊어버릴 수 있었을까. 이래선 후배가 연모하는 언니는 고사하고, 루나 뤼미에르 선발전에서 끝까지 싸운 후보생은커녕 쿠퍼와 만나기도 전인, 사촌 자매와 소원했던 무렵의 자신으로 되돌아간 것이나 마찬가지 아닌가.

2학년이 됐다는 둥 입만 살아서 큰소리쳤었던 자신이 부끄럽다.

생각하면 교회에서의 사건 직후 엘리제는 무슨 말을 꺼내려 했었다. "들어 줬으면 하는 게 있어."라고.

──엘리, 대체 나한테 무엇을 전하고 싶었던 거야?

침대 가장자리에 앉으려다 메리다는 천천히 입구를 돌아보았다.

"죄송해요, 라클라 선생님. 잠깐만 엘리와 단둘이 있게 해 줄래요?"

동급생들마저 배려하여 자리를 비우는 가운데, 학원 최연소 강사만이 홀로 남아 그림자인 양 우두커니 서 있었다. 어느 틈엔가 학원 로브 차림으로 돌아와 있다.

쿠퍼와의 약속 때문일까, 아님 거래일까. 팔짱을 끼고 벽에 등을 대고 있었던 라클라 선생은 조금 지나서 부탁을 들어주었다. 천천히 벽에서 떨어지고 문에 손을 댄다.

"……어차피 벼락이 가라앉을 때까지 우리는 이 마을을 떠날 수 없어. 더는 주제넘게 이상한 계획 꾸미지 마라."

따끔하게 당부하고 라클라 선생은 방을 떠났다. 닫힌 문을 보며 메리다는 생각했다. 확실히 자신이 연수를 빠져나오지 않았다면 엘리제도 뒤를 쫓으려고 하지 않았을 테고, 결과적으로 아까의 습격은 일어나지 않았을지도 모른다. 하지만 라클라 선생과 함께한 결사의 조사로 이 마을에 만연하는 악몽을 들춰낼 수 있었던 것도 사실이다. 아무것도 모르고 연수에 나서서, 그 발밑에 흐르는 피의 강을 알아채지도 못한 것과 어느 쪽이 나을까.

생각하려다 공포심이 일었다. 사람 하나가 죽은 시점에서 비교할 여지도 없다.

메리다는 결국 앉지 않기로 했다. 솔직히 말하면 사촌 자매의 온기에 달라붙어 사파이어 같은 눈동자를 뜰 때까지 손을 잡고 있고 싶다. 하지만 그건 어리광이라는 생각이 들었다. 라클라 선생은 그렇게 말했지만 정말로 이대로 수수방관해도 되는 걸까. 메리다는 지금 이 순간에도 운명의 실이 사방을 착착 묶고 있는 것 같은 느낌이 드는 게 너무나 갑갑하다.

메리다는 정처 없이 방을 왕복했고, 그것이 펌프가 되어 사고 회로에 작용하기 시작했다. 엘리제가 정신 차리기를 마냥 기다릴 수는 없다. 만회할 수 없다면 최소한 돌이켜보는 거다. 그녀와 보낸 이 격동의 며칠을 돌이켜보고, 은발의 천사가 말하려고 한 신탁을——.

『느껴진다…… 느껴져…….』

이단의 시작은 더 생각할 것도 없이 학원에서 들은 그 쉰 목소리다. 생각해 보면 그 순간부터 2학년이 된 메리다의 새로운 생활은 눈에 띄게 이상해지기 시작했다. 쿠퍼가 컨디션이 좋지 않음을 호소하고, 후배인 티치카가 습격당하고, 그 범인으로 경애하는 스승이 의심받았다.

이 모든 것의 계기가 된 것은 과연 누구였을까?

『블로섬 후작에겐 주의해, 메리다 양, 엘리제 양.』

『드디어 후작이 수상쩍어지기 시작했어.』

쉬크잘 공의 충고가 불씨가 되고, 라클라 선생의 추리가 단숨에 연료를 부었다. 어느새 메리다의 뇌리에는 업화를 짊어진 진범의 실루엣이 떠오르기 시작했다. 그러고 보면 맨 처음 쿠퍼가 의심받게 한 것도, 그가 선동한 결과이지 않았나.

그렇다면 엘리제가 전하고자 했었던 바도 블로섬 후작에 관련된 내용일까. 하지만 자신은 물론 엘리제 또한 후작과는 이렇다 할 관계가 없다. 직접 말을 나눈 적조차 한 번 있을까 말까 한데.

——그러면, 그 반대? '블로섬 후작이 수상하다.' 가 아니라 '쿠퍼가 범인이 아니다.' 라는 어떠한 증거를 얻은 걸까?

그렇게 생각하고 다시 기억을 거슬러 올라갔지만, 생각해 보면 이 마을에 와서는 그 잘생긴 가정교사와 거의 함께 있지를 못했다. 메리다조차도 인상에 남아 있는 건 어젯밤 종유동에 데이트하러 간 일뿐이다.

『선생님은 어떻게 이런 장소를 알고 있는 거예요?』

자기 자신의 질문마저 귓가에 되살아난다. 그때 쿠퍼는 '임무 차 방문한 적이 있다.' 고 답했다. 하지만 메리다는 그게 거짓말임을 바로 간파했다. 메리다가 특별히 이해가 빨라진 게 아니라, 그때의 쿠퍼는 왠지 변명을 혓바닥에 올리는 데 죄악감을 느끼는 분위기를 풍겼기 때문이다.

그럼 그때의 대답이 거짓이고, 그가 이 마을에 대해 알고 있었다고 가정하자. 그 행동에 어딘가 위화감은 없었나? 메리다의 머리에도 내내 무언가가 석연치 않다. 이 마을에 들어왔을 때부터—— 아니, 맞다, 그러고 보니 이 마을에 들어온 직후에.

『아가씨, 강의가 싫증이 나셨습니까?』

쭈우욱, 힘차게 끌어당겨 준 손바닥의 감촉을 메리다는 똑똑히 기억한다. 그리고 그것이 바로 위화감이었다. 지금까지 셀수 없을 만큼 그의 감촉을 느꼈기 때문에 알 수 있다. 그는 그때 강제로 자신을 잡았다! 자신을 제지하고자 하는 의사가 똑똑히 느껴졌었다.

어째서? 그때 메리다가 무엇을 하려고 했었나? 어디로 가려고 했었지?

자그마한 물소리가 기억의 저편에서 손짓하며 부르고 있다——

——…………

『아, 안 돼!! 그 이상 가면 안 돼!!』

벼락을 맞은 것처럼 메리다는 허억! 하고 멈추어 섰다. 반사적으로 시선을 여기저기 굴려 벽에 세워져 있었던 칼집을 발견한다. 엘리제가 애용하는 팔라딘용 장검이다.

자기 방에 돌아가는 시간도 아깝다고 자신에게 핑계를 대고 그 칼집을 집어 들었다. 이상하게도 메리다의 손가락이 닿은 순간 약한 정전기가 일었다. 거부당한 건 아니다. 오히려 검에 간직되어 있었던 마음이 사촌 자매와의 해후를 애타게 기다렸던 것처럼 찌르르 하고 메리다를 자극해 신경을 깨게 해 주었다.

침대를 돌아보고 눈물이 나오려는 것을 참으며 메리다는 장검의 날밑을 이마에 댔다.

"엘리, 약한 나에게 힘을 빌려줘……!"

잠자는 소녀로부터 대답은 없다. 대신 검의 날밑이 댕그랑 울리며 응답했다.

바로 이때, 갑자기 복도가 소란스러워졌다. 아래층에서 뭔가 소동이 일어났—— 그렇게 생각한 참에 누군가의 다급한 구두 소리에 이어서 문이 노크도 없이 벌컥 열렸다.

"——메리다 양, 도망치세요!!"

"미, 미토나 학생회장님?"

머리카락을 흩뜨리면서 뛰어온 사람은 새로운 3학년의 신 학생회장, 성 프리데스위데가 자랑하는 미토나 휘트니 선배였다. 자신은 그렇다 쳐도 쿠퍼에 대해 별로 좋은 감정을 품고 있지 않은 듯한 그녀와는 지금까지 이렇다 할 접점이 없다.

그건 그렇고 도망치라니, 뭔가 심상치 않다. 아래층의 소동과 무슨 관계가 있는 걸까?

메리다가 다음 말이 안 나오는 동안, 호흡을 조절하고 있을 틈도 아깝다는 듯이 미토나 회장이 어깨를 움켜쥐었다. 열다섯 살의 정신이 기어이 무너지려고 하는 것이 눈앞에서 똑똑히 느껴졌다.

"연쇄적으로…… 정말 무슨 일이 일어나고 있나 봐요! 성 프리데스위데는 지금 폭풍 한복판이에요!"

"지, 진정하세요, 언니. 이번엔 무슨 일이 있었는데 그러세요?"

"로제티 님이 납치됐어요!"

목소리로 만든 덩어리에 얻어맞은 것처럼 메리다는 눈을 깜빡였다. 회장의 외침은 계속된다.

"이번엔 블로섬 후작이 습격당했어요! 그 사람에게 상처를 입히고, 로제티 님의 시체를── 아, 아니, 《치료 중》이었던 그녀를 데려간 모양이에요. 현장에는 지금도 푸른 불길이 남아 불타고 있고……. 학원장님조차 더는 당신의 가정교사를 감싸지 못할 거예요…………!!"

울먹이면서 미토나 회장이 호소했다. 메리다는 느닷없이, 이 마당에 이르러서까지 쿠퍼에게 학원 사람들의 신뢰가 남아 있었음을 깨달았다. 남의 눈에는 줄기차게 그를 매정하게 대했던 것처럼 보인 미토나 회장마저 예외가 아니었다.

타인을 믿지 않았던 건 누구였던가. 뺨을 철썩 맞은 기분이다.

그러나 이제 와서 후회해봤자 이미 늦었다. 활짝 열린 문을 통해 아래층의 소동이 한층 더 격렬하게 울려 퍼져 왔다. 노성이다. 앞장선 것은 젊은 남성……. 혈기 넘치는 마을의 보안관 미스터 딕이다.

그들의 적의가 틀림없이 자신을 향하고 있음을 직감함과 동시에 등골이 얼어붙은 메리다에게 미토나 회장이 신신당부한다. 조금이라도 멀리 떼어 놓으려고 해선지 아니면 힘이 남아서인지 쭉쭉 벽 쪽으로 밀려간다.

"마을 사람들이 당신과 쿠퍼 선생님의 관계를 눈치챘어요. 누구인지는 모르겠지만 이야기한 거겠죠! 당신을 인질로 삼으면 범인을 유인해낼 수 있을 거라며 머리에 피가 거꾸로 솟은 사람들이 호텔로 몰려왔어요! 학원장님이랑 다들 필사적으로 설득하고 있지만 분명 당장에라도—— 아앗!!"

미토나 회장의 절망적인 비명의 의미를 메리다는 물을 필요도 없이 이해했다. 계단을 뛰어 올라오는 구두 소리가 난다. 그것이 누구인지는 알 수 없지만 미토나 회장의 머릿속에는 최악의 인물이 그려지고 있는 것 같다. 그림처럼 새파래진 표정으로 그녀가 외쳤다.

"도망치세요!!"

　메리다에겐 미토나의 말대로 하는 것 이외의 선택지는 없었다. 복도로 이어진 출구가 나락으로 가는 입구처럼 느껴진 메리다는 몸을 돌리고, 창문으로 향했다.

　창문을 활짝 열고 창틀을 박찼다. 2층이라면 큰일 나진 않는다——라는 낙관적인 시각은 아니고, 도중에 마나의 눈부신 불길을 내뿜은 그녀는 발끝부터 착지하여 낙법을 쳤다. 최소한의 소리와 충격만 남기고 바로 달아난다.

　호텔 앞으로 돌아가 소동의 실태를 확인할 기력은 없다. 건물 뒤편에서 그래도 동굴 안쪽으로 나아가는 루트로 이탈을 시도하기로 했다. 장본인인 자신이 없으면 소동은 가라앉을 것이다. 관계성이 드러난 것이 자신뿐이라면 엘리제를 비롯한 다른 여학생들에게 해가 가는 사태는 학원장님이 결단코 간과하진 않을 것이다.

　"……미안해요, 라클라 선생님."

　호텔로 돌아가지 못하는 이상 더는 그녀에게 협력을 바랄 수도 없으리라.

　엘리제의 장검을 허리에 꽂고, 그 무게만을 버팀목으로 삼아 메리다는 어둠 속으로 나아간다. 친애하는 한쪽 날개는 옆에 없다. 절대무쌍의 학원장 또한 이젠 환상이다. 항상 뒤를 쫓고 있었던 가정교사와 동경하는 여성은 둘 다 손이 닿지 않는 장소로 사라졌다. 지금 메리다가 의지할 수 있는 상대는 아무도 없다.

　그럼 그냥 포기할까? 대답은 '아니오.' 다. 왜냐면 메리다는

2학년이 됐으니까. 뒤따르는 자가 메리다의 등을 보고 있으니까. 언젠가는 사랑하는 사람 옆에 나란히 서기 위해, 언제까지나 보호받기만 하는 자신으론 있을 수 없다. 지금까지 셀 수 없을 정도로 많은 도움을 그에게서 받았듯이 이번엔 자신이 쿠퍼를 구하는 것이다.

목적지로 향하는 발걸음에 망설임은 없었다.

† † †

그 장소는 여전히 자신이 난쟁이가 된 것 같은 인상을 주는——남의 눈을 피해서 혼자가 된 메리다가 찾은 곳은 샹가르타 입구에 펼쳐진 거대 식물의 숲이었다. 그때는 붉은 장미 집단에 섞여 있었지만, 지금은 동료에게서 떨어진 무당벌레나 마찬가지다. 융단처럼 두꺼운 잎을 타고 넘어, 빨간 무당벌레 하나가 정신이 아득해질 것 같은 스케일의 세계를 나아간다.

혼자이니 당연히 불안하긴 하지만 관점을 바꾸면 누구에게도 들키지 않는다는 안심감이 있다. 다른 사람에게는 들리지 않는 물소리를 더듬어간다 해도 기이하지 않고, 아무 재미도 없는 우뚝 솟은 암벽조차도 이번에는 실컷 조사할 수 있다.

"역시 들려……."

새하얀 바위 면에 손바닥을 대고, 그 손끝에 전해지는 진동에 메리다는 고개를 끄덕였다. 여기는 어제 마을에 온 지 얼마 안 됐던 메리다가 수수께끼의 쉰 목소리와 물소리를 따라왔던 장소다. 가설이 옳다면 이 마을에 대해서 원래부터 속속들이 알고 있었던 쿠퍼는 제자를 이 암벽으로부터 멀리 떼어 놓으려 했고, 블로섬 후작은 전에 없는 박력을 보이며 출입을 막았었다.

언뜻 보기에 아무것도 없을 것 같은 장소로 보이는데도——.

지금 만약 라클라 선생이 있다면 파도처럼 울퉁불퉁한 바위에서 어떤 실마리를 찾아낼 수 있을지도 모른다. 하지만 탐문조차 잘하지 못하는 메리다는 위장된 무언가를 간파하는 스킬은 갖고 있지 않다. 스승인 쿠퍼부터가 그쪽 기술을 가르치기엔 아직 이르다고 판단했었던 걸까.

지금 메리다에게 가능한 일이라면 이 정도뿐이다.

"《환도일섬(幻刀一閃)》!!"

메리다는 허리에 찬 장검의 손잡이에 천천히 다섯 손가락을 휘감았다. 보통은 다른 사람의, 그것도 다른 클래스의 무기를 쓰려고 하면 생각할 것도 없이 위화감부터 생긴다. '물체에 영혼이 깃든다.' 라는 미심쩍은 이야기가 아니라, 마나 능력자의 무기는 손에 익어가는 동안 사용자의 마나가 효율 있게 전도되도록 제각기 맞춰지는 물체이기 때문이다. 상성이 나쁜 타인의 무기를 쥐려고 하다간 마나가 제대로 발생하지 않아 이 빠진 칼날 이하로 전락할 가능성도 적지 않다.

그런데도 엘리제의 장검은 메리다의 의사에 100% 이상으로 정확하게 응했다. 메리다의 손가락에서 황금색 불길이 검으로 전달되고, 도신에 깃들어 있었던 백은색의 불길이 그에 호응한다. 제한 없이 서로 공명한 그것들은 다이아몬드처럼 빛을 발하

고 화려하게 세계를 갈랐다.

"《풍아(風牙)》!!"

발도참격. 메리다가 애용하는 칼보다 초속은 둔하다. 무거운 저항과 함께 칼집에서 뽑혀 나오는 장검은 그 칼끝이 드러난 순간, 축적한 압력을 단숨에 작렬시켰다. 무시무시한 절단음에 이어서 다이아몬드 빛 섬광이 비상, 거대한 충격파가 되어 눈깜짝할 틈도 없이 암벽에 격돌했다. 반작용으로 날아온 돌풍이 메리다의 금발을 흔든다.

어썰트 스킬의 파괴력은 암벽을 꿰뚫고 그 너머로 빠져나갔다.

흙먼지가 풍겼고, 그것이 개었을 때는 암벽에 구멍이 나 있었다. 메리다의 마나 압력이 터널을 뚫어버린 것이다――라고 말할 생각은 없고, 공동은 처음부터 그 자리에 있었다. 메리다는 그저 입구를 막고 있었던 뚜껑을 갈라 버린 것뿐이다.

"미스터리 스팟은 무슨……. 철저하게 꾸며 놨으면서."

후작에게 불평을 터뜨리며 메리다는 장검을 칼집에 집어넣었다.

암벽 너머로 통하는 동굴은 발밑에 가느다란 시내가 흐르고 있었다.

신중하고도 대담한 발걸음으로 메리다는 마침내 동굴로 발을 들였다. 마을에서 떨어진 숲속이라곤 해도 조금 전 굉음이 누군가의 귀에 들렸을 가능성도 없진 않다.

하물며 동굴 안쪽에는 비교가 안 될 큰 소리가 메아리쳤을 것이다.

쿠퍼 선생님이나 라클라 선생님처럼 스마트하게는 안 되는구나. 메리다는 살짝 반성했다. 하지만 이게 지금 자신이 할 수 있는 최선이다.

동굴은 길고 깊게 어둠의 저편으로 뻗어 있다——.

언제든 검을 뽑을 수 있도록 장검의 칼집을 쥔 채, 동시에 거기에 마나를 켜 조명으로 쓰면서 메리다는 착실히 나아간다. 동굴은 구불구불했고, 입구를 통해 쏟아지는 빛은 순식간에 멀어지고 사라졌다. 이번에는 심리적인 트랩 같은 종류의 것은 아닐 것이다. 입구는 가공되어 있었지만 이 동굴은 천연물이다. 천장에서는 고드름 같은 바위가 늘어져서 종유동을 연상케 한다. 비가 새는 것처럼 떨어지는 물방울이 갑자기 생각난 듯 발밑에서 튀어 오른다. 시원한 시내 소리가 침입자의 등을 떠밀고 있다.

메리다는 발걸음을 뚝 멈췄다.

마나를 강화해 전방을 비춘다. 약간 넓은 공간에 이르렀는데, 웬 하얀 이물이 보인다. 생물 같지는 않다. 그러나 싫든 좋든 심장이 고동치는 가운데 메리다는 어둠을 응시했다.

"……거미줄?"

천장의 종유석과 지면 사이에 다양한 기하학 무늬가 전시되어 있었다. 하나하나의 크기는 정확히 문 한 짝만 하다. 즉 자그마한 메리다가 아니어도 인간이라면 온몸이 포박되어버릴 정도의 엄청난 걸작으로, 그 구속력도 크기에 상응하리라는 것을 어렵지 않게 상상할 수 있다. 아무것도 모르고 발을 들여놓았다간 탈출에 애 좀 먹을 것이다.

……벌레일까, 몇 개의 줄에 사냥감이 걸려 있는 것이 보인다. 그런데 이상하다. 집이 인간과 동등한 스케일이라면 사냥감도 그에 상응하는 크기여야 할진대. 메리다의 본능을 냉정한 사고가 뒤에서 따라잡아 심장이 경종처럼 울리기 시작했다. 손끝 발끝이 급속히 차가워져 가지만 확인하지 않고는 있을 수 없다. 뒤를 감싸주고, 보고 싶지 않은 세계로부터 멀리 떼어 놓아주는 라클라 선생님은 지금 어디에도 없으니까.

예상을 조금도 저버리지 않고, 거미줄에는 인간이 사로잡혀 있었다.

메리다가 비명을 지르지 않고 끝난 건 마음의 준비를 하고 있어서가 아니라, 비참한 상상은 이미 지난 과거의 것이 된 상태이기 때문이다. 즉 그것은 시체가 아니라 《사람의 뼈》였다. 그래도 충격적임에는 매한가지지만 타다 만 듯한 검은 인간을 보는 것보다는 이편이 낫다.

너덜너덜해진 그들의 옷은 역시 샹가르타의 물건이다. 한두 명이 아니고, 죽고서 상당한 시간이 지난 것 같다. 즉 그들의 《죽음》은 긴 세월을 걸쳐서 이 장소에 축적되어온 것이다.

가볍게 성호를 긋고 메리다는 발걸음을 더욱더 안쪽으로 옮겼다. 한 발짝이라도 까딱하면 자신도 같은 말로를 맞이하고, 누구에게도 발견되지 않을 거라고 생각하면 등골이 오싹해진다. 혼자 싸운다는 것은 그런 것이다. 마나 능력자이기에 정말 다행이다──.

좀 더 나아간 메리다는 이윽고 인공적인 공간을 발견했다.

언뜻 보기에는 연구실이다. 연구실이라 해도 길에서 벗어난 가로로 난 굴에 책상과 책장을 들여놓은 것뿐이지만, 수확임이 확실하다. 이곳을 누가 본거지로 쓰고 있는지는 명백하다.

"블로섬 후작……!"

책장에 처박힌 양피지, 책상에 흐트러진 리포트에서 군데군데 그의 서명을 발견할 수 있었다. 내용은…… 자세한 부분을 확인하는 것도 꺼려지는, 피로 얼룩진 인체실험 기록이다. 로제티의 가족을 믿고 싶었던 마음이 이 시점에서 완전히 무너져 내렸다.

"밤의 인자의…… 추출과 이식……?"

단편적으로 그렇게 파악했다. 요컨대 란칸스로프에게서 저주의 근본이 되는 밤의 인자를 뽑아내 건전한 인간을 일부러 감염시킨다는 것인가. 그 결과 혹은 과정의 하나가 실험장의 루 가루……? 정도를 벗어난 발상이라고 하지 않을 수 없다.

몇 가지 리포트를 챙겨서 돌아가야 할까? 샹가르타 주민들이 메리다의 말을 어디까지 신용할지는 미지수지만 증거가 있는 것과 없는 것은 차이가 클 것이다. 그렇게 생각해 책상을 물색하기 시작한 메리다의 시야에 문득 신경 쓰이는 문자가 비쳤다.

『쉬크잘』『살라샤』

그렇게 쓰인 파일이 눈에 확 들어와 메리다는 해당하는 양피지를 찾아냈다. 몇 장의 리포트가 끈으로 묶여 있다. 어떠한 테마에 따라 정리된 자료 같다.

끌어 당겨지듯 메리다의 시선이 문장의 서두에 쏠렸다.

『11월 첫째 주 일곱 번째 날

……생각도 안 해본 사건이 일어났다. 어제도 기록한 그 여행자의 일이다.

위험을 개의치 않고 황야를 넘은, 완강히 신원을 숨기고 있었던 그 여행자의 이름은 세르주 쉬크잘. 바로 지난달 막 가독을 계승한 기사 공작 가문의 젊은 당주다.

처음엔 기어이 내 연구를 프란돌에서 냄새 맡고 온 거라고 생각했다. 공작 가문의 인간마저 어둠 속에 묻어버려야 하나 하고 각오를 굳힌 나에게 그는 예상 못한 일을 요청했다. 내 연구를 알고 있으며 그 성과를 공유하는 대신 원조를 하겠다……고!

그야말로 생각도 해보지 않은 요행이었다. 기사 공작 가문의 후원이 있으면 나는 기병단의 눈을 겁내지 않고 실컷 연구에 몰두할 수 있으니까. 가장 큰 걱정이 이로써 해소된 것이다.

그렇지만 의문은 끊이지 않는다. 기사 공작 쉬크잘 가문이라고 하면 1년 전 란칸스로프 대침공 때 압도적인 열세를 뒤집고 프란돌의 경계를 끝까지 지켜낸 《영웅》으로 이름을 날린 일족이다. 물론 세르주 님도 그 선봉을 떠받친 한 분이고. 그런 그가 왜 나의 비인도적인──그렇다고 자각은 하고 있다──연구에 손을 빌려주려고 한단 말인가.

그와는 속사정을 캐지 않는다고 계약했지만, 그 젊은 당주의 눈에서는 필요하다면 타인을 내버리는 짓도 마다치 않겠다는 각오가 느껴졌다. 자신의 몸을 지키기 위해서도 가능한 한 배후 관계를 살펴놓는 것이 아주 중요할 것이다.

　이것을 계속적인 과제로 삼겠다.』

『2월 둘째 주 첫 번째 날

《용의 과제》에 관한 속보(續報). 오늘 그 꼬맹이로부터 또 한 가지 흥미로운 정보를 얻었다.

　본인은 누설했다는 자각조차 없을지도 모른다. 하지만 그는 대화중에 우발적으로 여동생을 쉬크잘 가문의 《신의 아이》라고 불렀다! 이것을 어떻게 봐야 할까?

　여동생인 살라샤 님이라 하면 열세 살이 되어 작년에 마나 능력자 양성학교에 갓 입학한 학생이다. 벌써 성 도트리슈 여학원 내에서도 두각을 나타내고 있으며, 2년 후에 있을 졸업 토너먼트에서 정점에 군림할 분으로서 기정사실로 돼 있다.

　──한데 그렇다고 그녀가 역대 드라군보다 뛰어난 재주를 자랑하냐고 물으면 나는 고개를 갸웃할 것이다. 확실히 신동임은 틀림없지만 오빠인 세르주 님, 사촌 자매인 쿠샤나 님과 비교해 특별한 차이가 있는 것처럼은 보이지 않는다.

　그럼 《신의 아이》라는 말은 무엇을 가리키는 것일까? 전투력을 칭한 것은 아닌 걸까.』

『《신의 아이》……다시 말해 구세주다. 세르주 님의 말씀이

사실이라면 쉬크잘 가문은 현재 어떠한 궁지에 처했다는 말인가? 그것을 해결하기 위해서 내 연구를 원하고 있고? 거기에 살라샤 님도 무슨 상관이 있다?

생각해 보면 세르주 님이 가독을 이은 3년 전부터, 선수를 교대한 것처럼 전 당주 젠론 님과 디리타 님은 남들 앞에 서는 일이 적어졌다. 최근엔 부쩍 모습을 안 보이지 않은가. 두 분은 대체 어디로 가 버린 거지?

······지금은 아직 정보가 너무나 적다. 어차피 당분간은 세르주 님을 뵐 기회도 그렇게 많지 않을 테지. 그 만만찮은 애송이가 이번 봄에 드디어 프란돌 왕작에 대관한다고 했다! 거기에 나도 곧 양성학교의 연수 시즌에 일대 실험에 몰두해야 한다. 당분간 이 과제도 방치해 둘 수밖에 없을 것이다.

현시점에서 추측할 수 있는 배경은 이하와 같다. 표면상으론 불명이지만 쉬크잘 가문은 어떠한 궁지에 처해 있다. 그 해결에 기병단을 움직이지 않는 것을 보아하니 공식적으로는 불가능한 것이다. 나의 연구만이 실마리를 잡을 유일한 단서.

그가 말한 조각들을 짜 맞추면, 수수께끼를 풀 열쇠가 되는 것은 살라샤 쉬크잘과————————————메리다 엔젤.

동갑인 공작 가문 영애 중에 왜 이 두 사람인가? 왜 엘리제 님이 아니라 메리다 님인가? 젊은 용의 눈은 나 같은 보통 사람한테는 보이지 않는 먼 저편을 보고 있는 것 같다. 그 차이를 메울 것은 끝없는 탐구와 백억 번의 모색, 오직 그뿐이다.」

……리포트는 여기에서 끝났다. 메리다는 긴 숨을 쉬고 팔을 내려 양피지 묶음을 책상에 되돌려놓았다. 가지고 돌아갈까 하고 순간 생각했으나 두께에 비해 짐만 될 것이다.

──라는 것은 대부분 핑계로 사실은 메리다야말로 이 리포트의 내용을 세상에 공개하는 것이 두려워졌기 때문이다. 밝혀진 세르주 쉬크잘의 배신도 물론이지만, 그 이상으로 느닷없이 연루된 자신과 친구들의 이름에 충격을 금할 길이 없다.

메리다는 자신이 조그마한 아이에 불과하다는 사실을 다시금 깨닫게 되었다. 발밑에 현실감이 없어지고 사고회로가 마비된다.

자기가 모르는 장소에서 대체 무슨 일이 일어나고 있는 걸까──………….

이때, 예민해져 있는 메리다의 신경에 위화감이 걸렸다. 튕기듯이 얼굴을 돌리고 확신한다. 동굴의 더욱 안쪽에서, 깊은 어둠의 저편에서 꿈틀거리고 있는 기척을.

직감대로, 긁는 것처럼 귀에 거슬리는 쉰 목소리가 매끈한 암벽에 메아리쳤다.

『느껴진다……. 내 옛집에 누군가 숨어들어왔군……..』

나이조차 판별할 수 없는 노회한 남성의 말투……. 역시 기분 탓이 아니었다. 지금까지 여러 번 들은 그 환청이, 비로소 질량을 동반해 메리다에게 직접 말을 걸어왔다.

『지금 나는 눈이 보이지 않아……. 대답해 주지 않겠나? 네놈은 누구냐……..』

메리다는 블로섬 후작의 연구실을 나와서 작은 시내가 흐르는 좁은 길로 내려갔다. 엘리제의 장검을 쥐어 용기를 북돋우고, 육안으로 볼 수 없는 어둠의 저편을 똑바로 노려보았다.

"파, 팔라딘의 딸, 메리다 엔젤이다! 너야말로 누구냐?! 모습을 드러내라!"

『메리다 엔젤……? 들어본 적이 있는데…….』

이쪽의 질문을 당연한 듯이 흘려듣고서 어둠의 주인은 잠깐 묵고한다.

조금 있다가 동굴 건너편에서 누군가의 그림자가 몸을 크게 흔든 것 같은 기척이 있었다.

『생각났다! 용의 애송이가 그 이름을 댔었지. 《두 번째 신의 아이》라고 말이야!』

"뭐……?"

『재미있군! 나도 그 애송이의 불손한 태도에 속이 뒤집혔던 참이다. 네놈을 갈가리 찢어준 것을 알면 필시 원통해하겠지……!』

어둠이 팽창한 것 같은 착각이 들어서 메리다는 저도 모르게 두세 발자국 뒷걸음질 쳤다.

아직 모습은 보이지 않는다. 동굴 건너편에 숨어 있는 건 누구일까. 그리고 저자는 이제 막 2학년으로 올라간 견습 기사 메리다가 맞붙을 수 있을 만한 상대인가?

눈이 보이지 않는다고 하면서── 아니, 오히려 보이지 않아서일까? 어둠의 주인은 메리다의 긴장을 명민하게 감지하고 비웃는 것처럼 탁한 공기를 흔들었다.

『안심하거라, 《신의 아이》여……. 단숨에 죽이진 않을 테니. 네놈은 내게도 유용한 연구자료가 될 거야……. 우선 그 시건 방진 반항심을 꺾어 주마!』

우우, 우우……! 하고 호응한 것은 짐승의 울음소리였다.

이어서 작은 시내에 물보라를 일으키며 앞으로 나온 무언가에 메리다의 몸이 반사적으로 움츠러들었다. 상반신이 검게 녹은 것 같은 혹은 타서 허물어진 것 같은 인간들. 무기류도 전사의 지성도 갖고 있지 않지만 맹수 같은 살의를 내포하고 있음을 메리다는 알고 있다.

"루 가루?!"

『호오, 이 녀석들을 알고 있는 건가……. 더더욱 살려서 돌려보낼 수 없겠군.』

나타난 적은 둘. 게다가 순순히 어둠의 주인을 따르고 있을 거라는 사실은 명백했다. 낮게 몸을 구부리자, 물보라가 좌악 튀었다. 일반인을 벗어난 속도의 덩어리가 좌우에서 다가와 메리다는 재빨리 장검을 뽑아 들었다. 한 박자 늦게 온몸에서 솟구치는 마나.

도신에서 나온 다이아몬드 빛은 동굴 깊숙한 곳에 숨은 어둠의 주인을 조금이나마 기죽게 한 것 같았다. 루 가루들의 움직임이 둔하다. 엘리제의 의사를 머금은 것처럼 메리다는 팔라딘의 검술을 완벽하게 모방하면서 장검을 들어 올린다.

하지만 그것을 내려친 직후 적의 모습이 흔적도 없이 사라졌다.

배후에서 바람 소리가 웅웅 거려, 메리다는 직전에 검을 쑥 들었다. 어마어마한 힘을 지닌 갈고리발톱이 도신을 내려치고, 그 충격에 메리다는 앞으로 고꾸라졌다. "꺄아악……." 한심한 비명이 나왔지만 이를 악물고 버틴 다음 돌아보자마자 검을 횡으로 베었다.

그러나 적은 이미 잔상마저 남기지 않았다. 시야의 끝에 순간적으로 그림자를 포착해 옆구리를 노리는 일격을 가까스로 방어했지만, 예사롭지 않은 완력으로 갈고리발톱을 막무가내로 휘두르자 메리다는 그대로 벽에 내동댕이쳐졌다. 발로 바닥을 딛지 못하고 무릎과 팔꿈치로 쓰러진다.

"아윽……!"

첨벙. 흙탕물이 튀어 메리다의 뺨을 더럽혔다. 어둠의 주인이 조소를 보낸다.

『크하하! 아직 눈에 의지하는군. 그 수준으로는 루 가루를 당해낼 수 없어…….』

"크윽……!!"

대꾸하고 싶어도 사지를 내달리는 격통이 그것을 용납하지 않는다. 떨어뜨린 장검을 붙잡고 단숨에 마나를 내뿜었다. 도신이 호응해 사촌 자매와의 공명이 순백의 빛을 낳는다.

루 가루들이 잠깐 주춤한 틈에 메리다는 몸을 돌렸다. 그러나 물보라와 소리로 상황을 감지하기라도 한 걸까. 메리다가 뛴 만큼 어둠의 주인은 미끄러지듯 뒤쫓아 온다.

『도망치는 건가? 도망치는 거야?! 그것도 괜찮지……. 나는 사냥도 아주 자신 있거든. 최대한 즐겁게 해다오……. 자, 어디로 갈 거냐! 어디로 갈 거야?! 당장에라도 따라잡아 주겠다……!!』

귀에 거슬리는 쉰 목소리가 메아리치며 메리다를 사방에서 추적한다. 메리다는 열심히 손발을 흔든 다음 천천히 지면을 굴렀다. 직후에 날아온 갈고리발톱이 머리 위를 쓸어 버린다.

벌떡 일어나자마자 검을 들어 망령을 쫓아내듯 빛으로 위협한다. 루 가루들은 깊게 쫓아오지 않았다. 그것이 이 도신의 빛을 겁내서인지 혹은 주인의 뜻에 따라 장난을 하는 것뿐인지는 알 수 없다. 메리다는 더욱더 뛰었다.

『흥이 안 나는군……. 힘껏 비명을 질러라! 울부짖어라! 어때, 무섭지, 《신의 아이》여!! 나는 따분하다. 이 귀에 천사의 단말마를 들려다오!!』

파도처럼 몰아치는 검은 그림자가 뒤에서 다리를 후렸다. 메리다는 허공을 홱 날았고, 낙법에 실패해 굴렀다. 삐걱거리는 뼈를 이 악물며 무시하고, 용수철같이 더욱 잽싸게 뒤로 물러섰다. 바로 뒤를 쫓아오는 적은 둘.

루 가루 둘이 소리높이 지면을 박찼다. 메리다는 아직 일어서지 못해 피할 수가 없다. 갈고리발톱 두 개가 거울을 보는 것처럼 똑같이 번쩍 들렸고, 그것이 정점에서 날아오려고 한──그 직전에.

돌연 루 가루들은 공중에 정지했다. 갈고리발톱은 그 이상 앞으로 움직이지 않는다. 팔을 내리지도 못하고 있다. 그뿐 아니라 지면에 발을 대는 것마저 마음대로 안 되어, 의사가 없는 괴물들은 죽어라 사지를 날뛰었다. 하지만 발버둥 치면 칠수록 그들의 구속은 더욱 굳세고 깊어진다── 천장에서부터 둘러쳐진 거미줄에 의해.

메리다는 겨우 몸을 일으키고 거친 숨을 얼버무리면서 검을 잡아당겼다.

"너는 아무래도…… 지나치게 눈을 허투루 생각했나 보네!"

있는 힘을 다해 큰소리를 치면서 왕복으로 이섬(二閃). 검은 인간들의 측두부를 가로로 베어 안구의 빛을 소멸시켰다. 거미줄에 포박된 루 가루들은 활력을 잃고 축 처졌지만, 이것으로 정녕 쓰러뜨린 걸까. 모의검이라 위력이 참으로 불안하다.

『호오, 제법이잖나……. 내가 깐 덫을 역으로 이용할 줄이야…….』

"이번엔 네 차례다. 자, 몰래 숨어다니는 건 이쯤하고 나와!"

『우쭐대지 마라,《신의 아이》여……! 네놈은 내 본성을 직접 보면 영혼부터 움츠릴 테니까. ……그래, 좋은 생각이 떠올랐어. 다음은 이 자식을 부려 보지……!』

어둠의 주인은 더 많은 부하를 숨기고 있는 모양이다. 동굴 안쪽에서 메리다가 있는 곳으로 다시 발소리가 다가온다. 또 루 가루인가? 그러나 이번 발걸음에서는 의사가 없는 괴물과는 다른, 인간과 같은 지성이 느껴지는 기분이 든다.

메리다는 장검의 끝을 들이밀며 태세를 갖추고 나타날 그림자를 기다렸다. 다이아몬드처럼 예리한 빛이 어둠을 밀어내고,

그 경계에 누군가의 모습이 다가온다.

먼저 보인 것은, 어둠 속에 떠도는 푸른 불길이었다.

"선생님……?"

메리다의 입술이 무의식적으로 중얼거렸다. 그러나 직후, 눈에 비친 광경이 모든 사고를 날려 버렸다.

빛의 경계에 우선 발이 파고들었다. 날씬하고도 탱탱한 다리. 바람에 휘날리는 의상. 잘록한 허리에 매혹적인 상체. 연상이지만 애교 있는 미모에── 윤기가 흐르는 붉은 머리카락.

메리다가 부들부들 떨며 뒤로 물러섰다. 그럼에도 그녀는 빛의 안쪽에 머물고 있었다.

"로제티 님……?!"

"…………."

그녀는 대답하지 않는다. 애당초 진짜 본인인 걸까? 로제티는 대량의 피를 흘리고 죽었다. 그 상태에서 살아 있을 수 있는 쪽이 이상하다── 정상적인 인간이라면.

화아악. 로제티의 왼쪽 눈이 푸르게 빛났다. 눈에서 불길이 나부낀다. 살짝 숨을 내쉬면서 벚꽃색 입술을 열었다. 평소의 그녀에게는 없던 송곳니가 날카롭게 돋아 있다.

틀림없는 그녀의 목소리가 냉기를 동반한 바람과 함께 휘몰아쳤다.

"피……요해……."

"네……?"

"피가 필요해……. 피를…… 내놔!!"

메리다의 뇌리에 벼락이 내리쳤다.

언젠가 악몽 속에서 신음하고 있었던 목소리가 누구의 것이었는지. 요 며칠간 메리다의 일상을 일그러뜨린 것이 누구의 소행이었는지, 이 지경에 이르러 간신히 이해한 것이다.

"로제티 님이?! 티치카를 습격한 것도, 교회 아이들을 그렇게 만든 것도, 엘리를…… 당신의 제자를 재운 것도 전부 로제티 님의 소행이었다는 말이에요?!"

그녀 역시 메리다의 질문에 답하지 않는다. 대신 어둠의 주인이 폭소했다.

『크하하하! 유쾌하군! 의심암귀에 놀아나는 너희 꼴이 정말 우습구나! 하나 《신의 아이》여, 프리켓의 딸을 비난하지 마라. 저 녀석은 아무것도 몰랐으니까.』

"뭐……?"

『본인조차 자기가 뭘 하고 있었는지 깨닫지 못했었다는 말이다……. 그 녀석은 진실로 습격자에게 분노하고 있었어. 형제들을 다치게 한 자를 원망하고 있었다……. 그게 거울에 비치는 자기 자신이라고는 생각도 못하고 말이지!! 크하, 하하하!!』

화악. 로제티의 손가락에서 불길이 뽑혀 나왔다. 대체 무슨 처치가 되어 있는지 상상도 할 수 없는 그것은, 메리다의 스승과 완전히 같은 푸른빛이었다.

『흐음.』어둠의 주인이 탁한 공기 속에 한숨을 섞었다.

『수다가 좀 과했던 것 같군. 태세를 갖춰라! 《신의 아이》여. 지금 저 녀석은 네놈이 아는 프리켓의 딸이 아니다. 산자의 피를 마시는 악한 권속이니라!!』

화륵!! 로제티는 그 전신에서 푸른 불길을 분화시켰다. 일찍이 체감한 적 없는 맹렬한 압력에 메리다는 벌벌 떨었다. 그리고, 무의식적으로 눈부신 불길을 해방했다.

──그 생존본능이 메리다의 목숨을 구했다. 로제티가 서 있는 모습이 흔들리고, 사라졌다──고 생각한 직후 메리다의 몸은 기역자로 구부러져 있었다. 뒤늦게 몸통에 박히는 가냘픈 주먹. 격렬한 진동이 전신에 전파됨과 동시에 확산했다.

충격파를 원환형으로 퍼뜨리면서 메리다의 몸은 후방으로 날아갔다. 아까 있었던 아득한 저 내부로 다시 날아간 메리다는 물보라를 높이 튀기며 굴렀다.

마나를 최대한으로 방어에 돌리지 않았다면 지금의 일격으로 사지가 뿔뿔이 흩어졌을 것이다. ──하지만 그것은 치명상을 겨우 피했다는 의미에 불과하다.

"커억…… 하아……!!"

메리다의 온몸에서는 저항할 힘이 송두리째 날아가 버렸다. 상체를 일으키는 것조차 마음대로 안 되어 차갑고 딱딱한 바위면에 사지를 널브러뜨리고 있다.

스테이터스가 우세하다── 그런 차원의 이야기가 아니다. 메리다는 지금까지 스승인 쿠퍼가 진지하게 싸우는 것을 여러 번 보았다. 배운 지 얼마 안 됐을 무렵엔 웅웅 거리는 바람밖에 느끼지 못했던 메리다도 최근엔 간신히 잔상의 끝을 포착할 수 있게 되었다.

그런데도 조금 전 로제티의 속공은 상식을 벗어나 있었다. 인간을 초월한 정도가 아니라 인간을 포기한 수준이었다. 기술을 극한까지 올리면 어떻게 가능하겠다 하는 영역이 아니다.

"스테이터스가…… 한계를 돌파한 건가……?!"

저도 모르게 엉뚱한 공상이 입술에서 흘러나왔지만 그렇게 생각할 수밖에 없다. 그렇지 않으면 대체 어디의 누가 인간의 몸으로 한계를 넘은 힘을 행사할 수 있다는 말인가.

끈적거리는 물보라를 일으키며 죽음의 발소리가 다가온다. 메리다는 이미 그것을 눈으로 볼 수조차 없었다. 엘리제의 장검은 어딘가에 떨어뜨리고 말았다. 시야는 어둠에 갇히고, 스스로 일어설 힘조차 없어 닥쳐오는 《죽음》을 기다릴 뿐——.

살아라. 누군가 그렇게 말한 기분이 들었다. 사슬에 묶여 질질 끌려가는 것처럼 메리다의 오른손이 움직였다. 부들거리면서 지면을 짚고 까무러칠 것처럼 천천히 상체를 일으킨다. 대체 자그마한 자신의 몸 어디에 이런 힘이 남아 있었던 것일까.

떨면서 얼굴을 드니, 어둠 속에 붉은 머리와 푸른 불길의 색채가 밴 광경이 보였다.

『잘했다, 프리켓의 딸. 자, 마셔라! 이번에야말로 목숨을 다 빨아들여! 눈이 보이지 않는 이 나에게 피의 향기를 바쳐라. 놈의 제자를 첫 번째 제물로 삼는 거다!!』

"…………."

로제티는 여전히 의사가 없는 눈동자로 천천히 양 손가락을 뻗어왔다. 메리다에겐 아직 그것을 피할 만큼의 기력도 체력도 돌아오지 않았다. 날붙이처럼 뻗은 손톱으로 대체 로제티는 어떤 처형을 행할 생각일까. 목구멍을 찢을 셈인가, 머리를 자를 셈인가 혹은 심장을 도려낼 셈인가——…….

이때, 흐릿한 메리다의 시야를 푸른빛이 가득 메웠다. 완전히 식어 있던 몸에 열을 가져오는 광채. 잠들기 시작했었던 영혼이 뺨을 얻어맞는다. 다소나마 선명해진 청각을 낮은 목소리가 기분 좋게 진동시킨다. 이 순간 뺨을 흘러내린 것의 정체를 메리다는 금방 깨달았다.

"선, 생님……!!"

눈앞에, 메리다가 애타게 기다리고 있었던 사랑하는 청년의 등이 있었다. 메리다와 로제티 사이에 끼어들어 로제티의 두 손목을 붙들었다. 뿌리치려고 하는 인간을 초월한 엄청난 힘을 더 강한 악력으로 누른다. 로제티의 무표정에 처음으로 변화가 생겼다.

"로제, 정신 차려!!"

"……으윽……!"

"본능에 현혹되지 마! 너는 어둠의 주민이 아니야. 인간으로 지낸 기억이 너를 붙들어 매 줄 거야. 떠올려! 지금의 너를 사랑하는 사람들을!!"

"……오, 빠……아…………!!"

머리가 갈라질 정도로 고개를 세게 흔든 로제티는 쿠퍼의 팔을 힘껏 뿌리쳤다. 그대로 강렬하게 지면을 걷어차 동굴 안쪽으로 순식간에 도망친다.

뒤따라가지 못하고 쿠퍼는 힘없이 팔을 내렸다. 아직 긴장은 풀리지 않았다.

『나타났군, 빙왕……! 감히 결정적인 장면을 잘도 잡쳐 줬구만.』

어둠의 주인이 아직 남아 있었다. 질량을 동반하는 어둠을 걸친 그는 동굴 안쪽으로 천천히 뒷걸음질 친다. 귀에 거슬리는 쉰 목소리가 소실되기 직전까지 쿠퍼를 조소했다.

『하지만 소용없다……. 7년 묵은 갈증에는 거역하지 못해. 내일은 성대한 의식이 있다……! 저 여자가 내 부하가 되는 것을 그 무시무시한 모습으로 그늘 속에서 보고 있거라……────』

불쾌한 기운이 점차 옅어지며 어둠으로 빨려 들어갔고, 곧 완전히 사라졌다. 즉시 시야가 맑아진 것 같은 기분마저 든다. 시냇물의 음색이 시원하게 울린다. 습한 공기를 폐에 넣으면서 메리다는 다시 얼굴을 들었다. 사지를 죄는 압력도 지금은 어둠의 저편이다.

"쿠퍼 선생님……?"

조용히 부른 순간 군복의 뒷모습이 희미하게 떨렸다. 나부끼는 옷자락에 은색 인광(燐光)이 쏟아져 내린다. 메리다는 자신의 손가락에도 떨어진 그것을 보고, 싸늘한 숨결을 터뜨렸다.

그의 머리카락이 희고 길었기 때문이다. 그러나 메리다는 그 단단한 등을 통해 금방 사랑하는 사람임을 알았다. 동시에 그 육체 내부에서 필사적으로 억누르고 있는 분출 직전의 에너지에, 마나 능력자 특유의 감각이 파르르 떨었다. 조금 전 보통 사람을 초월한 로제티와 동등── 아니, 그 이상의 압력이 당장에라도 공간에 균열을 일으킬 것만 같다.

"모습이 왜⋯⋯?"

메리다가 손을 뻗은 순간 손가락 끝에서 옷자락이 훌렁 달아났다.

쿠퍼는 한마디도 해 주지 않고, 그러기는커녕 메리다의 얼굴도 보지 않고 어딘가로 가려고 했다. 안 된다, 그냥 보낼 수는 없다! 그의 군복이 동굴 안쪽에 녹아들기 직전, 메리다는 왼팔을 내뻗었다. 가슴을 애태우는 감정이 온몸의 신경에 전류를 퍼뜨린다.

"잠깐만요, 선생님!!"

벌떡 일어나자마자 메리다는 뛰기 시작했다. 여기서 놓치면 두 번 다시 쿠퍼를 볼 수 없을 것 같은 예감이 들었다. 설사 몸이 썩는다 해도 좋다, 영혼만 저 사람 옆에 바싹 붙으면 된다. 가슴에 켜진 불꽃은 눈 깜짝할 사이에 손발을 타오르게 했다.

발밑에서 소리높이 물보라가 튄다. 얼마나 뛰었을까──.

도중에 반짝 빛나는 물체를 발견했는데, 바로 아까 손에서 놓쳤던 엘리제의 장검이었다. 주워들어 이슬을 털고 칼집을 찾아 조용히 수납한다.

그런데 그 순간. 더 집어넣을 마나도 변변히 남아 있지 않는데 도신이 스스로 빛을 발했다. 강철 내부에 잔류하는 마음──백은의 마나가 등대같이 전방을 비춘다.

불빛이 비치지 않았다면 모르고 지나쳤을 것이다. 동굴 벽에 작은 굴이 하나 나 있었다. 메리다가 장검을 들자 길잡이의 빛은 터널 입구에 내려 그 심부까지 파도처럼 치닫는다. 맨 안쪽의 막다른 곳을 비추고, 거기서 불길은 완전히 사그라졌다.

사촌 자매의 검이 길을 개척해 주었다. 그곳에 발을 내디디는 건 메리다 자신의 용기다.

장검을 허리에 차고, 신중히 단차가 있는 곳에 첫걸음을 내디딘다.

순간 무시무시한 압력이 피부를 찔렀다. 기척을 지우는 법과, 그 정반대인 위압감을 발하는 법. 둘 다 평소 메리다가 눈으로 봐 온 일류 가정교사의 것이다. 좁은 길의 막다른 곳에 순간적으로 보인 백발의 번쩍임이 무엇을 나타내는지는 더 의심할 여지도 없었다.

"……선생님?"

"오지 마."

딱딱한 목소리가 메리다의 발을 붙들어 맸다. 꿀꺽 침을 삼키면서 발소리를 죽이고 다시 한 발자국.

"오지 마!!"

움찔, 메리다의 몸이 움츠러들었다.

심연에서 세차게 불어오는 적의의 바람은 이제 몸이라도 찢어발길 것 같았다. 메리다는 가냘픈 팔다리를 덜그럭덜그럭 떨면서도, 진지하게 그의 선의에 대고 물었다.

"가, 가면 어떻게 되는데요?"

직후, 짐승의 포효가 메리다를 날려 버렸다.

예고도 없이 자신을 덮친 돌풍에 눈 깜박할 틈도 없이 벌렁 넘어졌다. 체중을 실어 깔고 앉아 메리다의 사선(死線)에 칼끝을 휘감고 있는 청년은 틀림없이 그녀가 사랑하는 사람이다. 왼팔에 닿은 손가락 끝은 나이프보다 단단한 살의를 걸쳤고, 시선은 차갑고 날카롭다.

　"서……선생님……?"

　사람에게는 다양한 얼굴이 있기 마련이다. 그러나 1년이 넘게 그의 얼굴을 좇은 메리다가 이런 눈동자로 응시당한 것은 처음. 마음의 껍데기가 눈보라에 노출된 것처럼 얼어붙었다. 그러나 그 중심에서 타오르고 있는 그에 대한 마음이 걱정을 날려 버린다.

　메리다는 입술을 꽉 깨물고, 아무 저항도 하지 않고 그를 올려다보았다. 대체 쿠퍼는 무슨 마음을 먹었기에 이러는 것일까. 그는 비어 있는 손바닥을 제자의 이마 위에 바짝 댔다.

　저주의 힘이 섬세한 손가락을 타고 현실의 냉기가 되어 메리다의 피부를 덮쳤다. 본능적으로 공포가 솟아오른다. 그의 손바닥은 제자의 머리를 꽉 쥐고서 놓아주려고 하지 않는다.

　"서, 선생님, 무슨 짓을……?!"

　"아가씨, 지금부터 당신의 기억을 동결, 휴면시키겠습니다."

　말투만은 평소와 똑같은 상태. 엄니를 힐끗 비친 그의 입가가 판결을 읊었다. 길게 늘어뜨린 앞머리 속에 그의 눈동자가 보인다. 푸른 불길이 사자를 배웅하는 도깨비불같이 나부낀다.

　"거친 수법이지만 제 아니마라면 할 수 없는 일은 없습니다.

당신의 기억 속에 있는 저의 존재를 통째로 동결해 마음속 깊은 곳에 가두겠습니다."

"네에……?!"

"이 모습을 들킨 이상 그냥은 보낼 수 없습니다. ──안심하십시오, 통증도 후유증도 없습니다. 그냥 저와 만난 그날로 돌아가 '처음 뵙겠습니다.'를 다시 하는 것뿐입니다."

즉, 그날부터 쌓고 쌓아온 말도, 감정도, 맞닿은 피부의 온기도 두 번 다시 건져 올릴 수 없는 벼랑 저편으로 사라져 버리는 것이다── 메리다의 양팔이 튀어 오른 건 사고의 결과가 아니었다. 전류보다 세고 빠르게 소녀의 마음이 경종을 울린다.

"그, 그런 건 싫어요!!"

"안심하십시오. 당신이 모두 잊어 버렸다 해도 저는 가정교사를 관두지 않습니다. 제가 당신의 가정교사를 계속하려면 이것은 불가피한 일입니다."

열네 살의 없는 힘을 짜낸 손가락은 그의 팔 하나도 꿈틀대게 하지 못했다.

마음을 바꾸라고 재촉하려면 언어의 마력이 필요하다. 무쇠 같은 청년의 팔을 양손으로 붙잡는 한편 메리다는 혀와 입술로 본심을 표출시켰다. 형식을 갖추고 있을 여유는 없다.

"선생님은 무섭나요?!"

움찔. 이마에 닿은 손가락에 떨림이 전해졌다. 사냥감의 급소에 낫을 들이대 놓고도, 청년의 입술이 다물어진다. 뜻밖에도 순순한 수긍이 돌아왔다.

"……이 모습을 받아들여 준 사람은 없습니다. 저도 어머니도 옛날부터 어디에 있어도 더러운 괴물 취급을 받았습니다. 누구도 호의를 주지 않고, 목숨을 잃고, 죽어서도 모독당합니다."

아아, 그렇구나. 쿠퍼는 무언가 깨달은 모습이었다.

눈썹을 일그러뜨린 그 미모는, 연하의 메리다가 보기에도 눈물이 날 것만 같았다.

"저는 당신이, 아가씨가 그런 눈으로 저를 보는 게 무섭습니다. 그 고귀한 눈동자로부터 날카로운 빛을 받으면 제 영혼이 갈가리 찢어질지도 모릅니다. 용서하십시오, 아가씨. 이것은 임무도, 사명도 아니고—— 단순한 제 이기심입니다."

선생님이 지금 무척 감상적이게 되었구나——하고 메리다는 바로 이해했다.

무중력 종유동에서 데이트했을 때의 인상을 메리다는 아직 기억하고 있다. 그때 그는 아이같이 즐거워했었다. 또 지금은 길을 잃은 아이같이 조바심을 내고 있다. 두 감정의 공통된 부분은 그의 기억이다—— 역시 쿠퍼는 이 마을에 대해 예전부터 잘 알고 있다.

메리다는 그의 팔을 잡은 손에 힘을 빼기로 했다. 대신 편 손바닥을 똑바로 뻗었다. 자신을 덮어 누른 매서운 뺨에 아슬아슬하게 닿을락 말락 하는 손가락.

그러나 가까스로 닿은 손가락 끝에는, 메리다의 만감이 랜턴처럼 켜져 있다.

"선생님. 설령 전 세계가 의심해도 저만은 당신의 편이에요."

"……!"

"그러니 선생님도 믿으세요. 제가 당신을 믿고 있다는 것을."

언젠가 메리다의 마음을 갈랐던, 쿠퍼가 해 주었던 말이다. 껍데기 속에서 찌부러질 뻔했었던 소녀를 구한 그 목소리가 시간을 돌아 그에게로 돌아간다. ──그것이 바로 기억의 힘이지 않을까.

"앞으로도 제 가정교사로 있어 주실 거라면 당신의 가르침을 거짓으로 만들지 말아 주세요."

손가락 끝을 통해 간절한 소망을, 눈빛을 통해 엄숙한 소녀의 마음을 전한다. 그의 손바닥에서 얼음 같은 의지가 약해진 기분이 들었다. 이제 메리다는 그것을 무리하게 떼어 내려고 하지 않는다.

"……난처하게 됐군요."

좀처럼 하지 않는 나약한 소리를 하고서 그는 자기 말마따나 쓴웃음을 지었다. 이마에서 미끄러지는 손바닥이 금색 머리카락을 빗는다. 그 손끝에 있는 것은 시린 주술이 아니라 눈 녹는 사랑이었다.

하지만 그 애정으로 몸을 녹여 주었냐 하면 그렇지는 않고, 쿠퍼는 단숨에 체중을 실어 메리다를 덮쳤다. 머리를 끌어안고 뺨을 예뻐해 주는 정도라면 그래도 기분 좋게 끝나겠지만, 청년은 소녀의 목덜미를 조이며 응석을 부렸다.

"꺄아악…… 서, 선생님…… 으으으."

메리다는 팔다리를 내팽개치고 그저 몸부림칠 수밖에 없었지만, 그래도 작년보다 살짝 성장한 소녀의 마음이 "지금이 찬스야!"라고 열심히 부채질한다. 공포의 겨울은 끝나고, 순식간에 심장은 고동을 키웠다. 포개진 피부가 제한 없이 상대에게 온기를 전해 숨을 뜨겁게 만든다.

메리다는 어깻죽지에 있는 그의 머리를 지금이라는 듯이 부둥켜안았다. 평소라면 결코 이뤄질 수 없는 자세와 위치. 손가락으로 빗은 기다란 머리카락은 가랑눈 같은 하얀 인광을 퍼뜨렸다.

"저, 저는 평소의 검은 머리카락도, 지금 이 하얀 머리카락도 아주 좋아요……!"

"……아가씨."

"어, 엄니도 와일드하고 멋있어요. 그, 그리고 투명한 피부도 ──."

애타는 연정이 메리다의 등을 쭉쭉 밀었다. 바로 앞에 있는 그의 이마에 과감히 입술을 대고 '쪼오옥' 빨아들인다. 저도 모르게 중독이 되어 연달아 두 번, 세 번. 울려 퍼지는 달콤한 소리.

얼굴을 뗀 메리다는 이미 녹아 버릴 만큼 새빨개져 있었다.

"키, 키키, 키스하고 싶어질 만큼, 사모해요…… 하으으으……!!"

"……이런, 참 상스러운 아가씨군요. 공작 가문 영애가 해서는 아니 될 행동입니다."

쿠퍼가 본인의 행동에 대해서는 완전히 모른 척하자 메리다는 저도 모르게 달콤한 분위기를 잊어 버렸다.

"서, 선생님이 먼저 껴안았잖아요오오오~~~~!"

"저는 괜찮습니다. ──태어난 곳도, 자란 곳도 천하고 상스러운 야계 사람이니까요."

메리다는 어리둥절했다. 사랑하는 사람의 익살맞은 음색에 희미한 애수가 들어 있었기 때문이다.

명민한 소녀의 눈빛에 청년은 응했다. 자조하듯 웃고서, 말한다.

아마도 두 사람의 인연을 새로운 스테이지로 인도할 말을.

"저는 당신의 천적. 란칸스로프와의 하프입니다. 기사 공작 가문 아가씨."

쿠 퍼 방 피 르

클래스:뱀파이어

HP	??????	MP	?????	AP	?????
공격력	????	방어력	????	민첩력	????
공격지원	—	방어지원			
사념압력	???%				

주 요 스 킬 / 어 빌 리 티

재생능력Lv?? / 권속화(眷屬化)《피의 자비》LvX / ???Lv?? / ?????Lv?? /
피의 억제LvX / ????:???? / ?????? / ??:????? / ?:??? / ?????:????

메 리 다 엔 젤

클래스:사무라이

HP	1666	MP	158		
공격력	162(136)	방어력	132	민첩력	177
공격지원	0~20%	방어지원			
사념압력	22%				

주 요 스 킬 / 어 빌 리 티

은밀Lv3 / 삼안Lv2 / 자연비Lv3 / 역경Lv2 / 항주Lv2 / 환도삼차(幻刀三叉)·절풍아(絕
風牙) / 발도주기(拔刀紬伎)·연성(連星) / 천도술(千刀術)·산앵(散櫻)

FILE.02 거대 식물의 숲

지하 공동의 입구를 메우는 울창한 밀림은 블로섬 프리켓 후작에 의한 식물개량의
부산물로서 알려져 있다. 하지만 그 일각에 괴물의 은신처가 존재하고 있었음을 생
각건대 지나친 유전자 개량은 그것을 위장하기 위함이 아니었을까.
적은 주민들의 발밑에 숨어서 지저에 뿌리를 꾸준히, 더 널리 내리고 있었다.

LESSON : VI ~유구한 결혼식~

——7년 전 샹가르타. 그날 지저도시는 업화에 휩싸여 있었다.

소용돌이치는 것은 죽음과 살육이라는 이름의 어둠이다. 건물은 붕괴되고, 동굴의 벽은 무너져 천장에서 쏟아지는 큰 바위가 번화가를 두 동강이로 분단했다. 그 아래에 깔린 무언가로부터 붉은 액체가 흘러나왔다. 여기저기에 튄 혈흔도 눈에 띈다.

핏줄기 하나가 또 올라왔다. 이 참극 속에 움직이는 자라고는 상반신이 검게 녹은 기분 나쁜 인간뿐이었다. 짐승 같은 울음소리와 함께 갈고리발톱을 내려치면, 길가에 널브러져 있는 시체에서 분수 같은 물보라가 터져 나왔다. 검정을 빨강으로 물들이면서 추악한 짐승은 시체를 베어 물었다. 이 세상의 것이라곤 생각되지 않는 환희의 절규가 하늘을 꿰뚫는다.

이윽고 검은 인간은 흠칫 얼굴을 쳐올렸다. 무언가를 감지한 것이다. 시체를 던져 버리고, 오로지 후각을 따라 구르기 시작한다. 갈고리발톱을 척 들고 울부짖으면서 돌진해 온 그 몸통을——.

둔탁한 소리를 내며 두꺼운 무언가가 꿰뚫었다. 나뭇가지처럼 울퉁불퉁하고 긴 《다리》로 보이는데, 그것에 의해 허공으로 끌어 올려진 검은 인간은 그대로 습격자의 곁으로 끌려갔다. 몸의 중심에 거대한 구멍이 뚫린 검은 인간의 발버둥은 더욱 거세졌다. 만약 그 머리에 달린 반딧불이 안구라면, 검은 인간은 마지막 순간 어둠 속에 빽빽하게 돋아 있는 괴물의 이빨을 보았을 것이다.

콰직. 검은 물보라가 흩날린다. 살과 뼈를 동시에 씹어 으깨는 무시무시한 소리. 검은 인간의 사지는 어둠에 휩쓸리듯 축소되어 갔고 이내 구두 한 켤레만이 그 자리에 떨어졌다.

만족한 듯이 어둠 그 자체를 걸친 거대한 그림자가 무겁게 꿈틀거린다.

『나쁘지 않아……. 이걸 내 주식으로 삼는 것도 좋을지도 모르겠군…….』

남성의 쉰 목소리가 울려 퍼지는 그 옆에 한 인간이 웅크리고 앉아 있다. 정상적인 외모에 고급 슈트를 입었다. 두 눈에서 줄줄 흘리는 눈물이, 상식적인 이성을 남겨 두고 있음을 가르쳐 준다. 아몬드 색 머리카락을 헝클어뜨리고 겨우겨우 아우성을 질렀다.

"아아아……!! 아이들아! 아이들아아! 어찌 된 일이냐……!!"

그곳은 교회 앞마당이었다. 벽과 울타리는 무너지고, 식물과 꽃을 불길이 핥고 있다. 여기저기에 널브러진 커다란 잡동사니 옆에 자그마한 인간들이 쓰러져 있었다. 열 살 전후의 소년 소녀다. 모두 같은 셔츠와 원피스를 입고, 사이좋게 그 옷을 전부 핏빛으로 물들였다. 형제를 부르는 목소리도 없고, 아버지를 쳐다보는 눈동자에 빛은 없다.

현인이라고 불리는 블로섬은 숨이 끊어진 아이 하나를 필사적으로 끌어안고 있었다.

"그래서 나는 막았던 거야! 이론은 확실할지언정, 이런 끔찍한 실험이 성공할 리가 없잖아! 설마…… 《밤의 독》을 도시 전체에 뿌릴 줄이야!!"

『닥쳐라, 블로섬……. 네놈에겐 잿더미 속에서 건져 올린 한 줌의 열매가 보이지 않느냐?』

어둠의 주인은 울퉁불퉁한 다리를 뻗은 다음 블로섬의 팔에서 시체를 강탈했다. 재빨리 뻗은 아버지의 손끝은 직전에 허공을 갈랐다. 괴물의 다리에서 힘차게 날아간 무언가가 먼 어딘가에 처박히고 피가 튀었다.

아이를 떼어놓은 다리를 블로섬의 뒤로 돌리고 어둠의 주인은 자기 입가로 힘껏 당긴다.

『분명히 밤의 인자를 제어하는 데에는 실패했다. 하지만 그 타이밍을 생각해 봐라……! 네놈의 《사랑스러운 그것》은 독을 방출해 궁지에 벗어났어……. 생존한 거다, 그렇지……?!』

"그…… 그건 그렇지만, 그……."

『걱정하지 마라, 블로섬. 이제부터 이 땅은 루 가루가 빈번히 출몰하게 될 거야……. 하지만 그것은 즉 정기적인 《재료》가 손에 들어온다는 뜻이다……. 우리의 연구는 보다 더 높은 경지로 오를 것이다……!! 오늘은 축복의 날일지니!!』

블로섬은 황급히 뒤돌아보고 아직 마을을 배회하는 검은 인간

들의 실루엣을 발견했다. 가까스로 남아 있는 산자들의 절망의
비명도 들렸다.

"이런 악몽이?! 앞으로도 계속된단 말인가……?!"

『유행병이라고 생각해, 세상을 속여라! 이미 익숙한 일 아니
냐…….』

"……."

『현인의 말이니 아무도 의심 안 할 거다. 네놈이 '병'이라고
하면 이 땅에 스며든 밤의 독은 병의 씨앗으로 바뀌는 거야. 마
나 능력자가 아니면 태워 없앨 수도 없어. 범인(凡人)들은 눈치
채는 것조차 불가능하지! 네놈에게 이제 되돌아갈 길은 없다,
블로섬……!!』

남자의 다리가 부들부들 떨렸다. 일어난 참극과 사라진 마을
사람의 목숨, 그 모든 중압을 짊어지기에 그의 등은 너무나 작
다. 손발이 삐거덕거리고 영혼에 균열이 생긴다. 산산이 흐트
러진 그 정신이 마침내 가리가리 찢어 발겨지기 직전── 드르
륵, 기왓조각이 무너지는 소리.

교회 앞마당에 시체 하나가 일어나 있었다. 남자로, 머리카락
이 검다. 그의 옷 또한 예외 없이 붉게 물들었고, 머리에서는 선
혈이 진득하게 흐르고 있다. 그의 생사를 분명히 확인했던 블로
섬은 결국 이 단계에서 이성이 무너졌다.

"시, 시체가 움직였어?! 히이익, 괴괴, 괴물이다!! 으, 으아아
아아악!!"

어둠의 주인의 가랑이를 빠져 나간 그는 쏜살같이 도망친다.

불길과 검은 연기가 오르는 도시에는 지금도 대량의 루 가루가 배회하고 있지만, 진짜 망령을 상대하는 것보다는 나으리란 생각에.

블로섬의 비명이 멀어지고 사라진 후, 반대로 여유를 보이며 자리를 지킨 어둠의 주인은 망령의 정체를 냉정하게 간파하고 있었다. 이내 흑발의 남자는 "쿨럭!" 하고 피를 토하기 시작했다. 요컨대 심장이 움직이고 있고, 뇌에 피가 돌고 있다── 살아 있는 것이다.

『란칸스로프의 하프인가……! 내가 놓쳤었군. 아주 잘 섞여 있었어.』

어둠의 주인은 거대한 그림자를 꿈틀거리며 이동해, 특등석에서 검은 소년을 관찰했다. 추측한 대로 란칸스로프의 강인함 덕에 생사의 경계에서 되살아난 소년은, 불안한 발걸음으로 어딘가 가려고 했다. 어둠의 주인의 눈이 흥미진진해 보이는 빛을 띤다.

『어디로 가지? 어디로 가느냐……?! 이 나한테 보여 주어라…….』

"……으."

검은 소년은 당장에라도 쓰러질 듯한 걸음걸이로 한 발 한 발 무거운 발소리를 내다 이내 앞으로 고꾸라져 무릎을 꿇었다. 겨우 손이 닿는 거리까지 이동한 끝에는, 귀여운 붉은 머리의 소녀가 있었다.

소년과 마찬가지로 대량의 피를 흘리고 있으며 중상이다. 그러나 어둠의 주인은 『호오.』하고 감탄했다.

『그 계집애만은 살아 있군……. 하나 금방 죽을 거다! 어떡하 겠느냐? 음? 어떡할 거지?!』

“…………미안, 로제.”

검은 소년은 어둠의 주인과 대화를 하지 않았다. 붉은 머리의 소녀의 몸을 천천히 덮은 다음 그 하얀 꽃실 같은 목덜미를——덥석 물었다. 날카롭게 자란 엄니를 세워 루비 같은 피의 구슬을 떠오르게 한다. 소녀의 사지가 움찔했다. 손가락 발가락이 경련하기 시작한다.

직후 소년의 머리카락이 뿌리부터 새하얗게 물들었고 어둠의 주인은 감탄사를 질렀다.

『네놈, 뱀파이어구나!! 과연, 그 계집애의 피를 마심으로써 자기의 권속으로 만들어낼 셈이군……. 확실히 그 생명력이라면 피안조차 넘을 수 있을 테지. 한데 괜찮겠느냐……?』

“………!”

『그 계집은 이제 해소할 길 없는 흡혈 충동에 시달리게 된다……. 인간을 먹는 괴물 신세가 된 거야! 앞으로 어디 살 데가 있을까……? 너희 남매를 받아줄 장소가 이 세상 어디에 있겠 냐는 말이다……?!』

“어디든 상관없어.”

처음으로 소년은 대답하고, 소녀의 목덜미로부터 몸을 일으 킨다. 입술을 물들이는 주홍색이 한 방울 떨어졌다.

“죽음 때문에 헤어지는 것은 이제 질색이야. 살아줘, 로제……!!"

이때 총성이 울렸다.

어둠의 주인의 등에서 핏줄기가 튀고, 고막을 찢어버릴 듯한 절규가 울려 퍼졌다. 교회의 무너진 벽으로부터 뛰어들어온 것은 세 명의 인간이었다. 어두운색 군복이 검은 연기를 안고 춤을 춘다.

"죽여라!!"

장대한 리볼버를 든 중심의 남자가 명령했다. 좌우의 두 명이 사라지듯이 움직이고, 각자 롱 소드와 메이스를 뽑아 들었다. 맹렬한 바람이 교차하듯이 무기가 번쩍이고, 어둠의 주인의 거구에서 핏줄기가 십자 모양으로 뿜어져 나왔다. 지체 없이 양 사이드에서 공격을 거듭 가하고, 무시무시한 돌풍이 앞마당에 소용돌이쳐 기왓조각마저 날려 버렸다.

『으윽! 우, 우오오오오오오오오!!』

직후, 어둠의 주인을 중심으로 사신의 낫이 난무했다. 정확히 말하면 울퉁불퉁한 긴 다리가 수도 없이 튀어나와 주위를 마구 베어 넘겼다. 첫 번째 희생자는 곧바로 머리가 찢어 발겨져 죽었다. 두 번째 희생자는 정면의 일격을 막아내는 동안에 등을 꿰였다. 핏줄기와 함께 전사.

그리고 세 번째, 리볼버를 든 남자는 재빨리 옆으로 뛰었다. 그 허리를 낫의 날 끝이 깊숙이 도려낸다. "커흑!" 피를 토하면서 그는 낙법도 치지 못하고 바닥을 굴렀다.

숨 돌릴 틈도 없이 어둠의 주인의 거구가 민첩하게 움직였다.

지면에 구멍을 내면서 남자의 위로 뛰어들어, 치켜든 두 개의 다리를 가차 없이 내리꽂는다. 남자는 몸을 비틀었다. 지면 위에서 필사적으로 발버둥 쳤다. 그 팔, 다리, 어깨를 피에 젖은 낫이 연거푸 도려냈다.

어둠의 주인이 겨우 찌르기를 마치고 목이 날아가기 직전의 사냥감을 내려다보았다. 씨익, 치켜 올라간 입가에서 강력한 산성 타액이 흘러나왔고, 그것은 지면을 증발시켰다.

군복이 구멍투성이가 된 남자는 남다른 정신력으로 오른손에 리볼버를 붙들고 있었다. 입속에 머금어버렸던 담배를 "카악!" 하고 피, 재와 함께 내뱉었다.

"아이고…… 《테스터먼트》 급이었냐……!"

『그래, 이 대지를 다스릴 자의 한 사람이다……. 너희 조그만 인간이 당해낼 상대가 아니야.』

어둠의 주인은 얼굴을 뒤로 훅 물리고, 동시에 다리 하나를 천장 높이 들어 올렸다.

『하지만 칭찬해 주마, 지긋지긋한 마나 능력자 놈들아. 잘도 인간의 몸으로 이 나에게 상처를 냈어……! 좋아, 다음 연구대상이 정해졌군……. 마나다!! 천적의 힘까지 이 수중에 넣고 말겠다……. 영광으로 알도록, 네놈이 바로 그 최초의 제물이 되는 거니까……!!』

상황이 이쯤 되자 결국 남자의 입가도 괴로움에 일그러졌다. 어둠의 주인의 눈이 잔학하게 빛났――.

직후, 그 오른쪽 안구가 터졌다. 내려친 앞다리는 엉뚱한 장소에 구멍을 냈고, 거구는 균형을 크게 잃었다. 머리부터 사지 끝까지 격통이 내달린 것처럼, 어둠의 주인은 몸을 가리가리 찢는 듯한 절규를 질렀다. 산성 타액이 사방에 튄다.

『갸아아아아아아아아아아아아악————————?!』

고통에 몸부림치는 그 머리에, 머리카락이 하얗게 변한 소년이 매달려 있었다. 손톱이 날카롭게 자란 왼손으로 머리를 필사적으로 가격한다. 악착같이 때린 세 발째에 왼쪽 안구도 터져 어둠의 주인은 더욱더 처절한 비명을 질렀다.

『안 보인다!! 안 보여어어어!! 어디로 갔지! 내 비이잏!!』

"……!"

소년은 이미 높은 파도처럼 날뛰는 등에 매달려 있기만도 벅찼다.

이어서 드높은 총성이 울렸다. 지면에 엎어진 남자가 결사의 각오로 오른팔을 쳐올리고 연달아 방아쇠를 당긴다. 있는 마나를 전부 처넣은 총탄이 제로 거리에서 거구의 복부를 터뜨린다. 결코 얕볼 수 없는 양의 피와 살점이 끝없이 흘러 떨어진다.

『끄아아아악!! 안 보인다고! 그만둬!! 그만둬어어어————!!』

전부 발사된 실린더를 빼내고 추가로 한 발만 다시 채우는 남자.

철컥, 실린더를 끼운 다음 흉악한 위력을 발하는 총구를 한 번더 하늘로.

"잘 가라, 괴물아."

사자의 포효가 울리고 거구의 등이 뚫렸다. 마지막에 발사된 그 총알은 마나의 불길을 흩뿌리면서 도시를 덮는 뚜껑까지 날아갔고, 거기서 별 가루가 되었다. 가공할 만한 위력이었다.

배때기에 큰 구멍이 난 어둠의 주인은 건너편의 경치를 남자에게 보여 주면서 거구를 축 떨궜다. 머리를 천정으로 향하고, 자잘하던 경련이 순식간에 격렬해지나 싶었더니——.

퍼어엉! 하고 터졌다. 몇천몇만은 되는 어둠의 알갱이가 되어 썰물이 빠지듯 교회에서 물러간다. 소름 끼치는 그 검은 꿈틀거림은 이내 도시 지면에 빨려 들어가, 사라졌다.

그때까지 겨누고 있었던 리볼버를 군복 남자는 오른팔과 함께 떨어뜨렸다. 우람한 가슴팍이 거칠게 오르내린다. 입에서 피를 토하면서 와이셔츠의 넥타이를 풀었다.

이윽고 어색한 움직임으로 겨우 상체를 일으킨다. 그러나 무릎에 힘을 넣으려고 한 순간 "으윽!" 하고 눈썹을 찌푸렸다. 윤곽이 뚜렷한 용모에 비지땀이 맺힌다.

"아야야…… 이거 현장은 은퇴해야겠구만……."

깊이 후벼진 허리를 시작으로 군복은 구멍투성이. 살아남은 것이 기적이다.

그 기적을 행한 신의 손바닥에서 흘러나온 목숨이 둘, 앞마당에 무참하게 널브러져 있었다. 같은 군복을 입은 동료의 시체를 잠시 바라보고, 이내 남자는 시야 밖으로 기어 나아가는 작은 존재를 알아챘다.

"……무슨 짓을 할 셈이지? 너."

하얀 머리카락을 나부끼는 하프 뱀파이어 소년. 괴물의 등에서 떨어진 이 소년도 가까스로 목숨은 부지한 모양이다. 상처투성이인 몸에 채찍질해, 붉은 머리를 지면에 퍼뜨린 소녀에게로 다가간다.

소년은 그 몸을 다시 덮고, 여동생의 이마에 손바닥을 올렸다.

"거친 방법이지만, 불가능한 일은 아니야……. 로제티의 기억을 없앨 거야……! 추억 속에 있는 내 흔적을 전부……!!"

"뭐라고?"

"내 존재를 잊으면 로제티는 그 권속이라는 자각도 없어질 거야. 그렇게 하면 이 아이는 피의 갈증에 시달릴 일도 없어……. 평범한 인간으로 있을 수 있어. 차별당하지 않고, 학대당하지도 않고, 외톨이가 아닌…… 밝은 세계에서 살아갈 수 있어."

군복 남자는 일어서려고 했지만 역시 할 수 없었다. 소년의 눈길이 이쪽을 향한다. 손끝에 붙은 푸른 냉기가, 여동생의 이마를 어루만지듯 움직였다.

"그러니 부탁이 있어. 로제티만은 못 본 척해 주지 않겠어……?! 당신은 《프란돌》의 군인이지? 원래라면 우리 남매를 붙잡아야 하잖아."

"……어쩔 수 없군. 그런데 무작정 놓아주긴 좀 그래. 그 여자애가 어떠한 계기로 권속으로서의 자각을 되찾고 인간을 습격하지 않을 거라는 보증은 없다고."

"내가 감시할게. 눈감아 주는 대신에 내가 당신 부하로 들어가 프란돌에 충성을 다할게!"

군복 남자는 할 말을 찾는 양 침묵했다. 있지도 않은 담배를 집

고 머릿속의 연기를 내뿜는다.

"내가 그걸 받아들이자면, 넌 결단코 기억의 봉인을 풀어선 안 돼. 그 아이가 빛 속에 머물러봤자 어둠 속으로 사라진 너에 대한 건 두 번 다시 생각나지 않게 되는 거지."

"상관없어."

"감사도 못 받아, 돌아봐 주지도 않을 거고. 안전한 장소에서 평온하게 웃는 저 아이를 너는 혼자 꽁꽁 언 몸으로 지켜보는 게 고작이겠지. 그래도 괜찮겠냐."

"각오한 바다."

"……어떻게 그렇게까지 할 수 있는 거지?"

남자의 눈썹이 결국 의아하다는 듯이 일그러졌다. 소년은 나이에 맞는 환한 미소를 짓고, 눈물을 흘렸다.

"행복했으면 하니까."

그때 붉은 머리 소녀의 손가락이 꿈틀거렸다.

지면에 흡수된 혈액은 돌아오지 않으나 벌써 상처는 아물고 있었다. 흡혈귀의 권속으로서 손에 넣은 강인한 생명력에 의해 순식간에 죽음의 경계에서 되살아난 것이다. 납작한 가슴이 완만하게 오르내리고, 손발에 혈색이 돌아오고, 벚꽃색 입술로 후우, 뜨거운 한숨을 내쉬었다.

"오……빠아……."

꿈이라도 꾸고 있는 걸까. 계속 감겨 있었던 눈이 떨리고, 오른팔이 힘없이 들린다. 그 손바닥을 소년은 비어 있는 손으로 잡아 주었다.

"괜찮아, 로제. 나는 계속 너를 지켜볼 거야."

이마를 어루만지는 손가락은 마치 조는 아이를 달래는 것처럼도 보였다.

"그러니 안심하고 자."

† † †

"——원래대로라면 그로써 로제티 씨의 기억은 완전히 봉인되었어야 합니다. 제가 기병단에 들어가고 7년, 늘 그녀의 동향을 지켜보고 있었습니다만 권속으로 각성할 조짐은 눈곱만큼도 감지할 수 없었습니다. ……덕분에 완전히 안심하고 말았었죠."

간단한 옛이야기를 마치고, 쿠퍼는 백발을 나부끼며 몸 앞을 들여다보았다.

정확히는 무릎 사이다. 그곳에 그의 제자가 쏙 들어가 등을 자신에게 맡기고 있다. 쿠퍼의 양팔을 자기 앞으로 감은 모습이 흡사 잘 싸인 달걀 같다.

아직 작은 시내가 흐르는 종유동 내부, 벽에 뻥 뚫린 굴의 구석. 이 열렬한 자세의 이유는 전적으로 쿠퍼를 어디로도 놓아주고 싶지 않은 마음 때문이리라.

피부를 문지르는 게 완전히 버릇이 된 것 같은 메리다가 어깨 너머로 올려다본다.

"그럼 귀족의 혈통이 아닌 로제티 님이 마나를 얻은 것은……?"

"저도 예상 못한 일입니다. 권속으로 몸이 다시 만들어졌을 때 유전자 구조에 변화가 생긴 거겠죠. 저로서는 평온하게 살아 주면 그걸로 충분했습니다만, 그 아이는 무슨 생각을 했는지 성도 친위대 꼭대기까지 올라가 버렸군요…….."

"하지만 그 덕분에 다시 선생님이랑 만났잖아요!"

아무런 근심도 없이 메리다의 표정이 환해지고, 그 눈부심에 쿠퍼는 한쪽 눈동자를 가늘게 뜬다.

"이런 나날이 찾아오게 될 거라곤 상상도 하지 않았습니다."

만약 메리다와 만난 날 쿠퍼가 일찌감치 《본래의 임무》를 완수했었다면 로제티와는 역에서 스쳤을 뿐 두 번 다시 재회할 일도 없었을 것이다. 거짓된 임무이긴 하나, 여동생과의 일상을 되찾을 수 있었던 것도 메리다의 덕인 걸까.

──아가씨. 당신의 성장과 제 교육에는 서로의 목숨만이 아닌, 둘도 없는 갖가지 것들이 걸려 있는 것 같습니다.

하지만 그 사실을 제자에게 전할 용기는 지금의 쿠퍼에게는 아직 없었다. 애당초 하프 뱀파이어라는 태생을 조직 외의 인간에게 밝히는 것조차 이게 처음이다. 더구나 그 대상이 본래의 임무── 암살 타깃이라니.

대체 몇 개의 생명선을 이 소녀에게 맡겨야 속이 풀리길래 이러는 걸까?

"선생님?"

잠자코 있는 가정교사의 얼굴을 쳐다보고 메리다는 멍하니 작은 머리를 기울인다. 비밀의 열쇠를 하나 손에 넣고 매우 흡족해하는 분위기다. 긴장감이 부족해도 너무 부족하시군요, 하고 장난치고 싶은 마음이 커진 쿠퍼는 천천히 그녀의 두 손목을 꼭 쥐었다.

"아가씨. 제가 일부러 로제티 씨의 기억을 잠재운 바와 같이, 현재 프란돌에 인간과 란칸스로프의 하프를 인정하고 받아들일 만한 분위기는 형성돼 있지 않습니다. 태생이 그러하다는 게 밝혀지면 저는 일자리를 잃는 정도가 아니라 부조리한 재판을 받고 처형될 겁니다."

"세상에······!"

"제 태생을 아는 건 소속부대의 극히 일부뿐. 그 밖에는 페르구스 공과 블랑망제 학원장은 물론 저택 사람들과 엘리제 님과 로제티 씨, 살라샤 님과 뮬 님, 쉬크잘 공작조차 모르는 사실입니다. ······절대로 입을 잘못 놀리지 않겠다고 약속하실 수 있습니까?"

메리다는 천천히, 딱딱하게 고개를 한 번 끄덕였다. 상기된 볼과 긴장된 호흡은 떠안은 비밀의 중대함 때문일까. 아니면 숨결이 닿을 정도로 가까운 얼굴 때문일까.

"약속입니다? 만약 지키지 못하면 이렇게──."

"앗······!"

메리다는 괴로운 듯이 눈살을 찌푸렸다. 쿠퍼가 느닷없이 자신의 목덜미에 키스를 했기 때문이다. 정확히는 가슴과 목 사이에 얼굴을 바짝 대고 이빨을 확 세우는 척을 했다.

무방비인 곳을 입술로 쪼고 있다는 사실이 열네 살의 동공을 녹여서 메리다는 힘껏 눈을 감는다. 사랑하는 사람의 뜨거운 숨이 새하얀 목덜미에 뿜어졌다.

"——죽여 버릴 거니까요."

"네, 네에……. 주, 죽을 때까지 비밀로 할게요……."

"좋습니다."

쿠퍼는 선선히 이빨을 물렸다. 좀 더해 달라는 듯한 제자의 눈길로부터 무심코 시선을 피한다. 이렇듯, 메리다는 매일 요염한 짓으로 가정교사를 당황하게 한다.

쿵쿵대는 고동을 알아채지 못하도록 쿠퍼는 표정을 다잡고 근심을 입에 담았다.

"문제는 역시 로제티 씨 쪽입니다. 아직 한 명의 희생자도 나오지 않았기에 망정이지, 만약 정말로 누군가의 피를 마시고 죽이고 그러면 기병단도 지금까지처럼 《감시》 같은 소리는 할 수 없게 될 겁니다."

"하, 하지만, 어떻게? 7년간 계속 인간으로 살아올 수 있었던 걸까요? 왜 로제티 님은 이제 와서 그렇게 사람을 습격하고 그러는 건가요?"

"제가 봉인한 《기억의 덮개》를 강제로 연 자가 있습니다. 저와 아가씨가 아까 이 동굴에서 대치했던 어둠의 주인……. 그리고 7년 전 샹가르타에 악몽의 씨를 뿌린 장본인. 몇 년에 걸친 조사로 판명된 놈의 이름은 《나크아》."

쿠퍼는 무릎을 세우고 앉은 채 앞을 노려보았다. 메리다는 그의 오른 무릎에 몸을 맡기고 어깻죽지에 뺨을 대면서 그 사나운

옆모습에 시선을 쏟았다.

"어둠의 저편으로부터 터무니없이 강대한 아니마를 느꼈어요……. 대체 어떤 자인가요?"

"야계의 영토에서도 상당히 고위에 있었던 란칸스로프 같습니다. 그 실력도 분명 대단하겠죠. 그렇지만 지금은 한 마리의 권속도 없이 이런 변경에 숨어 있는 것을 봐도 알 수 있듯이, 놈은 권력투쟁에 패하고 야계에서 추방된 상태입니다."

메리다는 손을 뻗어 그의 손등을 어루만졌다. 쿠퍼도 손바닥을 뒤집어 가냘픈 손가락을 문지른다. 맞닿아 있지 않으면 불안에 찌부러질 것만 같았다.

"간신히 이 땅까지 온 나크아는 블로섬 후작에게 모종의 거래를 제의했을 겁니다. 그것이 대략 10년 전의 일……. 결과적으로 블로섬 후작은 《현인》으로 유명해지고, 나크아는 잃은 병력을 보강하기 위한 환경을 얻었습니다."

"병력을…… 보강?"

"프라이드가 남다른 자가 높은 자리에서 쫓겨났을 때 어떡할 것 같습니까? 대개는 패자의 입장에 만족할 리 없습니다. 무슨 일이 있어도 복귀하려고 하죠."

메리다와 손을 맞잡는다. 바로 꺾어 버릴 수 있을 것 같은 연약함이 지금은 기분 좋다.

"블로섬 후작을 교묘한 말로 조종해…… 실로 철저한 계획에 따라 실험을 반복해 온 것 같습니다. 7년 전에 겨우 꼬리를 잡은 기병단의 부대가 파견되어 희생자를 내면서도 토벌한 걸로 여겨졌었는데…… 설마 그 상태에서 생존해 있었을 줄이야."

"저, 연수 전부터 그 자식의 목소리가 들렸어요! 선생님한테 이야기해 둘 걸 그랬나 봐요……!"

메리다가 뒤얽힌 손바닥에 꾸욱 꾸욱 힘을 넣는다. 쿠퍼는 미소 지었다.

"역시 아가씨한테도 들렸군요? 안심하십시오, 저도 그렇습니다."

"네……?"

"정확히는, 아가씨에게 전달되고 있었던 건 제가 들었던 목소리일 겁니다. 저희는 전 세계의 누구보다도 마나를 통한 유대가 강합니다. 제가 사무라이의 스킬로 명민하게 탐지했던 놈의 기척이 아가씨한테도 전달되었던 거군요. 걱정을 끼쳐 드렸습니다."

그 말에 메리다는 힘없이 고개를 흔들 수밖에 없었다. 쿠퍼는 처음부터 여태까지 형체가 없는 적과 혼자서 계속 싸웠던 것이다. 따라서 물어볼 수 있었던 부분은 그다음에 관해서였다.

"……놈은 지금 대체 무슨 일을 꾸미고 있는 건가요?"

"예나 지금이나 그 지상과제는 새로운 병력의 탐구일 겁니다. 로제티 씨에게 약혼자를 정해 주고 강제로라도 이 마을에 구속하려고 하는 것도 그 일환입니다."

"네에……?"

"블로섬 후작이 교묘하게 말했었죠? 로제티 씨의 아이도 마나 능력자다——라고. 그녀를 구속해 가정을 만들게 함으로써 샹가르타에 귀족의 가계도를 넓힐 수 있는 거지요……. 항구적으로 《마나 능력자 피험체》를 회수할 수 있다는 얘깁니다."

쿠퍼의 설명을 메리다가 따라잡는 데 시간이 약간 걸렸다. 그리고 그 말의 의미에 다다른 직후 열네 살 소녀의 머리에 피가 확 올랐다.

"고작 그런 것 때문에 로제티 님을 결혼시키려고 하는 거예요?!"

"놈에게는 인간 따윈 모형 정원을 뛰어다니는 생쥐 정도의 존재밖에 안 된다는 얘기겠죠. 그렇게 보면 성 프리데스위데 사람들에게도 이것은 결코 남의 일이 아닙니다. 구역질이 날 것 같은 시점으로 한번 생각해 보세요. 샘플이 300종류. 틀림없이 놈은 이빨에서 침을 흘리며 학생들을 형벌에 처하는 순간을 고대하고 있을 겁니다."

"…………!!"

분노인가, 공포인가, 자신에 대한 한심함인가. 메리다가 온몸을 부들부들 떨었다. 쿠퍼는 낮은 음성을 제자의 귀에 미끄러뜨리면서 거기에 괴로운 빛을 섞을 수밖에 없었다.

"제가 결단코 그놈의 뜻대로 되게 두지는 않겠습니다――라고 말하고 싶은 부분입니다만, 유감스럽게도 현재 상황은 반쯤 놈의 의도대로 계속 나아가고 있습니다."

"네에?"

"설마 로제티 씨를 이용할 줄은 몰랐습니다. 예상 밖이었어요. 보시다시피 저는 완전히 고립되어 다른 사람들 앞에 나서기도

쉽지 않습니다. 그리고 이것을 충분히 알고 있을 나크아는 계획이 완수될 때까지 절대로 제 영역에 접근하지 않을 겁니다."

메리다는 다시 사랑하는 사람의 무릎에 손을 올리고, 에둘러 묻고 있던 질문을 혀에 올렸다.

"로제티 님은 어떻게 된 거죠? 무슨 일에 이용당하는 거예요?"

"조금 전 간단히 말씀드린 것처럼 권속으로서의 자각이 강제로 개방됐습니다. 그에 따라 그녀는 요 7년간 한 번도 흡혈을 하지 않았다는 맹렬한 굶주림에 지배되어 충동이 이끄는 대로 사람을 덮치게 되었습니다. 하지만 동시에, 인간으로 지내온 이성이 흡혈행위를 거부하고 있습니다. 그 결과 피해자들은 목숨까지는 잃지 않았지만 정기를 흡수당해 혼수상태에 빠진 것입니다."

누구 하나 외상이 없었던 것이 그 증거다. 인간으로서의 자아가 권속의 본능보다 우세하다는 뜻이다. ──아직은. 언제 흡혈충동에 이성이 굴복할지 모른다.

"그리고 다시 기억을 덮으면 그녀는 자기가 무슨 짓을 하고 있었는지조차 생각나지 않게 될 겁니다……. 제 조치까지 이용한 아주 교활한 수법이지요. 게다가 권속인 로제티 씨가 힘을 끄집어내는 동안에는 제 본성까지 이렇게 질질 끌려 나오고 맙니다."

메리다는 손가락을 뻗어 얼음나라의 왕자 같은 그의 백발을 어루만졌다.

"원래대로 돌아올 수 없는 건가요?"

"돌아갈 수 없습니다. 그럴 수 있었다면 이런 위험한 상황에서 아가씨를 혼자 두지 않았겠지요. ……조금 전 약속해 주신 것처럼, 지금의 모습을 학원장님이나 학생들 앞에 드러내면 저야말로 그들에게 있어 《배척해야 할 괴물》이 되고 말 겁니다. 나크아가 의도하는 바대로 흘러가는 거지요."

"……학원에서 '기분이 좋지 않다.'고 말씀하셨던 건 그 때문이었군요."

가장 중요한 상황에서 매번 알리바이가 없었던 게 이해가 된다. 습격 때 남들 앞에 있을 수 없었던 것도, 갑자기 메리다의 옆에서 사라져 버린 것도 그 때문이었으리라.

"요 이틀간 제가 할 수 있었던 일이라고는, 음지 속에서 헤매는 루 가루를 제거하고 성 프리데스위데 사람들의 얼마 안 되는 안전을 확보하는 것 정도였습니다."

이 완벽한 가정교사가 괴로운 듯이 입술을 깨물다니, 좀처럼 없는 일이다. 메리다는 그의 온기에 기대면서도 진지한 얼굴로 시선을 내렸다.

그녀는 일이 여기에 이르러 겨우 이해할 수 있었다. 엘리제가 전하려고 했던 바는 블로섬 후작에 관한 것도 쿠퍼에 관한 것도 아닌 로제티에 관한 것이었다! 메리다가 쿠퍼를 보고 있는 것처럼 엘리제는 자신의 가정교사를 보고 있다. 늘 로제티에게 바짝 붙어 있었던 엘리제는 요 며칠 그녀의 상태가 이상함을 일찌감치 눈치채고 있었던 것이리라.

옆에 세워놓았던 장검을 손가락으로 어루만지니 주인의 말 없는 원통함이 전해져오는 것 같았다. 메리다는 주먹을 꽉 쥐고, 자신의 가정교사에게 몸을 내밀었다.

　"선생님. 그런 자식한테 로제티 님이 조종당하고, 소중한 엘리가 다치고, 선생님까지 이렇게 막다른 곳에 몰리고……. 아주, 아주 화가 나요!"

　"저도 같은 심정입니다. 놈을 이대로 내버려 둘 순 없습니다. 저희가 수수방관하고 있으면 언젠가 상가르타 주민에게도, 학원 사람들에게도 반드시 불행한 결말이 닥치고 말 겁니다."

　메리다는 안타까운 듯이 몸을 흔들어 리드미컬한 진동을 쿠퍼의 무릎으로 전했다.

　"하지만 그놈은 대체 어디에 숨어 있을까요? 학원에서부터 계속 우리 근처에 있었을 텐데, 목소리만 내고 모습을 나타내지 않다니 비겁해요!"

　쿠퍼는 그답지 않게 대답을 얼버무리고 시선을 피했다. 하지만 망설이면서도.

　"……딱 하나, 놈의 야망을 부숴 버릴 방책이 있기는 있습니다만."

　"무슨 문제라도?"

　"저 혼자서는 불가능합니다."

　어리둥절해 하며 메리다는 작은 머리를 기울인다. 그것의 무엇이 문제인가, 라고 묻듯이.

　인식의 톱니바퀴를 맞물리게 하는 것처럼 쿠퍼는 다시 제자를 마주 보았다.

"그래서―― 제안입니다. 아가씨, 제 목숨을 맡아 주실 수 없으시겠습니까?"

메리다의 동공이 천천히 확대되었다. 감상적이라는 것을 빼더라도 참으로 보기 힘든 광경이 아닐는지―― 리드하는 쪽인 그가 제자에게 명운의 키를 맡겼으니 말이다

쿠퍼에게 있어 그것은 도시의 천장이 무너져내리는 것과 동등한 불안일지도 모른다.

동시에 메리다에게는 높으면 높을수록 한층 더 감정을 타오르게 하는 거친 파도다.

마음의 위치에 손바닥을 대고, 돌려줄 말은 단 하나―― .

"선생님. 제 목숨은 언제든 선생님과 함께 있어요."

"감사드립니다…… . 마이, 리틀 레이디."

메리다의 손끝에 가볍게 입맞춤을 하고서 쿠퍼는 천천히 일어났다. 그리고 경쾌하게 제자를 일으켜 세웠다. 날개가 난 것 같은 금발의 천사에게 우아하게 확인한다.

"그럼 아가씨, 바로 시작할까요?"

"네? …… 시, 시작한다니 뭘 말이에요?"

"이런, 잊으셨습니까? 제가 당신에게 어떤 사람인지를―― ."

군복 단추를 풀고 겉옷을 벗는다. 넥타이를 풀고 소매를 걷어 올리는 모습을 보고 메리다는 겨우 깨달았다. 아무렴, 설령 그가 뱀파이어라 할지라도, 여기가 저택의 뒤뜰이 아니라 어두컴컴한 종유동이라 할지라도 자신들의 관계는 흔들리지 않는다.

백발을 나부낀 가정교사는 치켜 올라간 입꼬리에 친숙한 생명력을 가득 채우며 말했다.

"결행은 내일. 그때까지 아가씨는 필승책을 몸으로 배우시겠습니다. 오늘 밤의 저는 힘 조절이 잘 안 될 겁니다. 걷지 못할 때까지 혹독하게 굴릴 테니 각오하십시오."

"부, 부드럽게 해 주시기 바랍니다…… 으으으."

두 사람만의 밤은 아무래도 로맨틱하게 끝나지만은 않을 모양이다.

† † †

날짜가 바뀌고 성 프리데스위데의 소녀들이 샹가르타에서 보내는 세 번째 날. 이 지저도시와 이곳에 체류하는 모든 인간의 운명을 결정할 순간이 찾아왔다.

그 사실을 온전히 이해하고 있는 것은 극히 한정된 인간뿐이기는 하나, 기이하게도 이날 지저도시는 마치 천상의 심판을 기다리듯 엄숙하게 잠들어 있었다. 단 한 채도 등불이 켜진 집이 없고, 상점은 줄줄이 【CLOSE】 팻말을 걸어 놓았다. 좁은 터널에는 스산한 바람이 불었고, 거기에 귀를 기울이는 통행인의 모습은 한 명도 보이지 않았다.

"다들 어디로 가 버린 걸까……."

텅 빈 노점을 곁눈질하면서 메리다는 홀로 달린다. 유령도시 같은 모습이 더할 나위 없이 섬뜩하지만, 지금은 오히려 호재일지도 모른다. 어젯밤 호텔에서 결사의 탈출을 꾀했을 때의 공포를 잊어버린 것은 결코 아니다. 길을 돌아갈 필요도 없이, 붉은 장미 교복은 목적지까지의 최단 루트를 일직선으로 달려 나갔다.

이윽고 도착한 장소는 다름 아닌 메리다 일행이 체류하는 동굴 호텔이었다. 이곳 역시 종업원의 모습은 고사하고 학우인 붉은 장미 한 송이도 남아 있지 않았다. 아무 방비도 되어 있지 않은 로비를 빠져나가 일단 2층으로. 잊을 리 없는 문 하나를 노크도 않고 밀어젖힌다.

직후, 실내에서 누군가가 달려들었다.

"메리다 양, 무사해서 다행이에요!"

"우왓! 미, 미토나 회장님······."

자그마한 메리다를 꽉 껴안는 사람은 성 프리데스위데 학생회장 미토나 휘트니였다. 연상이지만 사랑스러운 미모가 눈물에 젖어 있다.

실내에는 어젯밤 기억에 남겨두고 온 대로 둘도 없는 은발의 천사가 침대에서 숨소리를 내며 자고 있었다. 담요에 구겨진 주름 하나 없는 것으로 보아 평온하게 자는 모양이다. 아직 의식을 회복하지 못한 것은 차치하더라도 메리다의 가슴에 박혀 있었던 가시가 하나 스르륵 빠진다.

"미토나 언니가 간병해 주고 계셨군요."

가까이에서 올려다보자 학생회장은 부끄러운 듯이 뺨을 붉혔다.

"저, 저도 참 어제는 많이 당황했었죠······? 참 망측한 모습을 보였어요."

"학원 사람들은 괜찮아요?"

"보안관 딕 씨인지 뭔지가 강제로 로비로 들이닥치기도 했었는데, 학원장님이랑 강사 선생님들이 말이죠. 정말 엄청난 표정으로 쫓아내 주셨답니다. 그리고 당사자인 당신이 이미 없다는 게 다 알려졌고, 그리고—— 마, 맞아! 메리다 양, 당신이 사라진 다음 터무니없는 일이 일어났어요!"

헤어지고 나서 하고 싶은 말이 많이 쌓였었던 모양이다. 미토나 회장은 거침없이 화제를 퍅퍅 돌렸다.

"딕 씨 일행을 결정적으로 막은 게 누구일 것 같아요?——로제티 선생님이랍니다! 끌려간 줄 알았던 선생님이 태연하게 돌아와서, 그때 사람들의 얼굴이 진짜! 블로섬 후작도 참 대단하네요, 정말로 선생님을 멋지게 치료했어요!!"

원래라면 호들갑스럽게 놀라야 할 장면이지만 메리다는 모호한 표정밖에 짓지 못했다. 로제티가 죽음의 구렁에서 되살아난 건 블로섬 후작의 수완이 아니라 그녀 자신이 갖춘 쿠퍼의 권속으로서의 회복력에 의한 것일 테고, 푸른 불길과 함께 모습을 감춘 것도 끌려간 게 아니라 나크아가 부추겼기 때문일 테니까.

하지만 아무 대답도 하지 않으면 부자연스럽겠다는 생각에 메리다는 어렵게 어렵게 대꾸했다.

"그, 그래서 지금은 다들 어디에 갔어요? 왜 마을이 텅 빈 거예요?"

"결혼식! 블로섬 후작의 엄청나게 빠른 태세전환에 전 정말 눈이 돌 것 같아요. 어제 그런 일이 있었는데도 오늘 예정대로 로제티 선생님과 딕 씨의 결혼식을 한다는 거 있죠! 마을 사람들도, 학원 사람도 지금은 식장인 교회에 모였답니다."

"로제티 님은…… 결혼하기로 받아들인 건가요?!"

미토나 회장은 망설이듯이 물러나 뺨에 집게손가락을 댔다.

"그게, 상처가 나은 건 천만다행인데……. 선생님, 뭔가 좀 상태가 이상했어요. 우리가 말을 걸어도 애매한 대답밖에 안 해주시더라고요……. 아뇨, 결혼식 준비 때문에 블로섬 후작한테 곧장 끌려가 버려서 제대로 이야기도 못했답니다……. 그게 마치……."

"누가 그 여자한테 약이라도 쓴 거겠지."

세 번째 사람의 목소리가 울려서 메리다와 미토나는 재빨리 뒤돌아보았다.

방 입구에는 어느샌가 메리다보다도 연하로 보이는 가무잡잡한 소녀가 학원 강사 로브를 걸치고 멋지게 폼을 잡고 있었다. 문을 쾅 닫고 다가온다.

"라클라 선생님!"

"그 꼴로 살아남은 건 상당히 끈질기── 아니, 대단하지만 의식이 몽롱한 상태 때 약이라도 투여된 거겠지. 그 인형 같은 모습을 보건대 지금의 《1대 후작》에게 현 상황을 인식할 힘은 없을 거야. 제정신을 되찾은 무렵에는 벌써 식은 끝나 있고, 녀석은 미스터 딕의 아내가 되어 있을 테지."

"세상에……. 너무해……!!"

거듭 사람의 마음을 가지고 노는 나크아에게 그리고 놈이 하라는 대로 귀여운 딸을 바치려고 하는 블로섬 후작에게 분노가 끓어오르기 시작한다. 라클라 선생은 주먹을 떠는 메리다 앞으로 담담히 걸어와 까치발을 하며 팔을 들었다. ——잠시 후 포기하고, 강사의 권한으로 명한다.

"야, 엔젤, 좀 숙여봐."

"? 왜요?"

고분고분한 메리다는 하라는 대로 했고, 직후 정수리를 때린 주먹에 눈을 깜박였다. 가무잡잡한 손끝엔 뜻밖일 정도로 감정이 많이 실려 있어 시야에 자잘한 별이 튀었다.

"혼자 앞서가지 말라고 했을 텐데!"

"으으, 죄송해요……."

울먹이는 소리로 정수리를 누르는 메리다에게서 라클라 선생은 "흥." 하고 주먹을 물린다.

"……그 자식하고는 만났어?"

조용히 물어본 말에 메리다는 표정을 다잡고 굳게 고개를 끄덕였다. 다시 이 방에 있는 유일한 아군, 학생회장과 어린 강사를 똑같이 번갈아 보고—— 잊어서는 안 된다는 듯이 침대를 돌아보고서 거기에 잠든 엘리제의 옆에 빌렸던 장검을 기대어 세운다.

"라클라 선생님과 회장님에게 부탁이 있습니다. 제게 힘을 빌려주세요."

"그 자식한테 빌려주는 걸로 해 두지. ……뭘 할 생각이야?"

바로는 답하지 않고 메리다는 우선 창문 커튼을 끝까지 좌아악 하고 미끄러뜨렸다. 방을 어스름하게 만들고, 그 속에서도 성스럽게 빛나는 금발을 휘날리며 말한다.

흡사 어느 날의 앙갚음처럼——.

"일단 옷을 갈아입을게요."

† † †

메리다 일행이 도착했을 때, 식장에는 셀 수 없을 정도로 많은 사람이 모여 있었다. 부지 바깥쪽에는 고운 붉은 장미의 소녀들이 떼를 지어 있었고, 교회 앞마당에는 샹가르타 주민들이 좌우로 늘어서 길을 만들었다. 그리고 미토나 회장의 말에 따르면 예배당 안에는 신랑 신부와 특히 가까운 사이에 있는 자들과 블랑망제 학원장을 필두로 한 학원 관계자 몇 명이 초대받았다고 한다.

숨 돌릴 틈도 없는 이 혼례를 축복해도 과연 좋은 것인지, 성 프리데스위데 여학생들은 하나같이 갈등하는 눈치였다. 그러나 인파의 제일 뒤쪽에서 이러지도 저러지도 못했고, 식장에 뒤늦게 나타난 메리다 일행을 그들 중 누군가가 알아차렸다.

"메, 메리다 님!"

이 외침에 동창들뿐만 아니라 마을 주민들마저 술렁거렸다. 메리다를 선두로 좌우 후방에 미토나 회장과 라클라 선생이 뒤따르고 있다.

전원이 우선 금발의 천사에게 시선을 빼앗겼다. 메리다는 교복이 아니라 청아한 배틀 드레스를 입고 있었다. 왼손에는 애용하는 칼의 칼집이 들려 있다. 그야말로 망설임 없는 그 발걸음에 여학생들은 저절로 길을 내주었다. 붉은 장미 꽃다발이 잽싸게 좌우로 갈라진다.

 그와는 반대로, 교회 앞마당에 발을 들여놓자마자 마을 사람들이 일치단결하여 앞길을 가로막았다. 열려 있었던 길이 죽 늘어선 분노의 얼굴들에 막힌다.

 "금발이다! 어제 블로섬 씨를 덮친 군인의 여동생이라는 게 바로 저 아이겠지?!"

 "연인이라고 들었어. ……하인이었나?"

 "무슨 상관이야, 보안관으로부터 붙잡으라는 지시가 나와 있어!!"

 "그만둬."

 당연히 이 전개를 예상하고 있었던 라클라는 이미 쥐고 있었던 그립을 뽑았다. 그녀가 주저 않고 들이댄 총구에 마을 사람들은 자석이 반발하는 것처럼 흔들리며 물러선다.

 "우리 학생이다. ──그리고 이 총 방아쇠는 가벼워."

 "혀, 혀, 협박할 셈이냐?! 귀족 기사가 민간인인 우리를!"

 "저세상에서 변호사라도 쓰게?"

 새파래진 한 명이 먼저 물러나고, 봇물이 터진 것처럼 인파는 일제히 멀어졌다. 라클라는 코웃음을 치며 리볼버를 거두었고, 열린 길을 메리다는 다시 돌진한다.

말없이 입을 다물고 있는 것은 더할 나위 없이 긴장하고 있기 때문이다. 지금까지 여러 번 주목을 모은 바 있지만, 자기가 원해서 큰 무대에 올라선 적은 거의 없다. 더구나 지금 이 공연의 주역은 원래 따로 있다. 그런데 관객석에서 뛰쳐나와 스포트라이트를 빼앗겠다는 것이니……. 너무나도 현실감이 없는 상황에 정신이 아찔해진다.

혼자였다면 결국 이 바늘방석 위에서 쓰러지고 말았을 것이다. 교회 현관문 앞까지 무사히 올 수 있었던 것은 바로 왼팔에 손을 대고 있어 준 미토나 휘트니 학생회장 덕분이다. 2학년인 메리다가 아직 의존할 수 있는 3학년. 모든 하급생들의 언니는 미소와 함께 메리다의 등을 밀어주었다.

"다녀오렴."

짧은 격려에 메리다도 살짝 고개를 끄덕여 대답한다. 두 사람의 조력은 여기까지다. 여기서부터의 계단은 메리다 혼자 올라가야 한다. 좁고, 오르막이 심해서 줄타기처럼 위태위태한 계단이다. 메리다의 어깨를 자신과 쿠퍼, 많은 사람의 명운이 짓누르고 있다.

손가락이 저절로 떨리고, 간신히 문에 갖다 댄 손바닥은 차갑게 굳어 있었다. 여기서 자신의 한쪽 날개인 소녀 생각이 났다. 호텔에서 출발하기 전에 꼭 쥐고 온 사촌 자매의 손이, 지금도 메리다의 손에 온기를 주는 기분이 든다.

──가겠어, 엘리. 너의 가정교사를 되찾으러!

전투용 토시를 낀 메리다의 오른손에 공상 속의 왼손이 포개졌다. 그것은 순식간에 사라져 버리는 환상에 불과했으나, 함께 민 문은 놀라울 만큼 가벼웠고, 열어젖히는 소리는 선명한 역광과 함께 예배당의 공기를 갈랐다.

"그 결혼! 멈춰어어어————————엇!!"

반대쪽의 광경은 대강 예상한 대로였다.

중앙에 붉게 뻗은 폭넓은 통로. 좌우에 늘어선 긴 의자. 거기에 빽빽이 깔린 사람들은 입을 떡 벌린 채 침입자를 돌아보고 있다. 마치 연애소설 속에 내던져진 것처럼 현실감이 없을 것이다. 메리다도 마찬가지다. 똑같이 아연실색하는 참석자 중 성 프리데스위데 관계자가 늘어선 일각에서 학원장이 중얼거렸다.

"미스 엔젤."

그리고 가장 당황한 사람은 당사자, 즉 붉은 융단의 종점에서 마주 보고 있는 신랑 신부였다. 어울리지 않는 턱시도를 입은 미스터 딕과, 생기 없는 눈동자로 이쪽을 쳐다보는 로제티. 블로섬 프리켓은 성직자 같은 모습을 하고 경전을 흉내 낸 책을 들고 주례를 보고 있다. 장소 또한 제단의 안쪽.

로제티는 이런 상황이 아니라면 뺨을 붉히며 넋을 잃고 바라보거나 혹은 눈물을 글썽이며 축복해 주고 싶다는 생각이 들 만큼 아름다운 모습이었다. 그야말로 소녀의 로망, 순백의 웨딩 드레스를 입은 신부의 모습.

하지만 동시에 안타깝다는 마음도 든다. 저 드레스는 이와 같은 거짓과 책모로 가득 찬 예배당에서 입을 물건이 아니다. 단려한 순백에 싸인 지금의 그녀는 안타깝게도 의사 없는 빈껍데기. 로제티에겐 진실로 저 모습으로 마주하고 싶은 마음을 정한 남성이 있을 것이다.

다행히 식은 아직 신랑 신부의 입장이 막 끝난 단계 같다. 맹세의 입맞춤은커녕 반지 교환도, 신에게 하는 선서도 무엇 하나 하지 않았다. 제단에 있는 주례의 열리기 시작한 입이 딱 벌려진 채로 굳어 있다. 파르르 떠는 듯한 그의 입술이 무언가를 말하기 전에 메리다는 발을 내디뎠다.

"로제티 님, 여기서 승부를 포기하다니 용납 안 해요!"

"……어……?"

패기 없는 그녀의 목소리가 겨우 들렸다. 여기서 로제티에게 그럴 마음이 들게 할 수 있는지, 첫 승부처다. 약에 현혹된 그녀의 마음에 닿도록 메리다는 더욱 큰 소리를 지른다. 쿵쿵쿵, 붉은 융단을 밟는다.

"전 아직 로제티 님에게 하나도 못 이겼어요. 선생님에 관해선 연전연패예요! 이대로 로제티 님이 다른 분과 결혼해 버리면 제가 너무 비참하잖아요! 쿠퍼 선생님과 맺어져 봤자 하나도 후련하지 않다고요."

"쿠…… 쿠……?"

"무슨 일이 있어도 결혼하겠다면 지금 여기서 인정해 주세요. 쿠퍼 선생님에 대한 사랑에 관해서는 제게 미치지 않는다고. 로제티 님보다 제가 쿠퍼 선생님에게 어울린다고. 그래서 로제티 님은 도망치는 거라고, 패배를 인정하세요!!"

"으, 으으……!!"

로제티는 이마를 눌렀다. 머리가 깨질 정도로 아프다는 듯이. 예배당 내 참석자들, 현관문 앞에 모인 주민들, 학원 여학생들이 숨을 죽이고 지켜보는 가운데 블로섬 후작이 황급히 소리를 질렀다. 신부의 어깨에 손을 뻗지만 제단에 걸린다.

"자, 자, 잠깐! 이 중요한 식에 끼어들어서 무슨 소릴 하는 거지?!"

"참견하지 마세요. 이건 저와 로제티 님과의 문제예요!"

"뭐뭐, 뭐라고?! 에잇, 무슨 말도 안 되는 소릴! ——딕! 디키!!"

신랑의 시선이 바쁘게 왕복했다. 주례가 경전의 표지를 두드리며 신랑을 재촉했다.

"아기 새가 지저귀는 소리에 귀를 기울일 필요는 없어, 혼례를 계속한다! 자, 딕, 로제티. 그대들, 이 부부의 서약에 이의가 있다면 소리를 내어 알리시오!"

""………….""

장인의 압력에 미스터 딕은 입을 다물었다. 로제티의 마음은 아직 자유를 되찾지 못했다. 오히려 소리를 낼 뻔한 사람은 메리다다.

승리를 확신하고 후작의 입술이 일그러졌다. 마치 세기의 매드 사이언티스트처럼.

"후하하! 그럼 맹세의 입맞춤을. 그것으로써 두 사람을 부부로 인정하겠노라!!"

"하, 하지만 장인어른, 로제티의 상태가 어딘가 이상해요——."

"됐으니까 빨리 해!! 쪼오옥! 자, 쪼오오옥!"

로망이고 뭐고 없다. 신의 사도에게 호통을 들은 신랑은 우락부락한 어깨를 움츠리고, 신부에게로 돌아섰다. 참석자들은 얼굴을 마주 보고 동요한다. 성 프리데스위데 블랑망제 학원장 일행은 초조하게 식은땀을 흘린다. 절망에 얼어붙은 건 메리다도 마찬가지다.

딕의 손바닥이 신부의 양어깨에 놓인다. 상체가 구부러져도 여전히 그녀는 움직이지 않는다.

"로제티 님!! 지금 제정신을 되찾지 못하면 당신을 경멸할 거예요!"

"꼬마, 찬물도 작작 끼얹어라! 내 일생일대의 대무대에 어딜……."

딕의 얼굴이 주저하듯이 원래 위치로 돌아오고, "으흠." 헛기침하며 다시 시도한다.

"왜, 왠지 소란스럽지만 이제야 결혼할 마음을 먹어 준 것 같구나, 로제? 절대로 후회는 안 하게 해 줄게. 내가 평생을 걸고 너를 행복하게 만들겠어……!"

서투르기 그지없는 동작으로 입술이 나오고, 신랑의 어깨가 어색하게 기울기 시작한다.

남녀의 옆모습이 마주 보는 그 광경은 메리다의 가슴에 좋든 싫든 날카로운 기억이 되살아나게 하였다. 봄방학 대관식. 사랑하는 청년과 자기가 아닌 소녀와의 아름다운 키스 신.

시선 끝의 실루엣이 겹쳤을 때 똑같은 상처를 다른 칼날이 도려내는 것은 명백했다.

"저와 당신의 제자에게…… 더는 그런 기분이 들지 않게 해주세요!!"

"_____."

쓰윽.

입술 앞으로 올라온 장갑을 낀 손은, 이번에는 진짜 신부의 것이었다.

"……제 입술은 그 녀석의 것이 되었으니 다른 누군가에게 줄 수 없어요."

신랑의 얼굴을 막고 살며시 거절하자 막 맺어지려고 한 인연의 파탄에 비명 두 개가 터져 나왔다. 마주 보고 있었던 당사자인 신랑과, 믿었던 약의 힘을 격파당한 블로섬 후작이다.

"엥? 주, 줄 수 없다니…… 왜?"

"마, 말도 안 돼, 로제티……?! 내 최고 걸작을 극복했다고……?!"

그들에 개의치 않고 뒤돌아본 로제티는, 연적을 응시하는 눈에 확실한 의사의 빛을 머금고 있었다. 씨익, 입술을 구부려서 메리다도 그에 응답하듯 대담한 미소를 돌려준다.

등줄기를 타고 흐르던 식은땀은 어느덧 열을 띠어 격돌 전의 고양으로 변해 있었다.

"연하가 이렇게까지 제멋대로 신나게 떠드는 소릴 들었는데 어떻게 잠자코 있겠어. 나도 메리다 님과는 제대로 한 번 겨뤄

야겠다고 생각하고 있었던 바고……. 좋아, 내가 본격적으로 나서면 어떻게 되는지를 이번에 깨닫게 해 주지."

"이쪽이야말로 제자와 스승, 주인과 종자의 강한 유대를 보여 드리지요!"

"글쎄? 쿠의 고통과 노고를 가장 많이 나눌 수 있는 건 나야!"

"저, 저기, 내 입장은……."

말을 건 신랑 딕은 그쪽을 보지도 않는 로제티에게 가볍게 어깨를 들이받혔다. 긴 의자가 놓인 객석까지 되밀려 불쌍한 관객의 한 명으로 전락한다.

천천히 메리다와의 거리를 재고서 로제티는 서서히 웨딩드레스 스커트를 쭉 찢었다. ""아아!"" 하고 비명을 지른 아주머니들은 만들고, 입혀준 당사자일까. 허벅지까지 보일 만큼 충분히 찢어서 전투태세를 취한다.

메리다는 자신의 칼을 뽑은 다음 반대편 손으로 차크람을 던졌다. 어느 틈에 빌려 갔는지 모를 애용하는 두 개의 원형 칼날을 로제티는 아무 동요 없이 붙잡았다.

두 사람이 허리를 바짝 낮춘 순간 주위의 공기가 삐걱거리는 것을 누구나가 알 수 있었다.

"어느 쪽이 쿠퍼 선생님의 옆에 어울리는지——."

"쿠를 보다 간절히 생각하는 게 어느 쪽인지——."

""승부다!!""

어흥! 이 포효가 공기가 웅웅거리는 소리라는 것을 일반 마을 사람들은 곧바로 인지할 수 없었다. 하물며 흔적도 없이 사라지다시피 한 두 사람의 움직임과 중간지점의 격돌이 낳은 충격파는 더더욱 그렇다. 원환형으로 확산된 돌풍에 가까이에 있었던 참석자들은 의자에서 굴러떨어졌다.

성 프리데스위데 강사들은 하객들을 신속히 긴 의자에서 후방으로 내던지면서 서로 얼굴을 마주 보고 웃었다. 사건의 경위야 어쨌든 진검 승부다. 여러모로 혈기왕성한 교관들에게 이만한 볼거리는 없다. "누가 이길까?" "재밌군."

그런 갤러리의 모습을 전혀 아랑곳하지 않고 메리다와 로제티는 근접전을 펼치고 있었다. 낫을 휘두르는 것처럼 바람이 울부짖고, 순간의 섬광으로밖에 보이지 않는 참선(斬線), 발놀림과 몸놀림으로 눈이 핑핑 돌 만큼 신속하게 위치를 바꾸며 다채로운 각도에서 팔을 슉슉 휘두른다.

로제티의 진가는 중거리전인데, 초근접전에서도 메리다는 그녀를 밀어붙이지 못해 이를 악물어야 했다. 로제티가 신장 차이를 살려 좌우의 차크람을 힘껏 내려친다. 공격을 하나 막을 때마다 무릎이 내려앉았고, 리드미컬한 다섯 번째 공격 때 뒤로 벌렁 쓰러졌다. 일부러 자빠진 메리다가 물 흐르듯이 후방으로 굴러 회전하면서 뛰어오르자, 곧장 추격해온 로제티에게 걸어차였다. ──상대가 한발 앞을 읽고 있다.

긴 의자의 등 쪽을 쿵, 쿵, 쿵 발판 삼아 갤러리의 비명을 뛰어넘어 벽에 착지. 예상을 넘는 위력에 무릎이 삐걱거렸지만 메리다는 그것을 무시하고 돌격했다. 화살같이 되돌아온 적의 칼끝을 로제티는 조금의 오차도 없이 처리했다. 칼끝으로 지면을 후려치고서 구르듯이 낙법을 친 메리다를 향해 가차 없이 거리를 좁힌다.

"강해졌네요, 메리다 님! 작년 공개시합 땐 마나를 다 쓰고 울기 직전이었는데!"

"저도 이제 2학년이니까요!"

결사적으로 대꾸하긴 했지만, 솔직히 그럴 힘조차 아까울 정도다. 로제티 역시 완전하지 않다. 움직이기 힘든 웨딩드레스 차림에다 약 기운도 완전히 가시지는 않았을 것이다. 피로 때문만은 아닌 땀이 사방에 튀고 이따금 칼끝이 둔해진다.

그런데도 메리다는 좌우의 차크람이 그리는 자유자재의 무용에 연신 희롱당했다. 칼 한 자루로 방어에 집중해 강렬한 일격을 구태여 막지 않고 후방으로 잽싸게 물러선다.

착지한 직후, 배후에서 "히익!" 하고 짧은 비명이 울렸다. 바로 제단에서 섣불리 움직이지 못하고 있는 블로섬 후작이다. 누구도 눈치채지 못하게 메리다는 초조한 심정을 흘렸다.

"위치가 안 좋아······!"

왼손으로 차크람을 빙그르 돌리고, 오른손의 다른 차크람 하나를 허공에서 가지고 노는 로제티가, 그런데도 틈이 없는 자세로 천천히 거리를 좁혀온다. 토끼몰이 하는 모습이 자못 즐거워 보인다.

"어떡할래, 메리다 님? 그쪽이야말로 '땅딸한 저는 선생님에게 어울리지 않아요.' 라고 인정한다면 이쯤에서 그만 괴롭혀 줄 텐데?"

"……확실히 지금의 저는 선생님 옆에 도저히는 아니지만 나란히 할 수 없다고 생각해요."

"어머, 솔직하네."

메리다는 칼자루 끝에 왼손을 대고 천천히 몸을 일으켰다. 자연히 위치를 왼쪽으로. 로제티는 오른쪽으로. ……이쪽에 어떠한 의도가 있음을 헤아리고 있는 걸지도 모른다.

통로의 길이가 아니라 너비가 간격이 되어 두 사람의 거리가 조금씩 좁혀진다.

"저는 2학년이 됐지만 아직 2학년이에요. 앞으로 3학년이 되어 졸업하고 당당한 기사가 되어서 점점 선생님 옆에 다가갈 거예요!"

"그렇게 느긋하게 구는 사이에 나랑 쿠는 허니문을 떠날지도?"

"아직 시간은 있어요. 그리고 제가 딱 하나, 로제티 님보다 나은 게 있거든요."

비장의 카드에 손을 대자 로제티의 발이 멈췄다. 의아한 듯이 눈썹이 찌푸려진다.

"……무슨 뜻이야?"

"봄방학 때 그 날, 로제티 님 쪽에서…… 하셨죠?"

"응, 그랬지."

메리다는 갑자기 손가락으로 복숭앗빛 입술을 여봐란듯이 어루만져 보였다.

"저는 선생님 쪽에서였어요."

그 말과 동작으로 보고 알아챈 사람은 정말 소수였을 것이다.

구체적으로는 학원 여학생들과 강사진이고, 그녀들은 지금이라는 듯이 술렁이며 활발히 의견을 나누기 시작했다. "공작 가문 신분으로 하인하고?!" "어쩜, 메리다 님은 어른이네요!" "그 귀축 교사 놈……." "미스터 방피르, 진짜 절조가 없군." 샹가르타 주민들은 영문을 알 수 없는 화제였지만, 전해져야 할 사람들에겐 모두 전해졌다.

로제티가 일견 침착하게 보이는 건 실룩실룩 핏대를 세우고 있기 때문이었다. 속으로는 서서히 마그마를 펄펄 끓이면서도 표면상으로는 아주 침착한 태도를 그럴싸하게 견지한다.

"호…… 호호~? 그야 같이 사니까 이런저런 일이 있을 거라 곤 생각했었다만, 있잖아…… 그 인간도 진짜 학생을 너무 제 마음대로 하는 거 아니야?"

"그것도 두 번."

빠직.

결국 폭발한 로제티는 어썰트 스킬을 발동했다. 그것을 대체 누가 막을 수 있었겠는가. 번쩍 들린 오른쪽 차크람에 전에 없는 심홍색 불길이 활활 휘감긴다.

"쿠, 이 바람둥이가아아아아———————!!"

동시에 메리다는 날카롭게 칼을 칼집에 되돌렸다. 내려치듯 떨어뜨린 칼날에서 쨍그랑! 선명한 음색이 들렸다. 자신의 폭탄발언으로 동급생들이 한층 더 날카로운 환호성을 지르지만 지금은 무시할 때다. 그들에게 변명하기에 앞서 대처해야 할 위협이 눈앞에 있으니까.

──지금이 고비다!!

각오를 굳힌 메리다를 노리고, 필살의 오의가 마침내 포효했다.

"《폴카 스패니─────────쉬!!》!!"

로제티의 차크람이 넷으로 나뉘고, 이어서 여덟, 열여섯, 마흔──허공에 줄줄이 늘어선 심홍색 불길은 수렴된 마나 그 자체, 엄청난 숫자로 복제된 원형 칼날은 메리다를 뱅그르르 둘러쌌고, 포위를 완료한 직후 발사되었다.

표적이 된 메리다는 오른손으로 칼자루를, 왼손으로 칼집을 잡아 완전한 방어 자세를 취하고 자신을 노리는 칼날을 처리하고, 처리하고, 또 처리했다. 일종의 돔을 이루고 사방팔방에서 쏟아지는 칼날은 마치 천상의 화살과 같았고, 그 중심에서 춤추는 메리다는 별들에 소원을 올리는 무희였다. 끊이지 않는 금속음, 끝없는 불똥──.

한 발이 메리다의 왼 다리를 스쳤다. 과연 로제티, 절묘하게 힘이 조절되어 있으나 어디까지나 '돌이킬 수 있는' 수준의 대미지다. 베이진 않았지만 무시무시한 격통이 메리다의 무릎을 내려앉게 하였고, 균형이 무너진 오른쪽 어깨를 추가타가 때려 눕힌다. 버티지 않고 후방으로 구른 메리다를 천상의 화살이 바짝 뒤따랐다. 다섯 발째가 융단을 뚫은 장면에서 왼손바닥을 땅에 짚고 뛰어오름과 동시에 오른발로 지면을 박차서 후방으로 텀블링. 춤추는 듯한 발걸음을 원형 칼날이 포위한다.

첫 번째 칼날이 오른팔을 때리고, 두 번째 칼날이 아슬아슬하게 등을 스치고, 회전의 힘을 붙여 세 번째 칼날을 튕겨냈다. 마지막 네 번째 칼날을 쳐서 지면으로 떨어뜨려 노도와 같았던 40연격을 끝내 견뎌낸다.

"《환 · 도 · 술》!!"

이쯤 되자 메리다도 울분을 내던지듯이 포효했다. 한계를 넘은 눈부신 불길이 단숨에 솟구쳤고, 그것들이 허리에 찬 칼집으로. 스텝을—— 미묘하게 늦춰서 발도.

"《뇌아절충(雷牙絕衝)!!》"

칼집에서 뿜어져 나온 도신과 함께 불길이 확 번져 로제티의 눈이 휘둥그레졌다.

그 위력에——는 아니다, 너무 약해서다. 범위와 사정거리는 상당하지만 공격력이 극한까지 떨어져 있어서, 만약 일반인이 정통으로 맞았다 해도 열풍 정도의 대미지밖에 입지 않을 것이다. 대체 무엇을 목적으로 설계된 어썰트 스킬이기에——.

그런 사고는 찰나에 날아가고 동시에 혼란이 찾아왔다. 메리다는 발도 순간에 스텝을 조정해 예리하게 몸을 비틀었다. 발사된 불길의 막은 크게 우측으로 빗나가——그 끝에 있는 제단에 우두커니 서 있었던, 주례를 맡아보던 블로섬 후작을 급습했다.

"헤에?——우와아아아아아악?!"

화르륵! 그의 후방으로 지나간 불길은 후작에게 어떠한 대미지도 주지 않았을 것이다. 범위만 넓은 마나 바람에 영향을 받을 만한 것은, 지금 후작의 아몬드 색 머리카락에서 날아간 새끼 거미 한 마리 정도였다.

『갸아아아아아악!! 뜨거워어어어어!!』

　온 예배당에 울려 퍼진 그 절규는 로제티는 물론이고 모인 모든 사람들의 몸을 굳어지게 만들었다. ──누구 목소리야?! 모두가 혼란스러워하는 가운데 드높이 울려 퍼지는 구두 소리가 하나. 바로 지체 없이 칼을 쳐들어, 거미를 목표로 돌격을 감행한 메리다였다.
　"저항하지 않으면 죽을 거야!"
　『──으으으!!』
　바닥에 쓰러진 조그마한 새끼 거미에 불과한 그것은, 그러나 직후 칼이 닿기 직전에 충격파를 쏘았다. 터무니없는 압력이 돔 모양으로 확산하고, 메리다는 물론 근처에 있었던 블로섬 후작과 제단을 날려버리고, 제일 앞에 있는 긴 의자를 참석자와 함께 모조리 쓰러뜨렸다.
　붉은 융단 한복판에 털썩, 등 쪽으로 쓰러진 메리다는 그래도 즉시 상체를 벌떡 일으켜 자신과 쿠퍼의 계획이 성공했음을 확신했다.
　"네 이놈, 신의 아이…… 메리다 엔젤! 네가 감히 나를……!!"

예배당의 가장 깊숙한 곳, 거인의 숄 같은 태피스트리 앞. 참석자들의 시선에 가장 노출되는 그곳에 어느새 한 청년이 웅크리고 앉아 있었다. 그것이 새끼 거미가 변한 모습이라고는 아무도 바로 이해하지 못했다. 고로 사람들의 직감을 떨리게 한 것은 그가 내뿜는 냉기의 프레셔였고, 학원 강사진을 긴박하게 만든 것은 그 정체였다.

　"""란칸스로프라고?!"""

　그 경고에 전원이 어수선해진다. 샹가르타 주민, 성 프리데스위데 여학생, 강사진, 모든 인간의 적의와 공포가 한 점에 집중된 절호의 순간, 지금이라는 듯이 몸을 벌떡 일으키며 메리다는 소리쳤다.

　"이 자식이에요!! 이 자식이 아이들을 습격했던 진범이에요!"

　술렁거림이 인파 속을 슝 달려 나갔다. 수수께끼의 청년은 어떻게 대처해야 할지를 아직 망설이는 듯 이를 악물고 있고, 사람들은 그와 메리다를 두고 시선을 연신 왕복시킨다. 메리다는 더욱더 크게 소리를 질러 동요하는 분위기 속에 자신의 주장을 밀어 넣었다.

　"이 란칸스로프는 지금처럼 거미의 모습과 사람의 모습을 분간해서 쓸 수 있어요! 그 능력으로 사람들 속에 섞여 학원 사람들과 마을의 아이들을 습격했었던 거예요! 쿠퍼 선생님은 이 자식이 죄를 덮어씌웠던 것뿐이고요!!"

　아무리 메리다가 《무능영애》라서 어른들이나 일반 평민들이 썩 좋은 감정을 품지 않는다고 해도.

인간과 란칸스로프, 사람들이 본능적으로 어느 쪽을 신용할지는 자명했다. 이 마당에 이르러서 쿠퍼를 탄핵하고자 하는 분위기는 모두의 머리에서 완전히 날아가 버렸고, 특히 마침내 공격할 대상을 정한 성 프리데스위데 강사진의 분노는 무시무시했다.

마을 사람들은 비명을 지르며 예배당 출구로 쇄도했고, 반대로 강사진은 앞다투어 무기를 뽑으며 란칸스로프를 포위했다. 제단의 잔해 앞에 웅크리고 앉은 청년은 이제야 열세를 받아들인 것 같았다. 입술을 추악하게 치켜 올려 보인 것은 높은 프라이드 때문일까.

"크하하…… 훌륭해! 아무래도 너를 많이 깔본 모양이다, 메리다 엔젤."

몇 번인가 들은 쉰 목소리와는 일변하여 청년은 반지르르한 알토 보이스를 내며 몸을 일으켰다.

사람이 아닌 미모라고 해도 믿을 법한, 어딘지 모르게 쿠퍼를 연상케 하는 영리한 용모. 여성 같은 고운 머리카락을 묶고 있고, 귀족의 자제처럼 망토, 조끼를 여윈 몸에 두르고 있다. 웃는 얼굴이 잘 어울린다── 정확히는 남을 얕보는 것 같은 조소를 얼굴에 아예 달고 있다.

"그래, 이 모습이라면《보이는군》. 뵙게 되어 아주 황송해. 나의 이름은 나크아."

앞머리를 쓸어 올려 명랑한 눈동자를 과시하면서 정중하게 예를 갖추는 청년.

"이러한 성대한 식에 초대해 줘서 영광이야. 소개받은 대로 나는 란칸스로프…… 《아라크네》다! 알고들 계신가? 다채로운 모습을 가려서 쓰는 능력은 내 아니마의 일부분에 불과해. 그런데 일단 제군들이 이해해 줬으면 하는 건——."

"처치해!!"

적이 틈을 보인 순간 강사진이 사방에서 달려들었다. 종횡무진 닥쳐오는 칼날을 앞에 두고 나크아는 눈을 감은 채 매끄럽게 손을 든 다음——.

"피라미가 당해낼 수 있는 상대가 아니다."

개안과 동시에 무시무시한 아니마를 확산시켰다. 강사진이 반대쪽으로 튕겨 날아가고, 잉여충격이 바닥과 천장을 도려낸다. 요란한 굉음이 작렬하고 참석자들은 비명을 질렀다.

어린애 장난같이 발사된 냉기 탄환이 메리다를 노렸다. 메리다가 뒤늦게 칼을 홱 올림과 동시에, 그 앞에 희미하게 보이는 속도로 미끄러져 들어온 누군가가 엄청난 화력을 방출했다.

심홍색 불길과 냉기가 격돌하고 중간지점에서 압력이 터졌다. 융단이 말려 올라가며 바닥이 부서진다. 그 충격파에 붉은 머리와 웨딩드레스를 휘날리면서 로제티는 똑똑히 적을 노려보았다. 뒤에 있다 보호를 받은 메리다는 눈앞의 여성이 발하는 프레셔에 눈이 휘둥그레진다.

"너였구나……. 내 세계를 엉망진창으로 만들던 게……!!"

후후, 우아한 곁눈질 후 나크아는 매끄럽게 몸을 돌렸다. 태피스트리를 젖히자 문이 나왔고, 그는 그것을 힘껏 비틀어 열었다. 그 안의 어둠 속으로 미끄러져 들어가려는 찰나 다시 한번 뒤돌아보며 미소를 남기고 뒷걸음으로 어둠에 훅 녹는다.

도발당하고 있다—— 그것을 로제티가 감지하는 것과 동시에 예배당 측면에서 누군가가 뛰어왔다. 이미 턱시도가 볼품없이 더럽혀진 딕이다.

"로, 로제, 장인어른이 사라졌어! 어디로 갔지?! 조금 전 남자는 대체……. 주, 주례신부님 앞에서 맹세하지 않으면 우리의 혼례는——."

"미안해요, 딕 씨."

로제는 모습을 감춘 부친의 흔적을 슬쩍 보면서 이성을 잃은 청년에게 돌아섰다.

그 후 허리를 굽히고 힘차게, 동시에 또 깊숙이 머리를 숙였다.

"결혼 이야기, 정식으로, 단호하게! 거절하겠습니다!"

"뭐…………!!"

"달링이 기다리고 있어서."

얼굴을 들고 빙그레 웃으며 보낸 미소는 정말로 행복해 보이는 신부의 것이었다.

하지만 그 꽃다발을 받을 역할은 자신의 것이 아님을 어렴풋하지만 곱씹은 것일까. 꿈에 그렸던 나날을 되새기면서 딕이 작게 고개를 끄덕이고 대답한다.

"……알고 있었어, 로제의 눈동자에 내가 비치지 않는다는 것 정돈. 그래도 나는 너와 함께라면 잘해나갈 수 있을 거라 생각했어. ……언젠가 오늘 있던 일, 웃으면서 추억담으로 나누자."

"딕 씨……."

로제티는 잠깐 그와 시선을 맞춘 다음 이어서 뒤에 있는 메리다를 돌아보았다.

나크아가 모습을 감췄다곤 하나 예배당은 여전히 매우 소란스럽다. 도망치려고 허둥대는 참석자들에 다친 주민, 그들을 구조하고 유도하는 강사진── 병행하여 세워지는 추격계획. 이미 아무도 어떤 청년을 둘러싸고 펼쳐진 결투에 대해서는 안중에도 없을 것이다.

엉망이 된 결혼식의 마지막 여운에 잠겨, 드레스를 입은 신부가 대담한 미소를 짓는다.

"승부는 이제부터니까."

그 말에 청아한 배틀 드레스를 입은 소녀가 씩씩하게 몸을 내민다.

"저도 지지 않을 거예요! ……로제티 님도 봐주지 마세요!"

고개를 단단히 끄덕여 대답하고서 로제티는 그녀와 시선을 맞춘 채 베일을 벗어 던졌다. 연적과의 시선을 풀고, 경쾌하게 몸을 돌린 방향에는 거대 태피스트리가 있었다. 그 안에 숨겨져 있었던 문이 기분 나쁜 인력을 발하며 새까만 아가리를 벌렸다.

망설임 없이 혈전의 땅에 발을 들여놓은 동경의 여성을 메리다는 눈부신 듯한 눈길로 바라본다. 로제티의 맹공이 메리다의 HP를 가차 없이 몰아붙여서, 웨딩드레스 뒷모습이 어둠에 녹은 직후 가냘픈 오른쪽 무릎이 덜컥 내려앉았다.

지금은 아직 멀었다. 자신이 할 수 있는 일은 여기까지—— 남은 것은 기도를 올리는 것뿐이다.

"로제티 님, 쿠퍼 선생님, 부디 무운을⋯⋯!!"

아끼는 칼의 날밑을 이마에 대고 메리다는 중얼거렸다.

——덧붙여 천사가 기도를 올리는 동안 먼 후방에서는,

"딱히 다친 데는 없으니까⋯⋯!!"

턱시도 소매 끝을 눈물로 적시는 남자가 학원 강사에게 질질 끌려가고 있었지만, 무대 뒤의 비극이라고도 할 만한 이 1막은 다행히 누구의 기억에도 남지 않았다.

† † †

오랫동안 교회에서 자라온 로제티라 해도 그 《출입금지구역》에 발을 들여놓는 것은 처음이었다. 예배당 태피스트리에 숨겨져 쭉 열리지 않았던 그 문 너머는, 교회를 내포하는 동굴 안쪽으로 더 깊이 파인 터널로 이루어져 있었다.

자택에 이런 《뒷문》이 있었을 줄이야, 상상도 하지 않은 일이다. 하지만 로제티는 조금 젖은 암벽 속을 질풍같이 달려 나가면서 지금 이 상황을 수긍했다.

샹가르타의 도시는 지저에 있고 여러 공동이 개미집처럼 연결되어 있다. 이 교회의 뒷문이 마을에 곳곳으로 통하는 샛길임이 분명하다. 《적》은 이 터널을 활용하여 사람들의 눈을 피해 10년 이상에 걸쳐 그녀의 고향에서 계속 암약해왔다는 말일 것이다.

주위는 어둡다. 그 때문에 유혹하는 목소리가 어디에서 울려 오고 있는 건지도 분명치 않았다.

『로제티…… 그런 용감한 얼굴을 하고 왜 그러느냐! 이제 다 생각난 거냐?』

"그래, 생각났어……! 네가 시켰던 일 전부!"

마음을 봉하는 약의 반작용일까. 혹은 몇 번이고 기억의 덮개가 강제로 열렸던 탓일까. 일이 여기에 이르러 로제티는 거미줄에 포박되어 있었던 자신의 어리석음을 어렴풋하지만 자각하고 있었다. 입으로 말할 만큼 선명한 기억은 아니다. 그러나 확실한 감촉이 이 죄 많은 손에 들러붙어 있다.

"티치카 님…… 교회 사람들…… 엘리제 님!!"

견디지 못하고 손발의 리듬을 어지럽히면서 그녀는 입술을 꽉 깨물었다.

성 프리데스위데 그레이트 홀에서 티치카 스타치를 습격했을 때의 광경, 예배당에서 사랑스러운 형제들의 의식을 없앤 감촉…… 그리고 호텔 전시실에서 정신을 잃고 쓰러지는 은발의 주인을 앞에 두고 본능과 이성이 필사적으로 싸웠을 때의 고통.

『아직 멀었다!! 정기만으로는 부족해, 피를 마셔. 죽여라! 어때, 목이 마르지?!』

천사의 목덜미에 입술을 대지만 빨아올리는 것은 생명력뿐. 결정적인 순간에 흡혈 충동에는 굴하지 않은 로제티의 모습에 호텔 전시실에서 나크아는 단단히 속을 끓이고 있었다. 깨질 듯한 머리를 필사적으로 붙잡고 로제티는 간신히 이성의 경계에 머물렀다.

　그것을 가능하게 했었던 것은 바로 시야 중앙에 가로누운 은발의 천사가 자는 모습이다.

『시, 싫어…… 에, 엘리제 님을 죽인다니……!!』

『그 녀석은 언젠가 깨어난다. 그렇게 되면 네놈의 소행이 드러나게 되어서 늦어! 사람의 죽음을 연출해야 빙왕을 결정적으로 몰아넣을 수 있다. 어서 해!!』

『싫어……. 절대로 안 해!!』

『…………..』

　죽을힘을 다해 자신의 내면과 싸우고 있었던 로제티는 어느새 사람의 모습이 되어 등 뒤에 선 나크아를 눈치채지 못했다. 그 섬세한 손끝에 집중되는 아니마도.

『그렇다면 네놈이 죽어라.』

　직후, 대량의 선혈이 솟구치고 로제티는 외마디비명과 함께 쓰러졌다. 옆구리의 격통과 순식간에 바닥을 물들이는 붉은 바다, 닿지 않는 손끝에 있는 은발의 천사가 그때 그녀가 마지막으로 본 광경으로, 거기서 한 차례 의식이 뚝 끊어졌다――………….

　지금은 다 완치됐을 상처가 욱신거리고 쑤신다. 괴로운 기억의 바다에서 돌아와 로제티는 더욱 소리높이 동굴을 달려 나갔다. 광원이라고 해 봐야 자기 몸에서 퍼지는 불길뿐이지만, 그녀는 최고속도에 가까웠다. 달리면서 몸을 휙휙 비틀어, 눈에 보이지도 않는 돌기를 예언자같이 지나친다. 적의 기척은 어둠과 함께 착실히 진해지고 있다.

"바로 너였구나……! 내가 아이였을 무렵에 일어난 대재해! 우리 오빠와 언니들을 앗아간 그 사건의 방아쇠를 당긴 것도!"

『거기까지 생각해 냈나. 아니, 그건 나로서도 실수였어. 설마 샘플의 3할을 하룻밤 사이에 잃을 줄이야! 하지만 그렇게 마음에 둘 일은 아닐 테지, 사람은 금방 느끼까! 요 몇 년 동안 교회에도 새로운 형제가 보충됐잖아? 부모가 자꾸 죽어서 말이야!』

"우리 마을 사람들을 대체 뭘로 보는 거야, 너는!!"

『내 소중한 아이들이지! 생쥐를 사육하는 자의 마음을 생각해 보라고? 죽지 않도록 먹이를 주고, 유쾌한 장난감을 준비하고, 그러는 동안에 애정도 싹트는 법이다. 비록 언젠가 배를 째고, 약에 절은 상태로 만들려 한다고 해도 말이야!! 크하하하!!』

"크윽……!!"

지금 당장 놈의 밉살스러운 얼굴을 후려갈겨 줄 수 있다면──그렇게 갈망하며 로제티는 달렸다. 동굴의 젖은 벽에 나크아의 조소가 메아리쳤다.

『그렇게 분개하지 마라, 로제티. 나와 네 사이 아니냐. 나는 10년 이상 전부터 블로섬과 공존하고, 네가 교회에 떠맡겨졌을 때부터 지켜보아 왔단다. 말하자면 나는 너희의 또 다른 양아버지인 셈이야.』

"너 같은 게 부엌에 둥지를 쳤다는 걸 알았다면 즉시 빗자루로 털어냈을 거야!"

『말조심해라, 조그만 인간아. 나는 《아라크네》! 야계를 지배하는 대귀족 중 하나다! 지금은 이런 움막에 몸을 숨기고 있지만 언젠가는 대군세를 이끌고 그 땅에 복귀할 생각이다. 샹가르타는 그 양분에 지나지 않아……. 말하자면 이 지저에 펼쳐진 모형정원 자체가 나에게는 실험도시인 거지!!』

로제티는 순간적으로 팔을 쳐올렸다. 달려 나가는 중에 샛길에서 미끈거리는 팔이 뻗어왔기 때문이다. 그것은 챠크람과 충돌해 눈부신 불꽃과 금속음을 튀겼다. 잠깐 비친 미청년의 입술이 추악하게 치켜 올라간다. 그 양팔에는 강인한 아니마가 휘감겨 있다.

그의 오른팔이 튕겨 올라갔지만, 이번에는 왼팔이 벼락같이 로제티의 목을 움켜쥐었다. 마른 몸 어디에 그런 힘이 숨겨져 있는 건지 마치 사람이 아닌 것 같은 괴력으로 소녀를 들어 올린다.

"나는 이래 봬도 너의 의사를 존중해 주었다, 로제티. 딕이 나쁜 남자는 아니잖아? 그런데 이렇게까지 계획에 지장이 생기면 어쩔 수 없지, 너에겐 마나 능력자로서의 육체만 제공받겠다……. 마음은 필요 없어."

오른팔이 내리쳐지고 동시에 로제티의 옆구리에서 선혈이 튀었다. 목을 조르는 악력에 괴로워하면서도 더 큰 격통에 "아아!!" 하고 미모가 일그러진다.

미청년의 인두겁을 쓴 악마가 피에 젖은 손가락을 재차 들었다.

"심장도 필요 없나?"

"내 동생한테서 떨어져."

"──!"

직후, 옆구리를 걷어차인 나크아는 날아갔다. 나크아는 고급 조끼를 더럽히면서 지면을 굴렀고, 동시에 풀려난 로제티는 군복을 입은 청년의 팔에 안겼다.

낙법을 취해 벌떡 일어난 나크아는 드디어 마주한 숙적을 앞에 두고 입술을 추어올렸다. 지금은 흑발 인간의 모습을 한 남자는 이 해후를 고대했었던 것이 틀림없다.

"7년 만인가……! 하긴, 이 길은 당연히 네놈이 있는 곳으로도 연결되어 있었겠군. 신의 아이가 식장에 나타났을 때부터 예상이야 했다만, 그 계집애를 부추긴 건 네놈이지?"

"이번에야말로 놓치지 않는다. 여기서 결판을 내겠어. ── 일어나, 로제."

순간 로제티의 두 눈동자가 뜨이고 왼쪽 눈에서 푸른 불길이 어른거렸다. 깊숙했던 옆구리의 상처가 메워지고 순식간에 완쾌된다. 뱀파이어 권속의 힘 그 자체라 할 수 있는 놀라운 생명력으로.

나크아와 마주 보고서 남매는 나란히 섰다. 쿠퍼는 군복 소매를 걷어 올리고 위팔을 옆으로 내밀었다. 가는 근육이 붙은 그 성찬을 로제티는 망설임 없이 덥석 물었다.

그녀의 송곳니에서 피가 떨어지고, 왼쪽 눈의 푸른 불길이 한층 더 힘차게 솟구쳤다.

권속이 첫 흡혈을 마친 것을 확인한 다음 쿠퍼는 팔을 내리고 자신도 뱀파이어로 변했다. 백발이 단숨에 어깨까지 자라고, 강철 근육에 맹수의 살의가 휘감긴다. 손톱이 날카롭게 뾰족해지고, 힘줄이 떨리는 손바닥은 파괴 충동을 결사적으로 억누르는 것같이도 보인다.

"상황은 알고 있겠지, 로제? 놈을 죽인다."

"응."

남매의 온몸에서 푸른 불길이 분화됐다. 동시에 격렬한 냉기가 두 사람의 발밑에서 방사되어 동굴 천장에 전에 없는 프레셔를 준다. 그 순간 지저에 펼쳐진 모든 공동에서 미세한 진동이 발생해, 살아 있는 모든 것을 공포로 떨게 하였다.

잘게 쏟아지는 돌멩이 속에서 나크아가 배우같이 양팔을 펼쳐 보인다.

"나를 죽일 수 있을까?! 그때와는 달라, 이미 내 힘은 완전히 회복되었다!!"

"이쪽 역시 마찬가지다. 나도 요 7년간 힘을 붙였다……. 인간의 긍지를 뼈저리게 느껴봐라!"

이번에는 나크아가 프레셔를 확산시켰다. 철저하게 대결을 피하면서도 마치 이 순간을 기다리고 있었던 것처럼 표정을 환희로 물들인다. 중심을 낮추고 양팔을 교차해, 그것이 지옥문이라는 듯 팔을 푸는 것과 동시에 터무니없는 아니마가 솟구친다.

"네놈들만 스테이터스가 임계를 넘은 게 아니야……!! 일찍이 야계의 수많은 명수들을 거느렸던 내 힘을 보여 주지. 《아라크네》의 재흥을 축하하는 제물이 되어라!!"

나크아가 절규와 함께 양팔을 쫙 펼쳤고, 직후 그 실루엣이 폭발적으로 비대해졌다. 거대한 배와 좌우에 돌출된 12개의 다리. 등을 빽빽하게 덮는 독의 체모. 까마득히 높은 곳에서 내려다보는 머리에는 무표정한 얼굴이 붙어 있다. 좌우의 눈에 남은 꺼림칙한 상흔—— 그리고 본성과 함께 더욱더 거대화된 무시무시한 아니마.

쿠퍼는 검은 칼을 뽑고, 그 도신에 왼손을 미끄러뜨렸다. 칼날 시작점에서부터 단숨에 푸른 불길이 빠져나간 직후, 칼은 훨씬 두꺼운 그레이트 소드로 변해 있었다. 그것을 쿠퍼는 무게감이 전혀 느껴지지 않을 만큼 손끝으로 가볍게 다루어, 어깨에 짊어지고 허리를 낮추었다.

로제티의 차크람은 춤추듯이 크게 휘둘러지며 빛의 궤적을 남겼다. 그 잔광이 형체가 되어 한 번의 춤으로 열을 넘는 원형 칼날이 생성된다. 세 번째 회전과 함께 두 팔을 쭉 뻗었고, 태세를 갖춘 그녀의 주위에는 50개나 되는 원형 칼날이 살육의 신음을 내었다.

격렬한 스파크가 세 사람의 안광을 비추었다. 동굴에는 마침내 균열이 일고 단말마의 비명이 천장을 빠져 나간다. 발밑의 진동이 한계를 맞이하기 직전 세 개의 목소리가 연주됐다.

"""네놈은 끝이다!!"""

직후의 충돌은 마치 신의 기둥인 양 동굴을 꿰뚫었다. 무시무시한 파괴력이 수직으로 암반을 달려 올라 도시의 천장마저 뚫어버렸고, 그와 함께 기둥에서 세 개의 그림자가 튀어나온다.

암반과 함께 위로 올라가면서 먼저 쿠퍼가 공세에 나섰다. 섬광 같은 잔상이 연거푸 발밑을 박차며 순간이동처럼 나크아의 뒤를 잡는다. 동시에 번쩍 든 대검과 그에 맞서는 거미의 다리. 아라크네의 십이도류가 희미하게 보일 정도로 신속히 응수했고, 가공할 만한 반응속도로 쿠퍼는 그것을 다 막아냈다. —— 직후, 발밑에 균열이 일어난다.

　사각에서 날아온 거미의 다리 하나가 암반과 함께 쿠퍼를 찢어발겼다. 허공에 뜬 표적에 지체 없이 남은 다리 11개가 찌르기를 가한다. 고막이 터질 듯한 금속음과 사방에 튀는 피. 기계운동같이 되돌아와 다시 찌르기를 가하는 거미의 다리가 공기와 함께 적을 관통한다. 열두 번째 연속공격이 어깨를 뚫기 직전, 그러나 쿠퍼의 모습이 휙 하고 흔적도 없이 사라졌다.

　그를 끌어당긴 것은 오른쪽 발목에 휘감긴 차크람으로, 푸른 불길의 사슬로 연결된 아래쪽에 로제티가 있었다. 왼손으로 파트너를 구출하면서 동시에 오른손을 지휘자처럼 마구 흔든다. 50개의 원형 칼날이 의사를 가진 양 쇄도해 아라크네의 거구를 유린했다.

『깜찍하구나, 로제티!』

　아라크네는 이빨을 경련시키고, 직후에 거미줄을 사출했다. 로제티가 재빨리 옆으로 돌았고, 바로 뒤에 그 옆을 폭포처럼 하얀 용이 빠져 나간다. 한 박자 늦게 지면에서 꿍음이 울린다. 잠깐 통제를 잃은 마나의 원형 칼날은 곧바로 아라크네의 십이도류에 튕겨 흩어졌다.

이 단계에서 공중 높이 날려 올라가 있었던 암반이 눈사태같이 대지에 쏟아져, 세 사람은 깔리기 직전에 발밑을 차 재빨리 뒤로 물러났다. 구름처럼 부풀어 오르는 흙먼지 속, 미끄러지듯 황야에 착지한 쿠퍼와 로제티. 열두 개의 다리로 부지런히 지면을 깎으면서 제동을 건 나크아. 그러나 멈추자마자 그의 거구를 상회하는 암석이 떨어졌다. 몸통이 뒤틀리고 다리가 후들거린다.

『크윽, 으으윽……?!』

흙먼지를 뚫고 계속해서 날아오는 그것들은 적 둘이 보내는 포탄이었다. 쿠퍼가 던지고, 로제티가 차고, 차크람이 잘게 썬 암반을 대검이 날려 버린다. 황야에 튀어 올라 엄청난 중량과 경도로 쉑쉑 날아오는 암석 중 몇 개는 나크아를 정통으로 때려, 열두 개의 다리가 흉측하게 구부러졌다. 아라크네는 소름 끼치는 분노를 터뜨렸다.

『네 이노오오오옴!!』

광범위로 거미줄이 발사되어 날아오는 암석을 모조리 묶었다. 암석의 운동에너지를 역으로 이용해 거구를 비틀고 회전시켜, 장대한 기둥으로 변한 암석들로 적 두 명을 후려갈긴다. 방어는 했으나 엄청난 위력에 쿠퍼와 로제티는 몇백 미터나 황야에 바운드됐고, 그 속도가 전혀 줄지 않은 채 협곡에 격돌, 협곡마저 뚫고 그 너머의 바위산에 처박히며 굉음을 냈다.

방사형으로 균열이 일고, 맹렬하게 피어오르는 흙먼지 속을 뛰쳐나온 그림자가 하나. 군복을 나부끼며 쿠퍼는 지면을 찰 때

마다 가속했고, 급기야 음속을 넘었다. 소닉붐이 공간을 파열시키고, 둥근 고리 모양의 충격파조차 뒤로 남겨진다.

——빠르다!!

나크아마저 내심 경탄할 정도였다. 거구의 옆을 통과한 쿠퍼는 거미 다리의 육도류가 반응할 틈도 없이 한 줄기의 참선을 새겼다. 그런 다음 곧바로 되받아치기. 육망성이 아닌 십이망성의 궤적이 황야에 번쩍이고 중심점에 있는 나크아의 반응이 한 박자, 또 한 박자 늦는다. 아라크네의 반응 한계점을 조금 상회했다고 확신한 직후, 쿠퍼는 날았다.

배후에서 목을 쳐 날리려 하는 대검의 광채에 나크아의 심장이 분기한다.

——피할 수 없다!

——됐다!!

확신과 함께 날아온 대검은 무시무시한 참격음과 함께 허공을 갈랐다. 경악에 눈이 휘둥그레지는 쿠퍼의 오른쪽 발목을 딱 붙잡은 섬세한 손바닥.

"이런 대처법도 있다."

인간 형태로 변해 대검을 그대로 지나가게 한 나크아는 붙잡은 발목을 지면에 내려쳤다. 쿠퍼의 등 쪽에서 암반이 부서지고, 조금 튀어 오른 옆구리를 차올린다. 물 흐르듯이 거미 형태로 돌아온 나크아는 꼼짝없이 허공을 나는 적에게 추가타를 때려 넣었다. 대지가 침대인 양 등을 대고 누워 자유로운 십이도류를 사신같이 난무한다. 끊임없이 사방에 튀는 불똥과 금속음에 선명한 핏줄기. 이를 악무는 미청년을 나크아가 비웃는다.

『목이 날아가면 뱀파이어라도 죽겠지?!』

이 말 직후 날아온 50개의 원형 칼날이 거미 다리에 휘감겨 십이도류를 둔하게 만들었다. 아라크네가 속으로 혀를 찬 순간, 거미 다리 하나를 붙잡은 쿠퍼가 혜성같이 낙하. 배때기에 대검을 박고, 마나와 아니마를 있는 대로 전부 폭발시켰다. 쿨럭, 입 안에서 충격과 핏줄기가 터져 나왔다.

십이도류에 갈가리 찢기기 직전 쿠퍼는 도약했다. 교대하듯이 미끄러져 들어온 로제티가 거구의 옆에 서서 양팔을 뒤로 힘껏 당긴다.

"《그림 슈트롬》!!"

앞으로 뻗은 양 손바닥에서 발사된 것은 엄청난 화염의 포효였다. 나선을 그리며 뒤엉키는 두 마리의 용이 아라크네를 잡아먹고 대지의 저편까지 데려간다. 거구가 씹히기 직전, 허공에 퍼진 아니마가 화염용을 상쇄해 나크아는 가까스로 자유를 되찾았다.

『조그만 놈들이 제법이군……! 슬슬 결판을……————.』

말하기 시작한 아라크네의 거구가 낙하 도중 부자연스럽게 흔들렸다.

하강하는 속도가 갑자기 줄어들고, 미끄러지듯 허공을 흐른다. 순간 머리가 하얘진 나크아는 대지를 내려다봤고 그리고 이해했다. 눈 아래에 드러난 일곱 가지 색의 종유석은———.

『무중력 바위!! 아뿔싸, 미스터리 스팟이었나……!』

종유석이 발하는 강력한 자기장에 의해 나크아는 착지하는 것조차 뜻대로 할 수 없다.

궁지에 몰렸음을 그가 깨달은 것은 종유석 사이를 미끄러지듯 질주하는 푸른 불길의 그림자를 본 순간이었다. 파도를 타듯이 자력의 바다를 달려 나가는 그가 용수철처럼 튀어 오른다. 무중력에 농락당하는 아라크네를 가차 없이 걷어차고, 하늘 높이 상승하는 나크아를 바라보고 그 자리에서 쿠퍼가 홱 되돌아간다. 오른손에 붙들고 있었던 차크람 덕분이다. 푸른 불길로 이루어진 사슬을 로제티가 날카롭게 잡아당긴다.

상공으로 쭉쭉 올라간 아라크네를 순간적으로 번갯불이 비추었다. 황야를 가득 메운 오로라에는 지금 끝없는 전력이 충전되어 있어, 빛의 막 하단으로 뱀처럼 구불구불한 스파크가 응집되는 동시에 빛을 증가시키고 있다. 아라크네의 보이지 않는 눈이 절망적인 광경을 환상 속에서 보았다.

『설마아—— 그만둬—— 말도 안 돼————』

직후 대지에 꽂힌 하얀 빛의 기둥이 괴물의 절규를 지워 버렸다. 중심부에서 온몸이 불타는 나크아를 더 큰 뇌격이 추격한다. 번개라는 것은 양극을 잇는 방전현상으로 딱히 하늘과 대지 사이에만 발생하는 것은 아니다. 오로라의 파도와 파도 사이를 셀 수 없을 정도로 많은 뇌룡(雷龍)이 오가며 그 도상에 떠오른 작은 생물을 장난치듯 유린했다. 거구의 몸 전체에 스파크가 튀겨 독의 체모를 눌어붙게 하고, 열두 개의 다리를 폭발시키면서 나크아는 몸이 잡아 뜯기는 듯한 비명을 질렀다.

『갸아아아아아아아아아악ㅡㅡㅡㅡㅡㅡㅡㅡㅡㅡ?!』

유달리 거룩한 우렛소리가 마지막에 날아들었다. 몇 줄기의 번개가 동시에 쏟아졌고, 그것은 황야의 상공에서 거미줄 같은 궤적을 그렸다. 인지를 초월한 파괴력이 중앙의 일점에 모여 팔방에서 아라크네를 뚫은 후에 대지에 격돌.

세상에 말뚝을 박은 듯한 폭발음이 처절한 돌풍과 함께 황야를 빠져 나갔다.

온몸을 탄화시키며 추락한 아라크네는, 직후 퍼석하고 터졌다. 터진 몸에서 몇백, 몇천 개는 되어 보이는 어둠의 알갱이들이 나왔는데, 한참 축소된 크기의 새끼 거미들이다. 등줄기를 기어오르는 것 같은 비웃음 소리와 함께 대지에 쏟아진 그것들은 순식간에 지하로 숨어 들어갔다.

쿠퍼의 발밑에도 한 마리가 자빠졌다. 이미 일어날 수조차 없는 그것이 나크아의 본체로, 오랫동안 블로섬 후작 뒤에 숨어 있었던 모습이다. 자신을 내려다보는 뱀파이어 거인을 앞에 두고 초라한 몰골임에도 쉰 목소리가 이겼다며 우쭐댄다.

『소용없다……. 7년 전을 잊었냐……! 네놈에게 재생능력이 있듯이 내게는 분열능력이 있다! 나를 완전히 없애는 건 불가능해……!! 크하하하!』

"…………."

『하지만 칭찬해 주지, 한 번도 아니고 두 번이나 내 야망을 박살 낼 줄이야……! 그러나 포기는 않겠다……. 몇 년이 걸리든 다시 힘을 회복해 다음에야말로 네놈이 사랑하는 자들을 찢어

발겨 주마·········!!』

쿠퍼는 눈썹 하나 까딱이지 않고 무자비할 정도로 냉혹하게 말했다.

"7년 전과 무언가 다른 것 같지 않나?"

『······뭐라고?』

속으로 눈썹을 찌푸리다 만 나크아는 직후에 『으윽?!』하고 고통스러운 목소리를 내뿜었다.

한계까지 피폐해진 그의 영혼이 지금 이 순간에도 연신 깎이고 있음을 느낀 것이다.

『설마····· 내 분신들이·····!』

† † †

"학생들! 이 거미가 란칸스로프의 생명력이다, 한 마리도 남기지 말고 모조리 태워 버려!!"

"""네엣!"""

라클라 선생과 정보를 공유한 강사진의 지휘에 따라 교회에 모인 성 프리데스위데 소녀들이 300개의 공격선을 그리고 있었다. 롱 소드가 베고, 메이스가 으깨고, 도검이 썰고, 리볼버가 쏜다. 지팡이가 한 번 휘둘러지면 거미 몇 마리가 한데 모여서 날아갔고, 롱 완드에서 방출되는 마나가 단말마와 함께 거미들을 쓸어버렸다. 끊임없이 울려 퍼지는 새끼 거미의 비명이 흡사 신에게 바치는 기도처럼 스테인드글라스에 빨려 들어간다.

새끼 거미 한 무리가 죽을힘을 다해 긴 의자 뒤로 빠져 나갔다. 여학생들의 포위를 돌파하고 앞마당으로. 잡초에 섞여 울타리로 쇄도한다.

"큰일이다, 어서 마을로——!"

누군가가 절박한 비명을 지른 직후, 지면에 지팡이가 박히는 음색이 쩌렁쩌렁하게 울렸다.

폭음과 함께 불길이 팽창하고 새끼 거미들이 한 마리도 남김 없이 몽땅 뒤집혔다. 그 엄청난 마나 압력의 중심에 서 있는 인물을 본 미토나 학생회장의 눈동자에 눈물이 글썽인다.

"학원장님……!!"

교회 정문에 진을 치고 있는 수호신은 아이 같은 미소와 함께 지팡이를 높이 들었다.

"나 아직 안 죽었어……!"

마녀의 지팡이에서 등대와 같은 빛이 솟아오르고, 칼을 뽑는 소리가 드높이 울려 퍼진다. 강사들의 용맹한 호령과 여학생들의 맑은 함성이 겹쳤다.

† † †

자신의 생명이 시시각각 종언에 다가가고 있음을 깨닫고 나크아의 본체가 몸을 떨었다.

『네 이놈, 작전이었구나……! 처음부터 이 상황을 노리고 있었던 건가……!』

"학생들을 불러들인 건 그쪽이잖아. 네놈이 내 기술을 이용한 것처럼 나도 네놈의 책략을 역으로 이용했을 따름이다."

그레이트 소드를 반대 손으로 바꿔 쥐고 칼끝을 발밑에 착 놓는 쿠퍼.

"다음은 없다. 이걸로 우리의 인연은 끝이다, 나크아."

『자, 잠깐만, 멈춰! 그것만은—— 하지 마아——………!!』

"잘 가라, 괴물."

기요틴같이 두꺼운 칼끝이 푹, 지면을 분단했다.

도신 좌우로 갈라진 열두 개의 다리를 가진 거미는 직후 모래가 되어 바람에 휩쓸렸다. 완전히 쉰 비명의 여운마저도 흩어지고, 이내 황야를 떠도는 무한의 모래먼지 속에 사라졌다.

10년 이상에 걸쳐 이 지저에서 암약해온 악마는 결국 사방에 둘러친 그 둥지와 함께 완전히 없어졌다——.

길고 긴 한숨을 쉬고 쿠퍼가 검을 들어 올린다. 몇 년간의 짐이 사라진 그 뒷모습에 힘차게 한 소녀가 부딪쳤다. 아직 푸른 불길을 나부끼는 로제티다.

"쿠……!! 나 전부 다 생각났어!"

"……그러냐."

"너에 대한 것도! 옛날 일도! 전부!!"

쿠퍼는 몸을 뒤집은 다음 그녀를 양팔로 꽉 껴안았다. 그 붉은 머리카락에 뺨을 바싹댄다.

"나도 계속 보고 싶었어."

행복에 겨워 뺨이 녹아내린 여동생의 목덜미에 청년의 오른손이 살며시 더해진다. 그 손끝에서 미세한 압력이 발사되고, 직후에 소녀의 무릎이 덜컥 내려앉았다.

"어……?"

사지에 힘이 빠진 소녀를 쿠퍼는 즉각 부축하고 지면에 무릎을 꿇었다.

사랑하는 청년의 품속에 안긴 로제티의 눈동자에는 애석함과 혼란함이 소용돌이치고 있었다.

"무슨, 짓이야……."

"이번 일은 이레귤러였어. 그러니 다시 한번 너의 기억을 봉인하겠다."

망설임 없이 든 손바닥에 아니마의 냉기가 휘감긴다. 눈앞에서 쏟아지는 그것은 소녀를 좋든 싫든 잠의 세계로 유도해, 기억의 바다에 안개를 퍼뜨릴 것이다.

로제티는 힘이 들어가지 않는 팔을 필사적으로 들어 올려 그의 손을 쥐었다.

"싫어…… 그런 건, 싫어……!"

"권속으로서의 너를 가두는 대신에 양지의 사회에 남긴다. 그것이 내 소속부대—— 백야 기병단과의 계약이야. 이해해 줘……. 지금은 달리 방법이 없어."

그가 소속을 밝히자 로제티의 눈동자가 휘둥그레졌다. 하지만 고백은 도리어 그녀에게 손끝에 넣는 힘을 더욱 세게 만들기만 했다.

"그러면…… 나도 그쪽으로 갈래! 너와 같이 살고 싶어……!"

쿠퍼는 쓴웃음을 지었다. 사납게만 보이는 입가가 가랑눈처럼 풀어진다.

"이쪽은 추워. 너는 양지 속에서 웃으며 살아 주면 좋겠다, 로제."

"너를…… 잊고 싶지 않아……!!"

"걱정 마."

언젠가 "잠이 안 와." 하고 칭얼거렸던 그녀를 달랬었던 때처럼, 쿠퍼는 여동생의 눈꺼풀에 손바닥을 놓는다. 살며시 눈동자를 감기고 자장가같이 속삭였다.

"내가 곁에서 보고 있을게. 너를, 영원히."

"오, 빠……아……아……————."

보석보다도 고귀한 물방울이 한 방울. 마른 대지에 떨어짐과 함께 그녀의 팔에서도 최후의 힘이 빠졌다. 그 손바닥을 들고, 쿠퍼는 마지막 불씨를 보살피듯 자신의 볼에 대었다.

"그러니 안심하고 자."

손끝을 무는듯한 입맞춤. 그의 백발에서 인광이 흩날리며 추억처럼 사라졌다.

† † †

샹가르타의 어둠을 둘러싼 전투가 남모르게 종결되고—— 소동의 여운조차도 이윽고 들리지 않게 되었을 무렵. 서재에서 머리를 싸매고 있던 블로섬 프리켓 후작은 마침내 얼굴을 들었다.

도시의 천장을 뒤흔든 엄청난 굉음도 그치고, 창칼 소리마저 저편으로 사라져 주위에는 정적이 돌아왔다. 일이 여기에 이르러서야 그는 인정하지 않을 수 없었다.

"나크아…… 나크아가 당한 건가……?!"

 아몬드 색 머리카락을 쥐어뜯고 아직 입고 있었던 로브를 난폭하게 벗어 던졌다. 평소의 슈트 차림이 되어 거의 구르듯이 뛰어간 곳은 벽 쪽의 책장이다.

 수납되어 있는 양장본을 닥치는 대로 긁어내기 시작한다. 바닥에서 튀어 올라 펼쳐진 페이지가 먼지로 더럽혀졌다. 그들 중에는 귀중한 자료도 섞여 있을 터이다. 그러나 억수 같은 식은 땀을 흘리는 블로섬 후작은 거치적거리는 책을 밟고, 걷어차는 것조차 마다치 않는 모습이었다.

 전부 다 하나같이 가치를 잃어버렸다고 말하기라도 하는 것처럼──.

 이내 빈자리만 남은 서가 하나를 그는 힘껏 미끄러뜨렸다. 서가가 벽에 난 틈으로 주르륵 미끄러져 들어가고, 그 자리에 뻥 뚫린 샛길이 드러났다.

 그 앞은 흡사 고해소처럼 좁고 폐쇄된 공간이었다. 물건이라곤 하나도 없고, 시선을 끄는 것은 딱 하나── 고고한 이종의 꽃들에 둘러싸여 한 인간이 거미줄에 감싸여 있다.

 십자가에 묶여 있는 것같이도 보이는 그 인간은 외견상으로는 20대 여성이었다. 그러나 좌반신이 비대해지고 변색하여 그로테스크한 이형으로 변해 있었다. 아름답게 남은 오른쪽 눈을 편

안히 감고 잠자는 것처럼 보인다.

　블로섬 후작은 그 여성의 발밑에 매달렸다. 꽃잎이 지고, 인광이 흩날린다.

　"카밀라…… 나는 앞으로 어떡해야……!"

　"이 방에는 한 번도 들어가게 해 준 적이 없었죠."

　갑자기 울린 낮은 미성에 후작은 튀어 오를 듯이 놀라 돌아보았다.

　어느 틈엔가 숨겨진 문 앞에 군복을 입은 검은 머리의 청년이 우두커니 서 있는 것이 아닌가. 블로섬 후작은 더는 그의 태생을 의심하지 않았다. 기억에 있는 꺼림칙한 모습과 정확히 일치했고, 생각해내고자 한 이름은 목구멍에 걸려 나오지 않았다.

　"너, 너는……!!"

　"그 여성이 당신의 아내입니까? 죽은 건 아니었군요."

　청년은 망설임 없이 성역에 발을 들여놓았다. 블로섬 후작은 그걸 거부하면서도 몸은 공포로 전율하고 있었다. 엉거주춤한 자세로 발은 저절로 벽에까지 뒷걸음질 친다.

　"멈춰……. 카밀라한테 접근하지 마……!"

　"하지만 란칸스로프화가 시작되고 있어. 그걸 나크아의 능력으로 막고 있었다는 얘기군요. 이 사람을 구하는 일이 당신과 나크아의 거래였어……."

　"그, 그래…… 나는 그 녀석한테 기댈 수밖에 없었어……. 달리 방법이 없었다고!"

　성모를 올려다보는 것 같은 눈빛의 쿠퍼를 향해 블로섬 후작은 침과 함께 악을 썼다.

"카밀라한테는 아무 죄도 없어! 이 여자가 란칸스로프가 된다니 뭔가 잘못된 거야…… 나크아는 우리 부부를 구해 줬어. 카밀라가 10년 동안 인간으로 남을 수 있었던 건 그 녀석 덕분이야! 내가 할 수 있는 일은 아무것도 없었다고!!"

"…………"

후작이 고하는 진실을 쿠퍼는 이렇게 이해했다.

샹가르타에 도착했을 때 나크아는 야계로부터 추방되어 목숨만 겨우 부지한 상태였을 것이다. 그런 시기에 우연히 놈을 필요로 하는 인간이 나타나, 상호의존관계를 맺었다?

그런 딱딱 맞는 이야기가 있을 리 없다.

블로섬 후작의 아내가 란칸스로프로 변하기 시작한 계기라는 것도 아마——.

자신을 포박하는 운명의 줄을 여전히 깨닫지 못하고, 블로섬 후작은 바닥에 무릎을 떨궜다.

"부탁이다, 눈감아 줘……!! 사실 나는 현인 같은 게 아니야, 흔하디흔한 범인이지! 여기에——."

귓가의 머리카락을 쥐어뜯으며 통한의 눈물을 흘리는 후작.

"여기에다 나크아가 지혜를 빌려주지 않으면 난 아무것도 못한다고…… 으으……!"

"…………"

쿠퍼는 대답하지 않고 천천히 군복의 품에 손을 넣었다.

거기서 옅은 물색 액체가 담긴 약병을 꺼낸다. 연수에 나가기 직전 저택에서 우체부, 아니, 백야 기병단 상사로부터 전별품으로 받은 물건.

이것을 손에 넣었을 때의 대화가, 꽃들의 향기가 선명하게 오감에 상기되었다.

『그럼 이 약을 쓰면…….』

그래, 하고 고개를 끄덕이며 어울리지 않는 화원에 선 상사는 다시 한번 같은 문언을 반복했다.

"그 약에는 너 같은 《사람과 란칸스로프와의 혼합물》을 완전한 인간으로 되돌리는 힘이 담긴 모양이다. 자기 자신에게 사용하면 너는 뱀파이어로서의 반신을 버릴 수 있을 테고, 그 여동생에게 사용하면…… 그 아이는 권속으로서의 성질을 잃고 따라서 너의 기억을 봉인할 필요도 없어지겠지."

되찾을 수 있다. 7년 전의 재해에 휘말리기 전 순수한 인간이었던 시절의 그녀와, 매일을 함께 보낸 쿠퍼와의 기억을——.

손끝이 희미하게 떨리는 것을 자각하면서 쿠퍼는 거듭 질문했다.

"윌리엄 진은?"

"그 녀석에겐 효과가 없었다고 해. 인조 란칸스로프라는 건 인간으로서의 마음을 남기면서 육체만 완전히 란칸스로프로 변모한 거니까, 뭐."

쿠퍼가 원하는 방향으로 써도 된다는 뜻이다. 다만, 하고 상사는 마지막으로 충고를 던졌다.

"그 약은 실험 중의 시행착오로 기적적인 우연에 의해 조합된 것 같아. 그 병 하나가 정확히 한 명분. 똑같은 것을 재현할 가능성은 낮다고 한다."

찬스는 한 번, 수혜는 한 명, 사용해버리면 다시는 돌이킬 수 없다──.

묵직한 상사의 음성이 마지막으로 고했다.

"──잘 생각해서 써라."

짧은 기억의 여행을 마치고 쿠퍼는 다시 눈앞의 여성을 올려다보았다. 변질된 좌반신은 반쯤 거미줄에 덮여 있어서 마치 아기를 품는 성모같이도 보인다.

잠시 후 쿠퍼는 시선을 돌리지 않고 벽 쪽에 말을 던졌다.

"기억하고 있습니까, 후작? 옛날…… 어린 저와 어머니가 이 마을에서 박해당하고 길가에 쓰러져 죽을 뻔했을 때 보다 못한 당신이 교회로 거두어 주었었죠."

"……."

"어머니의 임종을 지켜보고 고독해진 제게 새 가족을 줬어요."

"그, 그건……."

후작의 입술이 부르르 떨렸다. 마치 불길한 문에 단단히 자물쇠를 채우는 것처럼 언성을 높인다. 쿠퍼를 노려보고 찔끔찔끔 고개를 흔든다.

"그건 그냥 변덕일 뿐이야!! 나는 그저 카밀라의 모습이 머리에 스쳤을 뿐이다!"

"그래도 어머니는 당신에게 고마워했어요. 인간답게 죽을 수 있었던 건 당신 덕입니다."

그래서, 하며 쿠퍼는 병뚜껑을 날렸다. 그리고 몸쪽으로 가져가 높이 들어 올린다.

"이건 제가 당신에게 하는 단 한 번의 효도입니다."

병 입구에서 반짝인 물방울이 축복같이 성모에게 뿌려졌다. 쿠퍼는 여러 번 팔을 왕복시켜 마치 밤하늘에 꿈을 그리는 마법사처럼 빛을 퍼뜨렸다.

마지막 한 방울이 찰싹, 볼에 튀고 여성의 눈꺼풀이 흔들렸다. 이윽고 변질된 좌반신이 선명한 빛을 발하자 거미줄이 저절로 풀어지듯 소실되었다.

"카, 카밀라!!"

블로섬 후작이 냉큼 다가가 쓰러지는 그녀를 꽉 껴안는다.

품속에서 완만한 숨소리를 내면서 자는 여성은 손끝 발끝까지 아름다운 인간의 모습으로 돌아오고 있었다. 잊어버릴 뻔한 기억을 되찾기라도 한 것처럼 후작의 눈동자가 빛난다.

"10년 만이야……. 아아, 카밀라……. 내 사랑스러운 카밀라……. 으으, 으으……!!"

그녀는 곧 잠에서 깨어 긴 세월을 보낸 남편의 우는 얼굴을 눈동자에 비출 것이다. 그것을 지켜보지도 않고 쿠퍼는 빈 병의 뚜껑을 닫고 몸을 돌렸다.

흐느끼는 블로섬 후작은 그것을 알아채지 못했다. 이제 쿠퍼는 두 번 다시 본래의 신분으로 그와 만나는 일도, 어린 날을 보낸 이 교회에 발을 들여놓는 일도 없으리라.

방을 떠나기 직전, 군복 옷자락이 나부꼈다. 작별 인사는 늘
같다.

"안녕히 계세요, 아버지."

그 목소리는 졸음에 빠지듯 녹아서 영원의 꿈 저편으로 사라
졌다.

나 크 아

클래스:아라크네

HP	??????		AP	?????		
공격력	????		방어력	????	민첩력	????
공격지원	—			방어지원	—	
사념압력	???%					

주 요 스 킬 / 어 빌 리 티

분열능력Lv?? / 형태변화Lv?? / ???LvX / ????Lv?? / ????Lv?? /
볼타일 바이트 / 카라냐 프레이지 / 나락의 배수구 / ????:???? /
??:???????

FILE.03 란칸스로프의 권속

권속이란 말 그대로 주인에게 복종하는 부하를 가리킨다. 피를 마심으로써 대상을
정복할 수 있는 뱀파이어와는 달리 아무런 지배능력이 없는 나크아는 권속의 획득
에 예사롭지 않은 시간과 인내를 감내한 듯하다.

그러나 지저도시를 자신의 근거지로 변용하고자 한 놈의 계획은 백야 기병단의 에
이전트에 의해 저지되었다. 야계와의 경계선을 훌륭히 틀어막은 그의 영웅적 전투
는, 그러나 그 어두운 면과 함께 햇빛을 맞는 일은 결코 없을 것이다.

HOMEROOM LATER

"들었어요? 블로섬 후작님, 자수하셨대요!"

붉은 장미 교복이 쫙 깔린 버스 안은 그 화제로 자자했다. 벌써 여러 번 의논된 그 사실을 누군가가 꺼내면 학생들은 득달같이 달려들어 자신의 주장을 낸다.

"그 거미 란칸스로프와 결탁해서 도시를 공포에 빠뜨렸다며!"

"그 무서운 《기이한 병》이라는 것도 후작의 소행이었나 봐요. 머지않아 기병단분들이 정화작전을 실시할 예정이라고 들었어요!"

"마치 귀신에 씌었던 게 떨어져 나간 것처럼 모든 죄를 고백하신 것 같아요. 공범자가 죽어서 포기한 걸까요……?"

"마을 사람들이 놀랄 줄 알았는데…… 지금도 블로섬 후작을 사모하는 분들이 그의 석방을 호소하고 있는 모양이에요. 혼란이 잘 수습되어 줄까요…….."

"아뇨, 애당초 왜 《현인》이 이와 같은 사건을?"

"수수께끼는 깊어지기만 하네요~……."

제법 의논다운 형태를 취하고는 있으나, 애초에 그 정보들은 출발 전 집회에서 강사들에게서 들은 것으로 이미 전원 다 공유

된 내용이다. 지금은 온갖 의문을 파내 여러 가지 가능성을 다 공상한 후라서 이 이상 새로운 화젯거리가 나올 리 만무하다. 실로 평화로운—— 평소의 광경이었다.

성 프리데스위데 여학생을 태운 여섯 대의 버스는 오늘 아침 샹가르타를 출발해 황야 한복판, 프란돌로 가는 귀로를 쉬지 않고 한창 달리는 중이다. 오로라는 지금도 상공에서 널찍이 그 위광을 과시하고 있지만, 희미한 전류가 산발적으로 튀는 것 말고는 참으로 편안해 보인다.

인지를 초월한 그 왕거미 나크아의 방대한 HP를 날려 버릴 때 축적했던 전력을 전부 다 방출했기 때문이다. 덕분에 잠시 《맑은 상황》이 된 이때를 골라 당초 연수의 일정대로 샹가르타를 뜬 것이다.

갈 때와는 달리 올 때의 버스에는 빈자리가 하나 생겼다. 사라진 그 사람 대신에 여섯 번째 버스의 핸들을 쥔 학원 강사가 경쾌하게 액셀을 밟았다. 뒷바퀴가 흙먼지를 날리고, 일렬을 이룬 뱀은 금세 오로라를 후방에 버려두고 간다.

왠지 모르게 아쉬워하며 그것을 바라보다 메리다는 좌석에 다시 앉았다. 똑같이 앞으로 돌아선 옆자리의 소녀에게 빛나는 미소를 보낸다.

"금방 눈을 떠서 다행이야, 엘리."

계속 누워 있었던 어제를 전혀 느끼게 하지 않는 무표정으로 엘리제는 고개를 끄덕였다.

"리타를 혼자 둘 순 없으니까."

"무슨 말이 그래? 꼭 사람을 외로움 많이 타는 것처럼 말한다, 너."

"아니야?"

예쁜 얼굴을 갸우뚱거리며 엘리제가 되묻자, 메리다는 알았다는 듯이 크게 고개를 끄덕였다.

"──그럴지도 모르지. 나, 깨달았어. 혼자선 아무것도 할 수 없다는 걸."

시선을 슥 돌리자, 붉은 장미 꽃다발이 보였다.

수많은 여학생들이 열광하는 중심에 시크한 군복 청년이 있었다. 샹가르타행 버스에서는 신입생들로부터 여학생을 덮치는 늑대인가 하고 경계받았던 그가 사실은 보이지 않는 곳에서 진범으로부터 여학생들을 지켜내고 있었다는 사실이 알려지자, 평가는 빠르고 가파르게 상승 중이다.

옆자리를 차지한 누군가가 은근히 몸을 붙이고, 치사하다며 투덜거린 다른 누군가가 자리를 빼앗고, 그 틈에 지체 없이 반대쪽 한 명이 몸을 내민다. 입가에 과자가 쑥 들어와 당황하면서도 거부하지 못하는 사랑하는 사람의 모습에, 메리다의 자그마한 가슴에도 뇌운이 자욱이 낀다. 다들 자중 좀 했으면 좋겠는데.

──하지만 아무도 몰라. 선생님의 또 다른 모습은.

그렇게 생각하자마자 쏟아져 들어온 우월감이 우울을 날려 주었다. 웃흐~응 하고 만족스러운 미소로 좌석에 푹 앉는 메리다를 수상쩍은 눈빛이 들여다본다.

"……리타, 내가 자는 동안에 무슨 일 있었어?"

"어? 무슨 일이라니, 뭐가? 별로 대단한 일 아니야, 우후후후……!"

"수상해."

눈을 흘기고 엘리제는 손가락을 쥐락펴락하면서 사촌 자매에게 덤벼들었다. 좁은 좌석 위에서 엎치락뒤치락하며 민감한 곳에 손가락을 뻗는다.

"자백할 때까지 간지럽힐 거야. 간질간질간질……."

"꺄하하하하! 그, 그만해애애~~! 보, 복수다, 엘리!"

"꺄흐윽?! 크윽, 후우……."

메리다도 재미있어하며 손을 뻗어 추잡한 양상을 보이기 시작했지만, 거기에 동급생들이 주의를 기울이는 일은 없었다. 흔하디흔한 여학교의 광경이기 때문이다.

한편 겨우 여학생들의 환대 파도가 일단락되어 한숨을 쉬며 넥타이를 고쳐 매고 있었던 쿠퍼의 곁에 한 손님이 나타났다. 당연하다는 표정으로 옆자리에 자리 잡은 사람은 바로 새로운 3학년 미토나 휘트니 학생회장이었다.

"학생회장님 아닙니까, 이번에는 메리다 아가씨가 신세를 많이 졌습니다."

"감사받을 입장은 아니에요. 메리다는 당신의 학생이기 전에 제 동생이니까요."

새침한 얼굴의 3학년에게 쿠퍼는 신중히 온몸을 돌린다.

"……미토나 님, 기분 탓이 아니라면 학기 초부터 저를 훼방

꾼 취급하시지 않았습니까?"

"오해하지 말아 주셨으면 합니다만."

짐짓 고상한 척하는 어조로 미토나 회장이 대답한다.

"저는 딱히 당신을 싫어하는 게 아니에요."

"네?"

"단지 남자가 필요 없다고 생각할 뿐."

느닷없이 엉뚱한 주장이 튀어나와서 쿠퍼는 저도 모르게 앉음새를 고친다. 설마 자신을 창문 밖으로 던져 버리려고 온 건가 하고 신중한 자세로 진의를 묻는다.

"……그 말씀은?"

"저걸 보실래요?"

마치 무대 여배우처럼 미토나 회장은 손바닥을 내밀었다.

가리키는 곳에는 칠칠치 못한 금발과 은발의 천사가 있었다. 실컷 서로를 간지럽히고 힘이 빠진 두 사람은 서로에게 체중을 맡기며 껴안고 있다. 코끝을 붙이고 "에헤헤." "후후." 하며 부끄러워하는 그 모습을 바라보더니 탱~ 하고 쿠퍼를 돌아본 미토나 회장이 주먹을 꽉 쥐었다.

"멋지다고 생각지 않으세요?! 저게 여학원 자매들의 바람직한 모습이에요!!"

"……그, 그렇군요."

"저는 1학년일 때부터 학생회장이 된다면, 하고 꿈에 그렸던 일이 있어요."

회장은 자연스럽게 비전을 이야기하기 시작했다. 쿠퍼는 듣는 입장에 충실할 수밖에 없었다.

"그건 성 프리데스위데에 새로운 《자매제도(커데트)》를 만드는 것……!! 유닛 따위에 로망은 없어요, 1대1 페어여야만! 금단의 꽃이 자라는 법……!"

"그, 그러네요."

"저는 학생회에 들어가기 위해서 남다른 노력을 해 왔어요. 크리스타 언니에게 총애를 받았고, 이제 야망의 실현까지 한 발자국밖에 남지 않았는데……! 그런데 당신이."

급속히 차가워진 시선으로 자신을 꿰뚫어 보기에 쿠퍼는 기계적으로 얼굴을 반대쪽으로 돌렸다.

하지만 그걸로 회장의 원통한 마음이 가라앉았느냐 하면 당연히 NO였다.

"남자엄금이었던 제 낙원에 갑자기 당신이 나타났지……. 동생들의 시선을 단숨에 빼앗긴 내 기분을 알겠어? 그래도 메리다와 엘리제가 화해한 건 당신 덕분인 것 같네, 그건 고마워."

"죄, 죄송합니다."

"그건 그렇다 치고. 지금 이 상황에 《자매제도》 같은 걸 시작하면 자매들 모두 당신한테 페어를 신청할 게 뻔해요. ——그러려고 시행하는 게 아니건만!! 아무래도 처음부터 계획을 재검토해야 할 것 같네요. 어떻게 해서 모두의 관심을 눈앞의 당신으로부터 옆에 있는 자매에게 옮길까! 앞으로 1년 안에 반드시 그걸 이뤄내——."

"시, 실례하겠습니다, 학생회장님!"

끼어들 틈도 없었던 쿠퍼는 반쯤 억지로 좌석에서 일어났다.

　가슴에 손을 대며 가볍게 인사하고, 어찌어찌 신사의 가면을 그럴싸하게 꾸민다.

　"……급한 용무가 생각나서."

　"다음에 또 이야기하죠, 선생님?"

　결단코 사양하고 싶었지만, 아무래도 그럴 순 없겠지 하고 체념하는 쿠퍼였다.

　여하튼 그렇게 말하고 자리를 떠난 이상 목적을 찾아내지 않을 수 없다. 이 흐름에 메리다와 엘리제의 곁으로 향하는 것은 미토나 회장에 대한 도전장이나 다름없으므로 버스의 가장 뒷좌석으로 갔다.

　창가에는 로제티가 앉아 멍하니 바깥을 바라보는 중이었다. 그녀를 배려해서인지 아무도 말을 걸지 않는다. 말을 걸 타이밍을 가늠하고 있었던 쿠퍼가 시치미 떼는 얼굴로 옆에 앉는다.

　"조금 더 있지 않아도 괜찮겠습니까?"

　붉은 머리의 미모를 고개를 홱 돌리고, 어째선지 허둥지둥 앉음새를 고쳤다. 미끈하게 꼬고 있었던 다리를 풀고, 머리카락을 안절부절못하며 만지작거렸다.

　"아, 응. 지금 나오지 않으면 다음은 언제가 될지 모르는 데다 나는 나대로 일이 있으니까."

　"교회 아이들은 당신이 있어 주는 편이 든든할 텐데요."

　"괜찮아! 아빠는 없어졌지만…… 엄마가 와 줬으니까."

　그렇게 속삭이며 그녀는 다시금 시선을 창밖으로 돌렸다.

이젠 오로라도 후방으로 멀어져 대지는 어둠 속에 점점 갇히는 중이다.

"그 사람이 우리 엄마……란 말이지?"

그 부분에 대해서는 쿠퍼도 충분히 들을 수 있었다. 10년 만에 인간으로서 각성한 미세스 카밀라는 블로섬 후작의 뒤를 이어 교회를 운영하고, 아이들을 보살펴갈 생각이라고 한다. 처음에는 여러 가지로 상황을 파악하기 어려운 점도 많겠지만, 그때는 보안관 딕이나 마을 주민들이 넌지시 도와줄 게 틀림없다.

로제티는 애석함을 품은 듯한, 조금 어른스러운 미소로 이쪽을 돌아보았다.

"아빠는 인생을 걸고 엄마를 살렸어. 그러니 엄마는 아빠가 속죄를 마칠 때까지 몇십 년이고 기다리겠대. ……나는 진짜 아무것도 모르는 아이였어."

"……기분은 어때요? 전투가 끝나고 당신도 쭉 잤었잖아요."

순전히 자신이 가한 봉인술 때문이라서 물어보는 목소리도 절로 신중해졌다.

아니나 다를까 로제티는 집게손가락을 양쪽 관자놀이에 대고 "으~음." 고뇌해 보였다.

"뭔~가 기억이 애매하단 말이지……. 아빠가 나쁜 짓을 하고, 쿠랑 그 밉상인 적을 쓰러뜨리고 했던 건 왠지 모르게 기억하는데, 안개가 끼어서 자세히는 생각이 안 난다고 해야 하나……. 기억이 구멍투성이라고 해야 하나……."

"전에 없는 격렬한 전투였으니까요, 의식이 불타서 끊어진 거겠죠. 너무 억지로 생각해 내지 않는 편이 좋을 것 같습니다."

안도감을 느끼는 한편 쿠퍼는 동시에 죄악감에도 시달렸다. 최소한의 속죄인지, 입술이 저절로 이 같은 말을 자아냈다.

"당신이 있어 주지 않았다면 그 강적은 쓰러뜨릴 수 없었을 겁니다. 감사드립니다, 로제티 씨."

그러자 로제티는 쿠퍼의 얼굴을 가만히 쳐다보다 천천히 불만을 입에 담았다.

"오래전부터 신경 쓰였던 건데, 언제까지 그렇게 부를 거야?"

"으으음…….'"

생각도 안 한 일이다. 우리는 예전 관계로는 돌아갈 수 없다. 하지만 그렇다고 현 상황에 만족하고 있을 필요도 없을 것이다. 잠시 후 쿠퍼는 미소와 함께 오른손을 내밀었다.

"감사드립니다, 로제."

"우리는 파트너잖아, 쿠."

단단히 맞잡은 손은 서로의 온기를 상대에게 남기고 떨어졌다.

약간 거리감이 전진한 이때 쿠퍼는 문득 은연중 궁금했었던 것을 그녀에게 물어보기로 했다.

"그러고 보니 당신, 왜 기병단에 남는 데 집착한 건가요?"

"응?"

"남성이라면 몰라도 귀족의 영애는 꼭 전장에 서기를 바라는 분만 있지 않습니다. 검을 버리고 가문의 번영에 힘쓰는 것도 훌륭한 전투방식의 하나이고, 실제로 그러고 있는 부인들도 여럿 있습니다. 더구나 당신은 원래 평민. 이 기회에 고향에 돌아가 유유자적하게 사는 것도 선택지 중 하나였지 않습니까?"

"그런 건 시시하다니까, 참."

"시시하네 마네가 아니라…… 재미 때문에 성도 친위대까지 올라간 겁니까?"

재차 물어보자 로제티는 무릎 사이에 손을 넣고 "으~음." 하며 못마땅한 얼굴을 했다.

"이거 말하면 분명 이상하게 보일 것 같아서 아무한테도 말한 적 없었는데……. 뭐, 쿠라면 괜찮겠지. 나 있잖아, 찾아 줬으면 하는 사람이 있어."

"찾아요? 누구를요?"

"그게 있지, 기억이 안 나."

장난치나 싶을 만큼 갈피를 잡을 수 없는 발언이었지만, 로제티의 태도는 매우 진지하다. 팔짱을 끼고 필사적으로 머리를 쥐어짠다.

"그 사람은 내가 어렸을 때 분명히 옆에 있었는데 지금은 정말 얼굴도, 이름도 생각이 안 나. 마을 사람들한테 물어봐도 '그런 애는 없어.' 라는 말만 하고, 그러니까 상식적으로 생각하면 내 착각일 테지만——그런데 있잖아?"

여기가 하고, 로제티는 자신의 가슴에 손을 놓고 내려다본다.

"뻥 뚫린 기억의 구멍 건너편에서 내 마음이 소리치고 있어. '다시 한번 그 사람을 보고 싶다.' 라고. 심할 때는 계에에속 울음을 그치지 않아서 나까지 슬퍼져. 정말이지, 누가 뭐라 해도 착각이 아니다 싶어. 그 사람은 진짜로 있어, 프란돌 어딘가에! 나랑 같이 살고 있어!"

"…………."

쿠퍼는 뭐라고 대답하면 좋을지 몰랐다. 이어지는 말에 귀를 기울일 뿐이다.

잃어버린 것에 관해 이야기하고 있는데도 로제티의 표정은 환했다. ——어째서? 구멍 건너편에는 따스한 경치가 있음을 믿고 있기 때문일지도 모른다.

"그래서 좌우간 유명해지려고 해! 내가 상대를 찾아내지 못하더라도, 나를 프란돌 전국의 사람들이 알아봐 주게끔 된다면——."

"상대가 찾아내 준다……."

"바로 그거야! 나는 여기에 있어!! 라고 프란돌 정상에서 그 누군가에게 소리 지르지 않으면 안 되니까, 지금은 도저히는 아니지만 결혼 같은 건 생각할 수 없었어, 에헤헤."

기가 막힐 정도로 무모한 방식이다.

우직하고, 무계획적이고, 너무 직선적이어서 똑바로 쳐다볼 수 없을 만큼 눈부시다.

이 소녀가 있는 장소는 필시 따스하겠지, 하고 구멍 건너편에서 쿠퍼는 생각했다.

"언젠가 만날 수 있으면 좋겠군요."

마음이 멋대로 자아낸 그 말은, 하지만 틀림없는 그의 본심이었다. 흥분이 가시지 않은 로제티는, 일어나서 들어 올렸던 팔을 내리고 확 웃었다.

"쿠라면 웃지 않을 줄 알았어. 그래서 좋아해."

"이런, 사랑의 고백입니까?"

"응, 맞아."

허점을 직구로 반격당하는 바람에 쿠퍼는 저도 모르게 당황했다. 조금 전 고백이 역시 조금은 쑥스러운 듯한 그녀와 서로 마주 본다. 그러나 다음 말이 이어지기 전에 돌연 손님이 방문했다.

"이야, 쿠퍼 선생, 이번에도 대활약했던데!"

난데없이 반대쪽 자리에 밀어닥친 사람이 누군가 싶었더니 바로 라클라 마디아 선생이었다. 납작한 가슴을 내밀고 으스대며 어째선지 아주 득의양양한 표정이다. 여전히 큼직한 학원용 로브가 우스꽝스럽긴 하지만 그 부분은 언급하지 않고 쿠퍼는 그저 인사했다.

"아이고, 라클라 선생님 아닙니까, 메리다 아가씨를 도와주셔서 감사합니다."

"아니, 뭐, 이쪽도 자선사업은 아니었으니까!"

"네?"

"내가 이번에 얼마나 굉장했는데? 네가 보이콧하는 동안에 베고 또 베는 엄청난 싸움이었거든. 대체 엔젤을 몇 번이나 궁지에서 구했는지 모르겠어. 이거 뭐, 너도 내게 엄청난 빚을 진 거다? 알지?"

"……네, 뭐."

"알면 됐어! 그럼 일단 평소의 태도부터 고쳐. 다시는 내 머리를 쓰다듬지 말고, 여학생들의 장난감으로 만드는 짓도 하지

마. 또 당분간 내 심부름꾼으로 교내를——."

"누가 제 이름을 부르는 것 같네요."

이어서 소환된 것은 천사 자매였다. 버스의 맨 뒷좌석의 인구 밀도가 한층 높아졌지만, 메리다는 조금도 주저하지 않고 쿠퍼의 오른쪽 옆에 앉을 곳을 찾았다. 그 자리는 당연히 로제티와의 사이였기 때문에 희대의 《1대 후작》은 "앗!" 하고 눈썹을 추켜 올렸다.

"잠깐만 메리다 님, 치사하게 무슨 짓이셔. 쿠 옆은 내 자리야!"

"에에~ 어째서요? 이제 애인 행세는 끝났잖아요~?"

"끄으응."

연하에게서 어퍼컷을 얻어맞은 로제티가 자못 분한 듯이 침묵을 지킨다. 메리다는 오랜만의 만족감을 가슴에 품고, 가정교사의 어깨에 볼을 비볐다. 촉촉이 손끝에 애정을 묻혀,

"저기요, 선생님? 저 불렀어요?"

또로롱. 메리다가 눈을 치켜뜨고 올려다보면 쿠퍼가 대답할 수 있는 말은 하나다.

"마음속으로는 늘 그러죠, 레이디."

"꺄아악, 선생님도 정말……!"

"뭐야?! 뭐냐고, 이 달달한 콩트는?!"

뾰로통해져서 야유하는 로제티를 제쳐놓고 이번에는 엘리제가 폭탄을 터뜨렸다. 거울을 보는 양 쿠퍼의 왼쪽 옆을 찾은 다음 ——"야, 《무표정》 엔젤!" 하고 항의하는 라클라 선생을 당연히 밀어젖히면서—— 꼬옥, 청년의 팔을 꼬오오옥 껴안는다.

메리다와 마찬가지로 눈을 치켜뜨고 쿠퍼를 올려다보는 그녀는, 무언가를 단단히 노리고 있는 것같이도 보였다.

"아무래도 리타가 《어드밴티지》를 땄다고 생각하는 것 같아."

"그건 가정교사로서도…… 매우 바람직하지 않군요."

"동감. 이렇게 됐으니 《간접 키스》라도 해야지 어쩌겠어. 리타가 한다면 나도 할래."

네? 청년이 입을 열 틈도 없이 복숭앗빛 입술이 왼쪽 뺨에 착 붙었다. 쿠퍼의 뺨을 쪼며 맛있게 "쪽." 소리를 내는 엘리제.

워낙에 아무런 예고도 없는 일이었기 때문에── 설령 예고가 있어도 마찬가지였겠지만 메리다와 로제티 그리고 어째선지 라클라는 종말이라도 맞은 듯한 비명을 질렀다.

""""꺄아아아아아아악~~~~~~~~?!""""

"음…… 이게 남자의 맛."

미식가같이 입술을 날름 핥는 은색 천사의 모습에 쿠퍼는 아연실색할 따름이다.

"에, 엘리제 님…… 그."

"왜에?"

"아, 아니요. 메리다 아가씨와의 간접을 노린다면 반대쪽 뺨이어야……."

"생각이 짧았군. 그럼 이쪽에도………… 쪽."

"무슨 짓이야, 엘리──────?!"

양쪽 볼 2연발에 메리다가 폭발하는 건 필연으로, 그 비명이 결국 차 안의 시선을 끌어서 연쇄반응을 일으키는 것 또한 피할

수 없는 사태였다. 목덜미에 팔을 감고 입술을 대는 모습은 아무리 좋게 봐도 《스킨십》으론 넘길 순 없을 테니까.

"어떻게 된 일이에요?! 어느샌가 쿠퍼 선생님을 둘러싸고 굉장한 상황이 됐어요!"

"차례대로 데이트해 주신다는 말은, 나, 나도 저렇게 해 드려도 되는 걸까……."

"매니저! 플래너! 디자이너! 사무소를 세워줘, 어서!!"

아비규환의 소동에, 쿠퍼가 지닌 전사로서의 감이 '도망쳐.'라고 말했다. 그런데 어디로?

엘리제의 팔을 부드럽게 풀고 뒷좌석에서 뛰쳐나오니, 일단 제일 먼저 가로막은 사람은 바로 미토나 회장이었다. 사람을 죽일 수 있는 미소다.

"다 봤어요, 쿠퍼 선생님."

"나중에 설명을──."

전혀 가망이 없는 소리를 입 밖에 내고 다짜고짜 뛰기 시작하는 쿠퍼. 그렇지만 좁은 차 안에 도망칠 곳은 없고, 수많은 손을 피하다 창틀로 몰렸다.

콱, 와일드하게 발을 올리고 최소한의 예의로서 손가락을 흔든다.

"아가씨 여러분── 신선한 공기를 마시고 오겠습니다!"

"도망친다!"

거꾸로 오르는 요령으로 훌쩍 날아올라 주행 중인 지붕에 착지.

어쩌다 이런 사태에 빠졌는지. 당장에라도 이 위로 뛰어 올라

올 듯한 조신한 구두 소리가 난다. 심판을 살짝 미루었을 뿐, 이제 이 앞에 길은 없다.

둘러보니 대지가 무한히 펼쳐져 있었다. 그러나 저편은 어둠으로 막혀 있고, 우러러보는 하늘에도 이정표는 없다. 선고와도 같은 발소리는 등 뒤에 닥쳐오고, 이 죄인에게 허락되는 것은 오직 기도하는 일뿐──.

"아무쪼록 올해가 평온한 한 해가 되기를!!"

암살교사의 간절한 소원이 휘몰아치는 바람을 타고 멀리 날아갔다.

후기

여러분 안녕하세요, 저자 아마기 케이입니다. 많은 분의 도움으로 초봄의 바람이 불기도 전에 이렇게 속간을 보내드릴 수 있었습니다. 본 작품을 기다려주셨던 《여러분》에게 최대한의 감사를. 여기까지 읽어 주신 독자님에게 더할 나위 없는 축복을. 어새신즈 프라이드 제5권, 어떠셨는지요? 페이지를 넘기는 여러분 곁으로 프란돌의 바람이 조금이라도 닿기를 바라 마지않습니다.

아무튼 스포일러를 피하면서 소소한 이야기를 하자면, 5권의 키워드 중 하나로는 《기억》을 들 수 있는데요. 창작물에는 크건 작건 그러한 면이 있다고 생각합니다만, 저도 소설을 집필하는 데 지금까지의 인생 경험이 은근히 활용되곤 한답니다.

이번 에피소드를 쓸 때 참고한 것은 어린 시절에 다녔었던 교회학교에서의 추억입니다. 주일학교라고 바꿔 말하는 편이 친숙할까요? 휴일에 이웃집 아이들이 모여 다양한 레크리에이션에 열중했었는데, 특별히 인상에 남아 있는 것은 어느 산중에 있었던 종유동, 그 안에서 본 명계 같은 어둠입니다.

"어른이 들어가면 저주받는다."라고 아주 그럴싸한 소문이 돌았던 그 동굴에는 당시 진짜로 보호자들의 동반은 없었습니다. 아직 젖내 나는 아이들끼리 담력시험을 하러 어쩔 수 없이 갔던 거지요. ──기실 멀리서 어른들이 지켜보고 있었다는 사실은 예상도 못한 저희는, 자기들은 안전한 양지에 있으면서 다짜고짜 명계로 등을 떠미는 어른들의 모습에 바로 "저주나 받아라." 하고 원망했었습니다만── 콜록콜록, 이건 여기에서만 말하는 비밀로 해두죠.

그런 씁쓸한 체험은 차치하고, 기억이라는 것은 때때로 결코 색이 바래지 않는 빛으로 마음을 맑게 해 주는 법인데요. 그런 의미에서 이번 일은 결코 잊을 수 없을 겁니다. 본 작품을 즐겨 주시는 여러분, 계속 지탱해 주시는 여러분 덕분에 어새신즈 프라이드──코미컬라이즈가 결정됐습니다!! 야호, 이게 말하고 싶었어요!

작년 데뷔 때부터 늘 말씀드리고 있습니다만, 라이트노블 작가가 된 저의 기억에 최고급의 행복으로 위치하는 것이 '자기가 생각한 세계에 일러스트를 붙이게 되는 것' 입니다. 자신의 공상을 가볍게 뛰어넘는 예쁜 모습으로 메리다가 웃고, 쿠퍼가 늠름하게 곁눈질을 보낸다. 그것들 한 장 한 장을 볼 때마다 제가 혼자서 얼마나 난리 블루스를 추는지 모릅니다. 거듭된 미디어 전개는 제게 그 정도로 커다란 의미이지요. 벌써 몇 번인가 코믹판의 콘티를 구경했습니다만……. 으헤헤, 침 좀 닦을 테니 조금 기다려 주세요.

게다가 이번 5권의 발매와 병행하여 또 오디오 드라마를 서비

스할 예정입니다. 성우를 맡아 주신 우메하라 유이치로 님, 나츠카와 시이나 님 정말로 감사합니다. 문고에, 코믹스에 그리고 소리와 목소리의 세계로, 하나같이 멋진 분들이 제 여행에 힘을 보태 주셔서 감격을 누를 수 없답니다.

앞으로 제가 독자님과 함께 어떤 지평을 바라볼 수 있을지⋯⋯. 진심으로 기대하면서 이번에도 슬슬 이별의 시간이 찾아왔습니다.

끝으로 언제나처럼 감사의 말씀을.

일러스트레이터 니노모토니노 님. 니노모토 님의 일곱 빛깔 마법이 없었다면 본 작품이 이토록 약진하는 일은 없었을 겁니다. 교활한 악역부터 댄디즘 넘치는 신사, 가련한 여자아이부터 아름다운 미청년까지, 그 풍부한 베리에이션에 혀를 내두를 따름입니다. 쿠퍼나 메리다가 새로운 표정을 보여 줄 때마다 무심코 절을 한다니까요. 고마우셔라~.

슈에이샤 울트라 점프 편집부 여러분. 이번에 인연을 맺게 되어서 영광입니다. 첫 미팅에서 히로인의 체형에 관해 열변을 토했을 때 "아마 작년 데뷔 때도 왁자지껄하게 이런 대화를 했었지." 하고 반가움을 느꼈습니다. (뜻: 반성하고 있습니다.)

판타지아 문고 편집부, 출판 관계자분들 그리고 여기까지 함께해 주신 《여러분》에게 최고의 감사를. 본서를 들고, 페이지를 넘기는 여러분의 손이 이 작품을 여기까지 성장시켜 주셨음을 다시금 전하며, 진심으로 감사의 말씀을 올립니다.

어새신즈 프라이드, 정말로 감사하게도 앞으로 더 많이, 더 높이 날갯짓하도록 하겠습니다. 본 작품이 한 명이라도 더 많은 분의 《기억》에 남는 한 권이 되기를…… 작년의 스타트라인부터 변함없이 바라고 있습니다. 메리다 일행의 신년도 개막과 함께 저도 다시 마음을 다잡고 데뷔 2년 차에 임하고자 합니다.

바라건대 앞으로도 잘 봐주십시오. 꼭 다시 만납시다.

아마기 케이

어새신즈 프라이드 5

2018년 02월 25일 제1판 인쇄
2018년 04월 12일 2쇄 발행

지음 아마기 케이 | **일러스트** 니노모토니노 | **옮김** 오토로

펴낸이 임광순 | **제작 디자인팀장** 오태철
편집부 황건수 · 신채윤 · 이병건 · 이홍재 · 김호민
디자인팀 박진아 · 박창조 · 한혜빈 | **국제팀** 노석진 · 엄태진

펴낸곳 영상출판미디어(주)
등록번호 제 2002-000003호
주소 21311 인천광역시 부평구 평천로 132 (청천동)
전화 032-505-2973(代) | **FAX** 032-505-2982

ISBN 979-11-319-7301-1
ISBN 979-11-319-6068-4 (세트)

ASSASINS PRIDE Volume 5 ANSATSU KYOUSHI TO SHINEN KYOUEN
ⓒKei Amagi, Ninomotonino 2017
First published in Japan in 2017 by KADOKAWA CORPORATION, Tokyo.
Korean translation rights arranged with KADOKAWA CORPORATION, Tokyo.

노블엔진(NOVEL ENGINE)은 영상출판미디어(주)의 라이트노벨 및 관련서적 브랜드입니다.

NOVEL ENGINE

아마기 케이
작품리스트

◆

어새신즈 프라이드 1 암살교사와 무능영애
어새신즈 프라이드 2 암살교사와 여왕선발전
어새신즈 프라이드 3 암살교사와 운명법정
어새신즈 프라이드 4 암살교사와 앵란철도
어새신즈 프라이드 5 암살교사와 심연향연

현실주의 용사의 왕국 재건기

2

이세계에 용사로 소환된 소마 카즈야는 모험에 나서는 것이 아니라 엘프리덴 왕국의 왕이 되어 정무를 보게 된다.

소마는 원래 있던 세계에서 얻은 지식을 활용하여 나날이 개혁을 추진했지만, 끝내 반항적인 태도를 누그러뜨리지 않는 육군 대장 게오르그 카마인과 대결을 맞이한다. 그 상황에 이웃나라 아미도니아 공국의 계획도 뒤섞이며 정국은 전쟁으로 전환되는 데——.

발매 즉시 시리즈 최고조!
이세계 내정 판타지, 제2권!

 도조마루 지음 | 후유유키 일러스트 | 2018년 3월 출간
청춘의 상상, 시동을 걸어라!

용왕이 하는 일!

6

용왕 타이틀을 방어하고, 사상 최연소로 9단이 된 야이치. 두 제자도 여류기사가 되면서 매사가 순풍에 돛 단 듯…… 잘 풀리나 싶었더니, 새해가 되자마자 문제 발생?!

불면증과 이상한 꿈에 시달리지 않나, 새해 첫 참배 때는 괴상한 운세를 뽑지 않나. 첫 여초연 때는 초등학생 전원에게 고백을 받고, 제자의 기사실 데뷔도 대실패. 게다가 아이는 로리콤을 죽이는 옷을 입고 기성사실을 만들자며 덤벼들었다. 하마터면 죽을 뻔했잖아!!

그런 와중에 긴코는 장려회 3단이 되기 위한 중요한 대국을 맞이하는데──.

신 캐릭터 대량 등장!
신장(新章)에 돌입하는 제6권!!

 시라토리 시로 지음 │ 시라비 일러스트 │ 2018년 3월 출간
청춘의 상상, 시동을 걸어라!

하이스쿨 DXD DX.4

학생회와 레비아탄

◆

666(트라이헥사)를 퇴치하러 떠난 레비아탄 님을 대신해, 전 학생회장, 소나 시트리 선배가 제2대 『매지컬☆레비아땅』이 됐다고?! 그리고 소나 시트리와 그 권속들의 팀은 우리 일성의 적룡제 팀과 「아자젤 컵」에서 격돌하게 됐다!

이번에야말로 나는, 효도 잇세이는 다시 싸우고 싶었던 절친, 사지와 결판을 내고 말겠어!

사이라오그 VS 조조! 그리고 용제 VS 용왕!

본편에서 그려지지 않았던 전력 배틀, 처음부터 끝까지 열기 폭발!

신규 에피소드가 작렬!
활활 타오르는 DX시리즈 제4탄!

이시부미 이치에이 지음 | 미야마 제로 일러스트 | 2018년 3월 출간

청춘의 상상, 시동을 걸어라!